개미선장

개미선장

이우중 장편소설

창작시대

꿈꾸는 개미혁명 전사들을 위하여!

모세의 창세기 기록은 모든 만물을 인간에게 다스리라고 전한다. 그래서일까? 주식시장에서는 인간마저도 인간의 노예로 다스리기 위한 끊임없는 작전이 펼쳐지고 있다.

이 이야기는 실화를 바탕으로 쓰여진 소설이다. 글을 쓰기로 마음먹은 것은 예수 탄생 2천년도부터였다. 그 시기 우리나라는 주식광풍이 대단했다. 주식이 부자가 되는 가장 빠른 길이라는 판단에서였다.

주식시장은 극단의 우월자와 비우월자가 가려지는 곳이라면 과장일까? 코스닥 지수가 50에서 5배나 오른 250 지수까지 치솟았을 때 사람들은 갑부가 되었거나 될 것이라 기뻐하며 남몰래 화장실에서 웃었다. 입을 다물고 실실거리기도 했다. 하지만 그것도 잠시, 막차 탄 사람들의 피해가 급증하기 시작했다. 내가 알던 30대 초반의 가정을 가진 직장 동료는 회사 건물 22층에서 뛰어 내렸다. 그는 옆 건물 5층 옥상의 유리창 덮개 위로 아까운 목숨을 날린 것이다. 박살난 유리창 주위에 선혈이 낭자한 끔찍한 광경을 우리들은 목격했다.

그즈음 나는 '주식에서 손을 떼야지' 하고 결심을 굳히고 있었다. 그러나 컴퓨터 화면을 띄우면 나도 모르게 주식 창을 클릭하고 있었다. 후에도 거래는 안 했지만 관심을 버리지 못했다. 10년 전의 악몽을 까맣게 잊어버렸다.

3년 전 개미혁명 카페를 보면서 큰돈을 벌고 가난한 사람을 돕겠다며 다시 주식시장 개미혁명에 가담하였다. 혁명의 대상이 되었던 M바이오 주가가 4개월 만에 8배로 치솟아 올랐다. 거기에 가담한 사람들은 정규 회원 6천5백 명에 비회원 포함 10만 명이 넘었다.

돌이켜 보면, 나와 함께했던 개미혁명의 동참자들이 10만 명이다. 하지만 그들만이 거지가 된 것은 아니었다.

1962년 한국의 증권거래법이 제정된 이후 주식 거래가 일반화되면서 개인투자자, 일명 개미군단들은 작게는 수십만 원에서 수백억 원 또는 수천억 원을 잃었다. 수많은 목숨들이 한강에서 뛰어내리거나 산으로 올라갔다. 이 땅을 떠난 그들은 그나마 짧게 불행을 끝내었다. 죽음을 선택하지 않은 인생들은 오랜 시간 동안 지옥행 열차에 탑승했다. 누적 피해자 수는 수천만 명에 달했다는 이야기이다.

　그래서 나는 자본주의의 꽃이라는 허울로 해악을 끼치는 주식시장의 허구를 벗기고자 마음을 먹었다.

　우리나라에서 가난하고 불행한 천민이 되는 가장 빠른 길은 주식을 시작하면 된다는 것이다. 단언컨대, 주식시장에서 이익을 볼 확률은 없다. 로또의 당첨 확률보다 적다. 왜냐하면 우리나라 주식시장 시스템은 불쌍한 개인투자자들의 피를 빨아 먹는 나쁜 제도로 전락되어 버렸기 때문이다. 하수이건 고수이건 그건 중요하지 않다. 일단, 주식에 발을 들여 놓게 되면 바로 천민이 된 것이나 다름없다고 나는 단언한다.

　이 글을 통해 나도 동참했던 개미혁명가의 작고 큰 꿈을 같이 꾸었던 혁명 전사들과 그 가족들에게 진심으로 용서를 구하고자 하는 마음이다. 작은 힘이나마 개미군단의 아픔에 가슴으로 진혼곡을 올리고자 한다.

2014년 7월, 이우중

차례

개미선장

제1부

천민개미들의 꿈

❝형사는 안 선배와의 관계를 캐물었다. 그는 안 선배의 죽음에 내가 얼마나 끼어들었는지 알고 싶어 했다. 나도 피해자며 자살에 실패하였다고 했지만 믿지 않았다. 그는 나를 안 선배를 죽음으로 몰고 간 사람 중 하나로, 다른 수십만 명의 피해자에게 일정 부분 손해를 끼친 가해자라는 심증을 가지고 있는 듯했다. 나는 13년간의 안 선배와의 질긴 인연을 생각하며, 도대체 무슨 이야기부터 해야 할지 막연했다. 나는 이미 모든 것을 포기한 사람으로 무얼 감추고 계산할 처지가 아니었다. 더구나 안 선배가 죽었다니! 더욱 슬프고 참담한 심경이었다.❞

① 안 선배가 남긴 것

　2013년 12월초였다. 그날은 자살이 실패로 돌아가고 1개월이 지난 때였다. 안 선배 어머니와 경찰로부터 안 선배가 죽었다고 빨리 와달라는 연락을 받고 장례식장으로 달려갔다.

　성남시에서 운영하는 성남장례식장은 구시가가 내려다보이는 남한산성 줄기 산중턱에 자리 잡고 있었다. 도로 옆 택시에서 내려 시가 쪽을 보니 수많은 붉은 빛의 교회 십자가들이 촘촘히 하늘을 가득 메우고 있었다. 십자가들은 크기와 빛의 밝기로 우월감을 자랑하고 있었다. 음산하고 괴괴하기까지 한 12월의 장례식장이었다. 건물 앞에서 한동안 넋을 잃고 시내를 내려다보던 나는 건물 안의 영안실로 향하려고 옷매무새를 가다듬었다. 그때였다. 건물 뒤편에서 '와'하는 함성과 동시에 큰 불기둥들이 하늘 높이 치솟아 올랐다.

　나는 건물 안으로 들어가려던 당초 생각을 바꾸었다. 불기둥이 치솟는 건물 뒤편 주차장인 듯한 장소로 발걸음을 재촉했다. 건물 뒤편 그곳은 의외로 넓은 공터였다. 가난한 사람들이나 일가친척이 별로 없는 독거노인 등의 장례를 치르는 곳의 주차장으로 생각했었는데 축구장 2배 크기의 야외주차장이 눈에 들어왔다. 그곳에는 수백 명의 사람들이 운집하여 웅성거리고 있었다. 그들은 크게 두 곳으로 나뉘어져 어떤 의식을 행하고 있었다.

나는 많은 사람들이 모여 있는 곳으로 갔다. 대부분 촛불을 들고 시위를 하고 있었다. 구호가 적힌 피켓과 플래카드도 들고 있었다. 운집한 시위 군중 한가운데 사람 키의 3배 정도의 높은 장작이 쌓여 있었다. 장작더미에서 이제 막 불이 타오르고 있었다. 시위 군중들은 안 선배와 윤지의 대형 초상화에 화형식을 하고 있었다. 대형 초상화는 크고 높은 십자가 기둥에 걸려 있었으며, 아래부터 불이 붙어 타들어갔다. 다른 한편의 사람들이 들고 있는 피켓에 작은 초상화가 보였다. 작은 초상화들도 불이 붙은 장작더미로 던져지고 있었다. 시위대 숫자는 계속해서 늘어나고 있었다. 서너 명이 들고 있던 화염병도 장작더미에 던져졌다. 치솟는 불길은 아득한 하늘에 맞닿아 있었다. 안 선배와 윤지, 산 자와 죽은 자가 같이 불에 타 끝이 없는 하늘로 올라가고 있었다.

대형 플래카드에는 '정부는 주식시장 즉각 폐지하라!' '강윤지와 홍사민에게 죽음을!'이란 구호도 보였다. 다른 피켓과 플래카드에는 죽은 안 선배 부모와 정부에 대하여 피해 변상을 요구하는 붉은 글씨도 보였다.

시위 군중 한쪽에서는 전투경찰 백여 명이 헬멧을 쓰고 방패와 곤봉을 들고 있었다. 그들은 횡과 종을 맞추어 만일의 사태에 대비하고 있었다.

그때였다. 시위 중인 대여섯 명이 소리쳤다.

"저놈 잡아라! 저놈도 한패다."

살기 띤 외침이 밤하늘에 울려 퍼졌다.

각목을 든 무리들이 우르르 몰려가면서 외쳤다.

"저놈이 경기병단장 제갈공명이다!"

또 다른 사람이 날카로운 목소리로 다급하게 외쳤다.

"한 놈은 기무사령관 광화문 호랑이다!"

시위 군중들이 장작더미 주변에 있던 각목을 집어 들어 도망치는 사람들에게 던졌다. 각목이 도망치는 사람들에게 날아갔다. 두 사람은 뛰어가다가 넘어졌다. 여기저기서 찢어지는 듯한 고함소리가 들렸다.

"죽여라, 죽여!"

악에 바친 외침들이 밤하늘에 공허하게 울려 퍼졌다. 그때였다. 대오를 갖추고 있던 전투경찰에게 앞에 있던 지휘관의 곤봉 신호가 떨어졌다. 순간 4개조의 전투경찰이 곤봉과 방패를 들고 시위대를 포위했다. 진압 경찰들이 구타당하고 있던 두 사람을 끌어내어 경찰 지휘부인 듯한 천막이 있는 곳으로 끌고 사라졌다.

자세히 보니 시위하는 사람 중에서 개미혁명 카페 오프라인 모임에서 만났던 사람들이 간혹 눈에 띄었다. 나도 그들에게 들켜 각목 세례를 받을까 겁이 났고 오금이 저려왔다. 시위대에서 빠져 나오려는데 내가 알고 있는 노숙자 공하원의 얼굴이 옆에 있었다. 그는 나를 못 알아보았는지 옆 사람과 정신없이 이야기를 나누고 있었다. 그는 안 의사를 잘못 만나 그나마 가지고 있던 재산을 다 날리고 알거지가 되었으며, 자신의 고향인 경북 고령 사람들 모두가 빚쟁이로 전락하였다고 하소연하면서 울부짖었다.

나는 2년 전 혁명 카페에서 주가 상승을 위한 심리전 활동을 하였기 때문에 얼굴을 대놓고 돌아다닐 처지가 아니었다. 나의 활동을 알고 있을 법한 시위하는 사람들에게 들킬 것 같아 도망치듯이 조용히 모여서 기도를 하는 듯한 사람들 편으로 이동했다.

주차장 한편에서는 안 선배를 추모하고 있었다. 수십 명의 춥고 가난해 보이는 사람들이 보였다. 그들은 대부분 늙어 보이는 사람들이었다. 그들은 안 선배의 죽음을 진정으로 안타까워하고 슬퍼하고 있었다. 소문으로만 듣던 안 선배 도움을 많이 받았던 사람들 같았다. 흐느끼며 추모하는 그들을 자세히 보니 행색이 초라한 근처 병원의 이름이 새겨진 환자복을 입은 사람들이 많았다. 몇 명은 말로만 듣던 나이 어린 소년소녀가장 같았다. 휠체어를 타고 있는 여러 명의 장애인도 보였다.

추모하는 사람들은 안 선배 초상화를 높은 장대에 올리고 그 아래 모여 있었다. 육칠십 명이었는데 깃대 양편으로 나뉘어져 기도를 하고 있었다.

한쪽에서 나이가 들어 뵈는 초로(初老)의 목사가 보였다. 그는 가라앉은 목소리로 천천히 기도를 올렸다.

"하나님이 가라사대, 가난한 이는 복이 있다 하셨습니다. 하나님께서는 춥고 배고픈 양떼들을 돌보신 좋은 교우(敎友)였으며 헌신적인 반사(班師)였던 안광선 교우를 굽어 살피시고……"

모여 있는 사람들이 합창하였다.

"아멘."

목사가 다시 이야기했다.

"하나님이 말씀하셨습니다. 차별받는 이들은 천상(天上)에서 행복할 것이다. 하나님께서는 소외되고 차별받는 어린 양들을 돌보신 안광선 교우를 천당으로 보내사……"

다른 쪽을 둘러보자 바로 옆에서 목탁소리가 들렸다. 내가 두리번거리고 있을 때였다. 목탁소리가 끝나고 염불 외는 소리가 들렸다. 어딘가에서 들었던 것 같은 희미한 기억의 목소리였다. 눈여겨 보니 어디서 본 듯한 스님이었다. 또다시 목탁을 치고 있었다. 목탁소리에 이어서 스님의 목소리가 카랑카랑하게 밤하늘에 메아리쳤다.

"아미타불 극락왕생 불자 안광선, 아미타불 만물윤회, 아미타불 영생불사, 아미타불 만물동위……아미타불 인간동위……"

나는 그때 내 머릿속에 과거의 두 장면이 떠올랐다. 11년 전에 설악산 대청봉 산행 중에, 그리고 작년에 봉정암으로 안 선배를 찾아갔을 때 불법을 설파하던 봉정암 스님의 모습이 눈앞에 떠올랐다. 목탁소리는 밤하늘을 가르고 메아리쳐서 퍼져나갔다.

"탁. 탁. 탁. 탁. 탁. 탁"

스님의 목탁소리와 법문 마지막 구절이 다시 낭랑하게 들려왔다.

"아미타불 만물동위…… 아미타불 인간동위……"

나는 알 수 없는 두려움에 떨었다. 정신을 가다듬고 무의식적으로 주위를 둘러보았다. 다행히 주위에는 내가 안면이 있는 얼굴은 없었다. '휴'하고 한숨을 쉬고 나서 영안실로 발길을 재촉했다.

그런데 내 등 뒤에서 귀에 익은 목소리가 들려왔다. 순간 목덜미를 잡는 것 같은 불길한 예감이 들었다. 내가 흠칫하며 모른 척하고 영안실 쪽으로 가려는데 다시 나의 닉네임을 부르는 소리가 들려왔다.

"이거, 창조님 아니십니까?"

나는 소스라치게 놀랐다. 개미혁명 카페 심리전 활동으로 손해를 본 사람한테 목이라도 잡힐 것 같아 본능적으로 도망치려고 움찔하면서 한발 물러서서 등을 돌렸다.

그는 '감사와 행복'이었다.

"아니, 여기 어쩐 일이십니까? 재작년에 뵙고 연락이 끊어졌었는데요."

나는 안도하면서 그와 악수를 나누었다. 그는 철이 지난 가을옷을 입고 있었고 얼굴을 보니 나보다 더 고생을 많이 한 듯 새까만 얼굴에 오십 초반의 실제 나이보다 무척 늙어 보였다. 또한 수염이 없이 말끔했던 얼굴은 면도를 며칠 안 한 듯 지저분했고 피폐해 보였다. 더욱이 교회 장로에 걸맞지 않게 술 냄새까지 풍기고 있었다. 그와 나는 사람들을 피해 주차장 구석진 자리로 가서 이야기를 나누었다.

내가 궁금해서 물었다.

"그동안 어떻게 지내셨습니까? 모두가 피해를 당했다고 아우성인데……"

"예! 저도 많은 일이 있었습니다."

"어떻게 개미선장이 돌아가신 것을 아셨습니까?

"예, 그때 개미혁명 할 때 알았던 지인으로부터 개미선장이 살해 당했다고 연락이 와서 달려왔습니다."

"그동안 잘 계셨지요? 카페를 떠난 지 오래 되셨는데요"

그는 억눌린 감정 때문인지 잠시 말을 못하고 한숨만 쉬더니 쓸쓸하게 이야기를 시작했다.

"예, 벌써 2년 전 일이군요. 그때 모함에 빠져서 카페에서 추방되고 활동이 정지되었습니다. 제가 추방될 때 저는 하나님에게 맹세코 혁명 전사들을 배신하지 않았다고 하였습니다. 제가 혁명위원회에서 제2인자로 반혁명 모의자로 고발되고 인민재판식으로 추방당했습니다. 그런데 저도 인간인지라 억울하고 분하더군요. 그래서 며칠을 고민했는데 그때 마침 개미혁명 카페에서 만났던 서울병단장 한줄기 빛이라는 사람이 M바이오 주를 모두 처분하라고 하였습니다. 그리고 자신이 잘 알고 있으며 작전에 들어갈 예정 종목인 카지노 주를 추천하더군요."

"아, 전라도 광주 오프라인 모임 때 서울병단장이라고 소개한 얼굴에 수염을 많이 기른 40대 중반 남자 분 말씀이군요."

"예, 창조님도 아실 것입니다. 그분이 작전세력과 연계되어 있었고 또 우리 혁명카페에서 10월말 강 대표 고점매도로 특수전부대 만들 때 명동특전병단장이며, 그는 또 필명 광화문 호랑이였습니다. 세 사람이 동일 인물입니다."

나는 소스라치게 놀라 한동안 말을 잇지 못하다 되물었다.

"서울병단장인 한줄기 빛과 기무사령관 그리고 명동특전병단장인 광화문 호랑이가 동일 인물이라니요? 그럴 수가 있습니까? 도저히 믿겨지지 않습니다."

나는 소름이 끼쳤다.

감사와 행복은 옛날이야기 하듯이 아무렇지 않게 담담하게 이야기를 이어갔다.

"제가 12만 원대에 M바이오를 모두 처분하고 한줄기 빛이 추천한 작전주인 카지노 주를 사서 10배가 남았습니다. 총 금액이 40억 원, 엄청난 큰돈이 생긴 것이지요. 제 직업이 당시 용접공이었으니까 더더욱……"

나는 조바심이 나서 계속 물었다.

"그래서 그걸 가지고 무엇을 하셨습니까? 주식?"

감사와 행복은 눈물을 흘리며 쓸쓸하고 담담하게 대답했다.

"주식을 접었지요. 그 많은 주체 못할 만큼 돈이 생겼는데 또 뭐 하려 주식을……"

"아, 그러셨군요. 그러면 그 많은 돈은 어디에다가……"

그는 흐르는 눈물에 목이 메는 듯 연신 오른손을 눈에서 떼지 못하였다.

"예, 그 돈은 제 돈이 아니었습니다."

내가 다시 놀라서 되물었다.

"제 돈이 아니라니요?"

"저는 그 돈으로 차를 바꾸고 집을 바꾸고 교회도 안 나가고 하나님과도 멀어졌습니다. 용접공 일자리도 팽개치고 가난해서 신혼여행도 못 데리고 간 착하고 순한 조강지처도 쫓아내었습니다. 그리고 젊은 새 아내를 맞았지요."

너무 혼란스러웠다. 그는 늘 선한 이미지여서 인생이 평탄하고 행복할 줄만 알았는데 도저히 이해가 안 가는 일이었다.

"어떻게 그런 일이……"

"그다음은 이야기해서 뭘 하겠습니까? 뻔한 이야기죠."

그는 회한에 차 있었다.

"고급 술집과 돈을 벌게 해준 카지노회사 호텔 카지노를 들락거렸습니다. 어렵고 가난한 이웃과는 언제 그랬냐는 듯이 외면하고 상류층 흉내를 냈지요. 우월한 인간처럼 말입니다. 그러자 내 돈만 욕심내고 재혼한 아내한테 털리고 카지노로 집이 날라 가고 남은 것은 알코올 중독과 빚 뿐이었습니다. 참, 2년이 20년처럼 그렇게 길게 느껴졌습니다. 귀하게 얻은 아이들은 뿔뿔이 흩어지고 그야말로 지옥이 따로 없었습니다."

나는 숨소리도 크게 낼 수가 없었다.

"아, 예, 그러셨군요."

"돈이 부족해서 용접공으로 열심히 일하고 또 돈을 벌어 불우한 이웃과 같이 살아가는 희망이라는 단어를 가지고 살아갈 때가 정말 천국이었습니다. 이제야 그걸 깨닫게 될 줄이야…… 모든 것을 잃고 나서야 그게 보이다니요."

그는 하염없는 눈물을 흘리고 있었다.

나는 그때 오프라인 회의에서 불쌍한 이웃을 돕자고 하던 착하고 하얀 얼굴의 뜨거운 열정에 차있던 감사와 행복의 모습이 떠올랐다. 무엇이 그를 이렇게 만들었는지 희망과 꿈에 부풀었던 그는 어디에서도 찾을 수가 없었다. 그 순간 나도 왜 이렇게 내 인생이 막다른 골목으로 들어왔는지 도무지 이해할 수가 없었다.

나는 화들짝 놀라 내 처지로 돌아왔다. 돈벼락을 맞았던 감사와 행복의 새까맣게 찌든 얼굴과 진동하는 알코올 냄새 그리고 손은 수전증에 걸린 듯 덜덜덜 떨고 있었다.

그때 추모집회의 여기저기에서는 흐느낌이 들렸다. 흐느낌은 여러 곳으로 전염되어 갔다. 목을 놓아 엉엉 우는 사람도 있었다. 남녀노소 모두가 울고 있었다. 울음소리는 더욱 커지고 급기야 추모집회는 울음바다로 변했다. 울음소리로 인해서 감사와 행복과 나의 대화는 더 이상 이어지지 못했다.

정신을 차린 나는 잡고 있던 그의 손을 뿌리치고 여러 사람을 피해서 영안실로 뛰어들었다.

영안실 옆 2개의 방에는 이번 사건 수사본부 임시사무실이 차려져 있었다. 나는 참고인 조사실로 들어갔다. 경찰이 안 선배 어머니와 안 선배 친구인 나도 알고 있는 신 선배, 별명 '솔로몬'을 상대로 꼬치꼬치 캐묻고 있었다.

나는 먼저 분위기를 파악하기 위해 경찰에게 참고인 신분으로 출두했다고 신고를 하지 않고 상황을 살폈다. 형사와 신 선배가 서로의 주장을 앞세우고 다투고 있었다.

이야기를 들으니 솔로몬이 이번 사건에서 개미투자자 피해를 최소화하기 위해 노력한 증거를 대고 있었다. 솔로몬은 증권 입출금 계좌를 제시하며 자신은 안 선배 죽음과 무관하다고 주장하였다. 그러나 경찰은 솔로몬이 이번 사건으로 수십억 원을 어떻게 벌 수 있었느냐며 의혹을 제기하는 중이었다.

이에 솔로몬은 개미혁명에서 수백 명을 구하였다는 주장을 굽히지 않고 있었다.

내가 안 선배 친척인 듯한 사람에게 돌아가는 상황을 물었다. 안 선배 외삼촌으로 추정되는 사람이었다. 그는 경찰이 안 선배 죽음에 대하여 자살과 타살 모든 가능성을 열어두고 수사를 하고 있으며 장례 일정조차 잡히지 않았다고 하였다.

경찰은 이번 사건과 관련하여 윤지의 전남편인 홍 사장을 긴급 체포하였다고 하였다. 홍 사장은 다른 방에서 피의자 신분으로 조사를 받고 있으며 그는 체포영장이 발부된 상태라고 하였다. 홍 사장의 죄목은 2년 전 양양에서 일어났던 주가 조작 세력 간의 암투에서 안 선배를 살인할 목적으로 살인 청부를 하였고 살인교사 모의를 하였다는 것이었다. 또한 이번 주가 조작사건의 핵심 인물로 지목하였다고 하였다.

홍 사장으로부터의 타살 말고 또다른 타살 이유로 수많은 개미들의 피해에 대한 앙심을 품은 자들이 많을 거라는 가정과 작전세력들이 자신의 정체가 탄로 날 것을 우려한 경우라고 했다. 한편 자살 추정은 자신의 수백억 원의 빚과 개미전사들의 1조원 이상의 피해에 대한 죄책감 등 이미 예측된 경우였다.

나는 자리를 옮겨 안 선배 어머니에게 눈인사를 하였다. 그런데 안 선배의 어머니가 경찰에 제출하려는지 뭔가 서류를 들고 있었다. 형사들에게 넘겨줄 서류 중 A4용지 2장짜리 글을 읽으면서 나는 온몸에 소름이 끼쳤다.

≪창세기 여섯째 날 원래 기록대로 살지 못할 때≫라는 안 선배

의 통과되지 못한 박사학위 논문 초록 끝장 99쪽에서 100쪽에는 이렇게 쓰여 있었다.

역 창세기(대 멸망기)

• 멸(滅), 첫째 날

하나님이 가라사대, 땅의 모든 짐승과 모든 새와 생명이 있어 기는 모든 것에게는 내가 모든 푸른 풀, 식물을 거둬가니 그대로 되더라. 온 대지의 열매 맺는 모든 채소와 열매 맺는 모든 나무를 너희에게서 빼앗으니 이제부터는 너희 것이 아니니라.

하나님이 가라사대, 인간에게 바다의 고기와 공중의 새와 육축과 온 땅과 땅에 기는 모든 것을 다스리지 못하게 하시고 그들에게서 복을 빼앗으며 그들에게 이르시되, 사멸(死滅)하고 소멸(消滅)하여 땅에 충만함을 거두시고 땅을 돌려 내어놓으라 하시니 그대로 되셨다.

하나님이 가라사대, 땅의 모든 생물을 그 종류대로 거두되 육축과 기는 것과 땅의 모든 짐승을 그 종류대로 멸하라 하시고 (그대로 되니라), 하나님이 멸하신 모든 것을 보시니 보시기에 심란해 하셨다.

• 멸, 둘째 날

하나님이 가라사대, 생물은 물들로 사멸케 하라. 땅 위, 하늘의 궁창(穹蒼)에는 새가 날지 못하게 하시고, 하나님이 큰 물고기와 물에서 살고 있는 모든 생물은 그 종류대로 날개 있는 모든 새를 그 종류대로 사멸하시니 하나님이 보시기에 좋지 않으셨다. 하나님이 그들에게서 복을 빼앗아 가라사대, 소멸하여 물에 허망하게 하라. 새들도 땅에 사멸하라 하시니라.

- 멸, 셋째 날
하나님이 가라사대, 하늘의 궁창에 광명의 주야를 합하게 하라. 또 그 광명으로 하여 징조(徵兆)와 사시(四時)와 일자(日子)와 연한(年限)이 이루지 못하게 하라. 하나님이 빛과 어둠을 합하게 하시니라. 하나님이 그것들을 하늘의 궁창에 묻어 땅에 비춤에서 거두어들이셨다. 또한, 광명이 하늘의 궁창과 땅에서 사라지라 하시고 (그대로 되니라), 하나님이 낮을 주관하는 큰 광명과 밤을 주관하는 작은 광명을 파괴하시었다. 하나님이 보시기에 심히 편찮으셨다.

- 멸, 넷째 날
하나님이 가라사대, 땅에 있는 풀을 각기 종류대로 씨 맺는 채소와 각기 종류대로 씨 맺는 열매를 거두시었다. 땅은 풀과 씨 맺는 채소와 각기 종류대로 씨가 진 열매 맺는 과목을 거두라 하시매 그대로 되었다. 하나님이 가라사대, 천하의 물이 여러 곳으로 흩어지라 하시고 물이 가라앉으라 하시매 그대로 되었다.

- 멸, 다섯째 날
하나님이 가라사대, 궁창 아래의 물과 궁창 위의 물을 합하게 하시매 그대로 되니라. 하나님이 물 가운데의 궁창에 물과 물로 나뉜 것을 합하게 하시었다. 하나님은 많이 괴로워하셨다.

• 멸, 여섯째 날

하나님이 가라사대, 어둠의 밤과 낮의 빛을 하나로 합하시고 빛을 거두사 빛이 사라졌다. 그 사라진 빛을 보니 하나님 보시기에 마음이 심히 아프셨다.

• 멸, 일곱째 날

하나님이 가라사대, 하나님이 천지(天地)를 멸하시니, 땅이 혼돈하고 공허하며 흑암(黑暗)이 깊음 위에 있고 하나님의 영은 수면에 운행하시니라. 하나님은 천지와 만물이 다 없어지니 허망해 하셨고 괴로워하셨다. 하나님이 멸하신 모든 일을 마치고 일곱째 날에 안식하시니라.

② 나의 유년시절

박 형사는 30대 후반으로 스포츠형 머리에 눈매가 매서웠다. 그는 경제수사팀인 듯 샤프한 인상을 풍겼다.

박 형사는 안 선배와의 관계를 캐물었다.

그는 안 선배의 죽음에 내가 얼마나 끼어들었는가 알고 싶어 했다. 나도 피해자며 자살에 실패했다고 하였지만 믿지 않았다. 그는 나를 안 선배를 죽음으로 몰고 간 사람 중 하나이며, 다른 수십만 명의 피해자에게도 내가 일정 부분은 가해자라는 심증을 가지고 있는 듯했다. 그는 많은 국민들의 시선이 집중되고 있고 사회적으로 큰 파장이 일고 있는 이번 사건의 수사를 맡은 것에 대하여 상당한 부담을 느끼고 있는 듯했다.

나는 13년간의 안 선배와의 질긴 인연을 생각했다. 무슨 이야기부터 해야 할지 막연했다. 한동안 아무 말 없이 허공을 바라보았다. 나는 모든 것을 포기한 사람으로 무얼 감추고 계산할 처지가 아니었다. 더구나 안 선배가 죽었다니 더욱 슬프고 참담한 심경이었다.

박 형사가 조서를 꾸미기 시작했다.

"성명이 어떻게 되십니까?"

"이장훈입니다."

"주민등록번호는요?"

"760701-1023xxx입니다."

박 형사는 앞전의 신 선배와 한참을 실랑이해서 그런지 예민해져 있었다. 짜증 섞인 어투가 점점 심문조로 바뀌어 갔다.

"주소는요?"

"원래 주소는 성남시……"

"거주지는요?"

"예, 성남 근처 찜질방과 고시원이요."

"어느 찜질방과 어느 고시원이죠?"

"그게 일정치가 않아서요."

박 형사는 본격적이 심문에 들어갔다.

"개미혁명 카페에서 닉네임은?"

"창조입니다."

"소속은?"

"혁명위원회 심리전처."

"심리전처에서 직위가 어떻게 되나요?"

"심리전처 단장입니다."

나는 솔직하고 무덤덤하게 이야기했다. 그는 나에게 답까지 알려주고 심리적으로 압박을 가했다.

"심리전 활동이 개미들에게 주식을 사라는 것이지요? 이를테면 분위기 띄우는 바람잡이 아닌가요?"

"꼭 그런 것은 아니지만…… 예, 그렇다고 봐야죠."

나는 중언부언했지만 강한 부정은 못했다. 박 형사는 대충 감을 잡았다는 표정을 지으면서 다음 질문을 이어갔다.

"출생지는 어디세요?"

"경기도 가평……."

"부모님은 돌아가셨고 누이와 여동생이 있지요?"

"예, 그렇습니다."

"유년시절이 불우하였다는 기초조사가 있던데, 기억나는 이야기가 있으면 있는 그대로 말해주세요."

나는 힘들었던 악몽 같았던 유년시절이 떠올랐다. 다시 떠올리기 싫은 유년을 새삼 이야기하기가 괴로웠다. 하지만 삶에 대한 의지를 잃어버린 나는 담담하게 어릴 때의 기억을 되살려 이야기를 시작했다.

박 형사는 나를 빤히 쳐다보면서 무언의 압력을 가하더니 컴퓨터 자판을 빠른 속도로 두들겼다.

추수가 끝나고 초겨울로 접어드는 벌판에는 새들이 먹이를 찾고 있었다. 아버지는 바람만이 오고가는 넓고 황량한 벌판을 보며 한숨을 내쉬었다. 탈곡한 벼 가마니가 방앗간에 쌓이면 일 년 농사의 반 이상을 노름빚으로 빚쟁이들이 가져갔다.

그놈의 노름 때문이었다. 그때마다 어머니는 크게 울었다. 아버지는 농한기면 마을 노름방을 전전하며 새벽에야 들어왔다. 아예 들어오지 않는 날들도 많았다. 그나마 며칠 만에 술에 취해 집에 온 아버지는 큰소리쳤다.

"한 방이면 된다!"

슬레이트 지붕 위로 저녁밥 연기가 모락모락 올라가면 짧은 겨울 해를 쫓아내고 어둠이 들이닥쳤다. 식구들은 김치죽으로 저녁을 때우고 아버지를 기다렸다. 그때가 1980년대 중반, 산골에는 전기가 들어온 지 얼마 안 된 시절이었다. 어머니는 건전지가 다 되었는지 불빛이 희미한 랜턴을 켰다 껐다 반복하면서 안절부절못하고 아버지를 기다렸다. 밤이 깊어지면 어머니는 할머니와 나에게 손잡이 달린 랜턴을 건네주었다. 아버지를 찾아오라는 울먹임이었다.

산촌이라 남쪽을 향해 우리 집이 있는 동쪽 끝부터 서쪽으로 집들이 있었다. 열에서 열다섯 가구 정도가 모인 마을들이 일곱 군데나 있었다.

엄마의 눈물에 할머니는 지팡이를 짚고 나는 랜턴을 들고 집을 나섰다. 칼바람 이는 겨울밤이었다. 외삼촌이 가져온 미군부대에서 얻어온 벙어리장갑을 끼고, 군용담요를 잘라 만든 목도리를 둘러매고 길을 나섰다.

할머니와 나는 백열전등빛이 새나오는 남의 사랑채를 기웃거리며 노름꾼들이 모인 곳을 찾아다녔다. 그들이 선호하는 곳은 큰길에서 먼 곳, 마을 중심에서는 외진 산골짜기라는 것을 우리는 알았다.

할머니와 나는 마을에 불빛이 모두 꺼지면 다음 마을로 걸음을 옮겼다. 그다음 또 다음 마을로 우리는 불빛을 찾아갔다. 어떤 곳은 노름방은 확실한데 아버지의 목소리가 새어나오지 않을 때가 있었다. 그러면 할머니가 내 옆구리를 툭 치는 것을 신호로 나는 침을 묻힌 검지를 격자 나무창살의 창호지에 쑤셔 넣었다. 그리고는 구멍에 눈을 대고 방안을 살폈다. 그 사이 할머니는 지팡이를 짚고서 왼쪽 귀를 창 쪽으로 기울여 방안에서 흘러나오는 노름꾼들의 이야기를 들었다. 밖이 어두울수록 방안의 불빛은 밝았다. 투전을 벌이는 사람들과 개평을 뜯는 구경꾼들이 보였다. 그들의 눈에는 광채가 나왔으며, 가물거리는 전등불빛과 대조적이었다. 투전을 벌이는 사람들이나 개평꾼 모두가 상기된 표정이었다. 한쪽에서 돈을 쓸어 모으면 부러운 눈빛들이 그쪽에게 쏠렸다. 돈을 쓸어 모은 사람은 개평을 뜯는 남루한 구경꾼들에게 기분 좋게 돈푼을 나누어 주었다.

구경꾼들은 아버지가 돈을 따면, 후한 개평 탓인지 자기들이 돈을 따고 있는 양 후원을 보냈다. 자정이 가까이 돼서야 아버지를 찾아낸 할머니는 아버지를 붙들었다.

"애비야, 집에 가자!"

그럴 때마다 효자였던 아버지는 군말 없이 골패(손톱만한 마작 모양의 노름기구)나, 화투장을 던지고 일어섰다. 자주 있는 일은 아니지만 할머니의 부름에 노름판을 마무리하고 일어날 때면, 옆에 앉았던 사람이 아버지에게 던졌다.

"자네, 오랜만에 끗발 오르는데 안됐네, 안됐어!"

동정 아닌 동정이 귓가에 걸려들었다.

억지로 노름방에서 나온 아버지가 내가 든 랜턴을 건네받으면 할머니와 나는 땅을 보며 집으로 향했다. 걷는 동안 세 사람은 말이 없었다.

"애비야, 이제 그만해라."

"알겠어요."

터벅터벅 우리는 걷기만 했다.

그렇게 아버지가 불빛을 찾아 떠나면 기다리는 어머니와, 그녀의 눈과 귀가 된 할머니와 내가 아버지를 뒤쫓는 긴 겨울이 이어졌다.

정월 대보름이 한참 지나고 강추위가 기승을 부리던 날이었다. 낮부터 눈이 오려는지 잔뜩 찌푸린 컴컴한 하늘이 저녁에 암흑으로 변했다. 그날은 저녁밥 짓는 굴뚝의 연기까지 내려앉더니 정말 칠흑 같은 밤이 찾아왔다.

할머니와 나는 불빛을 찾아 나섰다. 우리는 마을들을 차례로 샅샅이 뒤지면서 다섯 번째 마을까지 갔지만 아버지는 없었다. 여섯 번째 마을로 들어서고 있었다.

검은 하늘 모두가 마을로 내려앉은 듯 캄캄했다. 뒤편 가평 고등 산자락은 마을을 뒤덮어버린 느낌이어서 마치 동굴 속에 갇힌 것 같았다.

여섯 번째 마을에도 아버지는 없었다. 다시 일곱 번째 마지막 마을로 아버지를 찾아 들어섰다.

나는 암흑의 무서움과 배고픔 그리고 추위에 떨었다. 내가 온갖 두려움에 떨고 있을 때 할머니가 눈치로 알아차리신 것 같았다. 전에도 자주 들려주셨던 '옛날 그리고 아주 먼 옛날이었지'로 시작되는 호랑이 담배피던 때의 이야기를 들려주셨다. 나는 한동안 할머니 이야기를 들었다. 그러나 할머니 이야기가 끝나자 다시 배고픔과 어둠, 그리고 알 수 없는 두려움들이 파도처럼 밀려들었다. 여기가 제발 지옥의 끝이기를 간절히 바랄 때쯤 아버지를 찾아냈다. 그 마을은 산자락 서쪽 끝으로 우리 집에서 가장 먼 곳이었다.

한치 앞도 보이지 않는데, 아버지가 든 랜턴에서 나오는 희미한 불빛만이 유일하게 우리를 비추었다.

다시 동쪽으로 여섯 번째 마을을 지나자 우리 집이 있는 마을이 가까워지고 있었다. 이제 한 고개만 넘으면 집에 도달한다는 생각을 하고 아버지가 들고 가는 불빛만을 따라 가다가, 한숨을 쉬고는 고개를 들었다. 그런데 고개 너머에 아침 동틀 무렵 같은 빛이 아주 천천히 올라오고 있었다. '아침 먼동이 트려면 아직 멀었는데 내가 뭘 잘못 보았나?' 하고는 내 눈을 의심하면서 고개 너머를 다시 쳐다보았다. 고개 너머 한줄기 붉은 빛이 까만 하늘로 올라갔다가 이내 내려왔다. 까만 어둠을 가르고 하늘에 오른 불꽃들은 아주 천천히 사그라지면서 내려왔다. 우리가 고개 바로 앞마을에 가까이 오자 '와~'하는 함성이 울렸다.

마을 앞 개천을 따라 우리 마을과 아랫마을을 사이에 두고 아이들이 이십여 명씩 마을 단위로 패를 갈라 불꽃놀이를 하고 있었다. 빨갛게 달아오른 불이 가득한 수십 개의 불 깡통이 보였고, 불 깡통들은 불을 내뿜으며 각각 사람의 키보다 더 큰 붉은 빛깔의 둥근 원을 그렸다. 붉은 빛의 원들은 경계를 두고 무리를 지어 달려가고 달아났으며, 밀려오고 밀려가고를 반복했다. 다시 '와~와~'하는 함성이 들리면서 몇 개의 불 깡통들이 까만 하늘로 솟구치고 큰 반원을 그리며 상대편으로 날아갔다. 불꽃을 일으키며 하늘을 향하여 날아가자 튕겨나간 수많은 불씨들이 점·점·점 하늘에서 흩어져 날아다녔다. 땅에 떨어진 불 깡통들이 뒹굴면서 불을 토하자, 거기서 나온 불씨가 들판 여기저기에 불꽃을 만들었다. 불꽃들은 무리를 지어서 일제히 들고 일어났다. 들고 일어선 불꽃들은 커다란 불기둥으로 변하면서 하늘을 향하여 치솟아 오르고 있었다. 치솟아 오른 수많은 불기둥은 하늘에서 산산이 부서지고 불꽃가루가 되어 흩날렸다. 나도 모르게 '아!' 하고 소리쳤다. 눈앞에 환영(幻影)이 지나가고 있었다. 여름밤 모기를 쫓으려고 피워놓은 모닥불에 캄캄한 어둠 속에서 불나비 한 마리가 춤을 추며 뛰어들더니 또 한 마리 그리고 또 한 마리 이번에는 여러 마리가 떼를 지어 계속해서 뛰어들고 있었다. 불빛의 아름다움, 한여름 불나비들이 불빛을 보고 왜 뛰어드는지 이해가 갔다. 그 순간 나도 한걸음에 달려가 불꽃놀이에 뛰어들고 싶어졌다.

그때였다. 눈앞에 펼쳐지는 현란한 불꽃놀이 광경을 정신없이 바라보면서 걸어가던 나는 돌에 차여서 길 옆 구렁텅이로 굴러 떨어졌다. 순식간에 벌어진 일이었다. 할머니가 놀라 소리를 질렀다.

"아이고 내 새끼, 아이고 내 새끼 죽는다!"

할머니의 울부짖음과 멀리서 '와~와~와~' 하는 함성이 동시에 내 귀청을 때렸다. 들판은 온통 불바다를 이루어 작고 큰 불빛들이 춤을 추었다. 눈을 감았다. 와~와~와~와 하는 함성들이 길고도 크게 들렸다.

그리고 함성은 흔들렸고, 흔들리는 함성은 끊어졌다가 이어지고 다시 들리는가 싶더니 아득하게 멀어져갔다.

얼마나 지났을까? 눈을 뜨니 나는 아버지 등에 업혀져서 집으로 가고 있었다. 다리가 움직여지지 않았다. 그날 우리 가족은 나를 방

가운데 놓고 모두가 밤을 지새웠다.

아침이 되자 아버지는 오른쪽 다리가 부러진 나를 업고 군청 소재지에 있는 병원에 입원시켰다. 그 후, 할머니한테서 들은 이야기로는 내가 치료를 받는 동안 아버지는 불빛을 찾아 나서지 않았다고 한다. 나는 몇 개월 만에 퇴원, 지팡이로 의지하며 산촌 시골 학교를 다녔다.

봄이 가고, 여름이 가고, 가을이 갔다. 그리고 다시 겨울이 찾아왔다.

그해 겨울, 아버지는 또다시 불빛을 찾아 나섰다.

개미선장

제2부

---·---

성지순례

"나는 그때 영화의 한 장면을 보고 있나 착각을 했다. 트레비분수 정면 바실라카 풍의 2층 중세 건물과 미려한 백색의 조각상이 있었다. 그리고 그 앞에 긴 생머리를 한 여학생이 있다. 더욱이 그녀가 얼굴을 들었을 때의 아름다움은 말로 형언하기 어려웠다. 크고 반짝이는 까만 눈동자, 추위와 울음으로 상기된 얼굴을 본 순간 나는 전기에 감전된 듯 온몸이 마비되는 것 같았다. 나는 한동안 그녀에게서 눈을 떼지 못한 채 넋을 놓고 있었다. 우리는 각자의 순례 일정에 쫓겨 간단한 목례만 하고 헤어졌다. 그리고 여행 내내 그녀가 또다시 나타나지 않을까 기다렸다. "

① 트레비분수

나와 안 선배의 만남은 숙명적이었다. 안 선배와 인연이 된 것은 지금으로부터 13년 전 이탈리아 로마에서였다. 나는 그때 서울에 있는 대학교 약학대학에 재학 중이었는데, 대학 1학년 2학기가 끝나갈 무렵이었다.

2000년 12월, 성탄을 며칠 앞두고 전국대학생기독교연합 동아리에서 실시하는 해외 성지순례 트래킹에 참가하게 되었다. 당시 나의 부모는 경기 북부지역 산골에서 벼농사와 온상과 채소 등 특약작물을 재배하며 넉넉지 않은 가정을 꾸려가고 있었다. 어머니는 한동안 절에 다니시더니 동네에 작은 성당이 들어오면서부터 성당생활에 열심이었다. 이번 성지 순례는 독실한 신앙의 어머니가 어렵게 모은 돈으로 참여하게 되었다. 안 선배는 내가 다니는 대학교 의과대학 대학원생으로 참여하였다.

동절기임에도 불구하고 순례단은 대규모로 이루어졌다. 전국에서 110여 명이 지원하였다. 일정은 터키, 프랑스, 이탈리아, 이스라엘, 이집트 등 5개 국가를 30일간 798km를 대부분 도보로 순례하는 것으로 잡혀 있었다.

터키에서 첫 번째 성지 순례가 시작되었다. 그곳은 그리스도교를 로마제국의 국교로 인정한 후 들불처럼 번져 나갔던 수많은 이단설과 교리 논쟁에 대하여 교리 정립과 교파 간 갈등을 잠재우기 위해서 A.D.325년의 제1차 니케아공의회를 개최했던 장소였다. 당시 예수가 신이냐 인간이냐를 놓고 아리우스파와 반아리우스파 간의 불꽃 튀는 대결과 창세기 천지창조 여섯째 날 기록이 인간 우월론인가 아니면 만물동위론인가를 두고 유세비우스파와 안티누스파 간의 목숨을 건 교회 사상 최대의 논쟁이 붙었던 1686년 전의 생생한 역사적 사실들을 가이드는 조금은 흥분되어 격정적인 목소리로 설명해 나갔다. 학생 도보 순례단과 일반 순례객들은 눈보라가 몰아치는 강추위에도 니케아공의회 현장을 카메라에 담기 바빴다.

다음날은 성소피아 성당, 그 외의 많은 성지들, 터키에서만 나흘을 보내고 다섯째 날은 이스탄불공항에서 프랑스 남부도시 마르세유공항에 내려 그리스도교가 정식으로 공인되기 전 로마제국 시대 비밀 수도원이었던 남프랑스 레상스섬을 배로 타고 들어갔다. 수도원은 작은 섬 위에 깎아지른 요새와도 같은 곳에 위치하고 있었다. 경사가 가팔랐다. 허리에 암벽등반용 안전벨트를 착용하고 벨트를 밧줄에 걸고 100여 미터의 깎아지른 바위를 타고 올라갔다. 찬바람이 거세 쓰러질 듯한 한국 유학생 가이드가 성지에 대해 설명하였다.

이 섬은 한국의 남해 외도 2배 크기의 섬으로 그리스도교에 대한 박해가 최고조에 달하였던 A.D.221부터 313년에 걸쳐 242명의 수도자들을 비밀리에 양성했었다고 설명했다. 로마제국의 수많은 수도원 중에서 우리가 찾아간 수도원이 성지 순례에 포함된 것은 프랑스 내에서는 최초의 그리스도교 수도원이라는 상징성이 있으며, 더 중요한 것은 비밀 수도원장이었으며 사제인 막무키우스와 그를 따르는 수제자들이 모세의 창세기 여섯째 날 기록이 인간 위주로 가필되었다고 주장하여 큰 파문이 일어난 진원지가 바로 이 수도원이었기 때문이라고 설명했다.

로마제국의 그리스도교에 대한 탄압이 절정에 이를 때, 절해고도에서 하나님의 신앙을 배워 전파하려는 죽음을 무릅쓴 비밀 사제들이 있었다는 데에 일행은 감동했다. 칼바람이 몰아치는 가운데에서도 순례객들은 오랜 동안의 기도로 감사의 표시를 했다. 일행은 프랑스의 여러 성지를 순례하고 다음 순례 코스인, 그리스도교의 부흥을 일으킨 이탈리아 로마로 향했다.

2001년 1월 6일, 이탈리아 수도 로마의 중심부 코르소 거리. 고대와 중세시대의 다양한 건축 양식은 놀라운 조화를 보여주고 있었다. 여기저기서 탄성이 쏟아져 나왔다.

이어 우리 일행은 트레비분수로 이동하여 가이드의 설명을 들었다. 명화 '로마의 휴알'의 명장면 중에 주인공 오드리 햅번이 아이스크림을 먹으며 그레고리 팩을 기다리던 광장의 분수로 더 유명한 곳이라고 자세히 설명해주었다. 가이드는 분수에 동전을 던지면 로마에서 만나고 헤어진 사람은 반드시 만난다는 전설이 있다고도 하였다. 겨울이어서 분수에 물은 뿜어져 나오지 않았지만 나와 안 선배가 동전을 던져 넣었다.

우리 일행 옆에는 중국인 관광객들과 일본인 관광객들이 보였다. 그들 한가운데에 우리 일행이 아닌 낯이 익지 않은 한국 대학생 열댓 명이 보였다.

그때였다. 긴 생머리에 베이지색 두터운 파카에 빨간 털모자를 쓴 한국 대학생으로 보이는 여학생이 이탈리아 아동 날치기 대여섯 명에게 휴대용 붉은색 손지갑을 날치기 당하는 것이 아닌가! 순식간에 벌어진 일이었다. 나는 본능적으로 어린 날치기들을 쫓아갔다. 그와 동시에 내 옆에 있던 안 선배도 그 광경을 목격하였는지 날치기들의 뒤를 쫓아 뛰어 갔다. 아이들은 한두 명씩 조를 짜서 각각 다른 골목길로 내달려 사라졌다. 나는 몇 번을 넘어지면서 쫓아갔다.

한참 후 그들을 놓치고 순례단 일행이 있었던 트레비분수 앞까지 다시 돌아왔다. 일행이 있던 자리로 돌아왔을 때는 30분이 지난 후였다. 트레비분수 앞에 도착해서 보니 그녀가 털모자를 뒤집어쓰

고 울고 있었다. 잠시 후 안 선배가 헐레벌떡 뛰어오더니 빨간 휴대
용 손지갑을 들고 와서 그녀에게 건네주었다. 그녀가 모자를 벗으
며 얼굴을 들었다.

나는 그때 내가 영화의 한 장면을 보고 있나 착각을 했다. 트레
비분수 정면에 바실라카 풍의 2층 중세 건물과 미려한 백색의 조각
상이 있었다. 그리고 그 앞에 긴 생머리를 한 여학생이 있다. 더욱
이 그녀가 얼굴을 들었을 때의 아름다움은 말로 형언하기 어려웠
다. 크고 반짝이는 까만 눈동자, 추위와 울음으로 상기된 얼굴을 본
순간 나는 전기에 감전된 듯 온몸이 마비되는 것 같았다. 나는 그때
안 선배가 찾아온 지갑을 내가 찾아왔더라면 하는 욕심이 생기기
까지 했다.

나는 한동안 그녀에게서 눈을 떼지 못했다. 넋이 나간 사람처럼
멍하니 바라보고 서있었다. 안 선배가 나의 팔을 잡아끌었다. 우리
일행이 기다리는 쪽으로 가자며 서둘렀다. 우리는 각자의 순례 일
정에 쫓겨 간단한 목례만 하고 헤어졌다. 나는 걸어가면서도 계속
뒤를 돌아보았다. 그녀가 그들 일행과 모습이 보이지 않을 때까지
눈을 떼지 못했다. 그리고 여행 내내 그녀가 또다시 나타나지 않을
까 기다렸지만 만나지는 못했다.

개학하여 2학년 봄 학기가 시작되었다. 로마에서 그녀가 소매치
기 당한 사건은 심정적으로 나와 안 선배와의 거리를 가깝게 하였

다. 내가 안 선배의 박사학위를 준비하는 지도교수실인 김학운 교수 방을 자주 드나들게 된 것도 사실은 그녀와의 첫 만남과 미련 때문이었다. 내가 처음 안 선배의 교수실을 찾아가서 로마에서 있었던 일을 화제에 올렸다.

"안 선배, 우리 로마에서 있었던 그 일 말인데요."

"그래, 이 후배하고 나하고 쫓아갔던 소매치기 당한 그 여학생?"

"네, 그 여학생 잘 있을까요?"

"아, 그렇지 않아도 내가 조금 알아봤지!"

"네에? 정말요?"

"사실은 나도 궁금해서 그때 성지 순례를 준비한 전국대학동아리연합 주최 측에 알아봤는데……."

"그 여학생은 국내 들어오는 비행기에서 못 본 듯한데요?"

"아, 잘 봤어! 이 후배도 관심이 많았네?"

"예 조금……."

"그 여학생은 국내 S대학에 재학하고 있는데, 독일 뮌헨의과대학 교환학생으로 나가 있는 학생이래."

"그런데 어떻게 거기에?"

"아, 그 친구가 개인 사정으로 중간에 로마에서 합류한 거라던데. 유럽 유학생 10여 명이 우리 순례단에 합류했는데 순례조가 다르다 보니 로마에서 마주친 거라더군."

"어쩐지……, 그 여학생은 터키나 프랑스 순례에서는 안 보이더니만 한국인 유럽유학생연합 동아리였군요?"

"맞아, 이름은 강윤지. 나이는 나보다 3살 아래고, 자네보다는 2살 위라던가? 아무튼 지금은 박사 코스를 밟고 있다는데."

나는 안 선배가 나보다 더 많은 관심이 있는 것 같았다. 그 후 그녀에 대해서 더 이상 묻지를 않았다.

성지순례 후, 나는 그녀와의 만남을 은근하게 기대하며 안 선배와 자주 만났다. 학교 앞 안암동 막걸리 집을 돌아다니며 의학과 종교에 대하여 많은 이야기를 나누었다. 그러나 내심 궁금한 그녀에 관한 이야기는 꺼내지 않았다. 나는 자주 안 선배의 지도교수 방에 놀러갔고 안 선배도 가끔 나를 불러서 술을 마셨는데 술값은 대부분 안 선배가 계산했다.

안 선배는 이야기했다. 자기 아버지가 의료기기를 수입 판매하여 큰돈을 벌어 빌딩에 투자했으며, 빌딩 임대료만도 상당한 알짜 부자 집안이니 술값은 전혀 부담 가지지 말라고 했다. 안 선배는 내년에 졸업을 앞두고 논문 준비에 여념이 없었는데, 그는 환자를 치료하는 의사보다는 사회사업과 종교 쪽에 심취해 있는 듯이 보였다.

"이 후배, 우리가 아픈 사람들을 위해서 약을 개발하고 환자를 진료하고 질병을 고쳐 인간 수명을 연장하면 어떤 의미가 있는가? 근본적인 인간성 회복과 그에 걸맞은 사회제도가 있지 않는 한은 사람을 고치는 것만으로는 사람들의 불행을 더 연장시켜줄 뿐이라는 생각을 하네."

나는 내심 깜짝 놀랐다. 예수님이나 석가모니 가운데토막 같은 이야기를 하다니 하고 생각했다. 집안이 잘산다고 저런 생각을 하고 있다니! 요즘 젊은이들 사고방식과는 너무나 달랐다.

"선배님, 저야 질병에 걸린 사람들의 고통을 덜게 해주고 건강한 삶을 영위해 주어야 하는 약학도로서의 길을 가는 게 저의 조그만 소망입니다. 저야 큰 꿈이 없어서요."

"의학을 진보시키고 인류의 건강을 돕는 일, 그것은 의학도로서 당연한 의무이지만……."

안 선배는 크게 한숨을 내쉬더니 막걸리 두 잔을 연거푸 마시고 알 듯 모를 듯한 이야기를 쏟아냈다.

"인간의 수명을 100년까지 연장하고 안 하고가 문제가 아니라, 다스리거나 다스림 당하지 않는, 그러한 내 이야기는 기본적 환경이 선행되어야 한다는 것이지. 잘못 끼워진 단추를 다시 끼워야 하는 문제를 우리 인류는 간과하고 지내왔다는 이야기야……."

나는 더욱 놀라 되물었다

"선배님, 무슨 말씀이세요?"

"아, 아무것도 아니야. 빚과 이자에 허덕이는 노예 같은 삶을 연장해 봤자 그게 뭐 큰 가치가 있겠어? 우리 인간이 태초의 탄생에 대해서 부여받은 뭐 지위랄까? 그런 부분에서 종교적 교리적 해석을 나는 달리하고자……."

"선배님은 그쪽에 관심이 많으신 모양이네요?"

"어, 나는 원래 내가 희망하는 학과는 사회복지학이나 신학 쪽이었어. 어렵고 고통 받는 사람들에게 조금이나마 봉사하는 직업을…… 그런데 아버지가 의료기기상을 해서 의사들에게 뜯겨 살다 보니 아버지 뜻에 따라 반강제로 의대를 지원하게 되었지. 사실 나하고는 적성에 맞지 않았었는데."

"선배님, 세상에서 의사가 최고 직업이라고 할 수 있는데 무슨 사연이 있나요?"

그날 안 선배는 자신이 의대에 들어올 수밖에 없었던 아버지와의 불화를 남의 일처럼 이야기하면서 씁쓸해 하였다.

안 선배는 어려서부터 신동이라고 불릴 정도로 아주 명민하였다. 초등학교 때는 천재라고 할 정도로 학습 능력이 뛰어났다. 중학교 1학년부터 고등학교 1학년까지 전교 수석을 놓치지 않았다고 하였다.

안 선배의 아버지 고향은 함경도 함흥이었는데 1.4후퇴 때 조부 그리고 형제들과 같이 남하하였고 의료기기 수입상을 하여서 큰돈을 벌었다고 하였다. 우리나라가 한참 고도 성장기를 구가하던 시절 질병과 수명에 대한 관심이 높아져서 의료시장이 급팽창 하게 되었는데 그 흐름을 탄 것이 안 선배 아버지가 하는 고가의 의료기기 수입상이었다고 하였다. 그런데 아버지가 큰돈을 벌 수 있었던 이면에는 의료기기가 대부분 병원에서 사용하는 것이고, 환자용도 의사의 권고로 사용하는 것이어서 아버지는 의사의 눈치를 봐야 했다. 물론 의사 직업에 대한 넘겨볼 수 없는 콤플렉스도 작용하였다. 공부를 잘하는 아들이 자신의 한을 풀어주기를 바랐다고 한다. 리베이트 커미션이라는 말만 나와도 안 선배의 아버지는 치를 떨었을 정도였다. 자존심이 상해서 의사라면 이를 갈았다고 한다.

그런데 아들이 수재에다 전교 수석을 놓치지 않았으니 아버지의 꿈은 거의 이루어진 것이나 마찬가지였다. 아버지는 공부 잘하는 아들만 보면 신바람이 나서 사업에도 열성적이었다. 물론 주위 외삼촌과 고모 사촌들은 법대를 가서 한 권력 잡아 자기들도 기댈 수 있었으면 하는 눈치였다.

그러한 아버지의 꿈을 산산조각 낸 것은 안 선배가 고등학교 2학년 때였다. 교회에서 실시한 청소년 하계수련회에서 음성 꽃동네를 다녀오고 난 후, 자신의 진로를 신부로 바꾸겠다고 선언하면서부터였다.

음성 꽃동네는 1974년에 금왕읍 무극천주교회 오웅진 신부가 세웠다.

오웅진 신부는 자신도 거지이면서 불편한 몸을 이끌고 밥을 동냥해 10여 명의 병든 거지들을 먹여 살리는 최귀동(1990년 사망) 할아버지의 헌신적인 모습에 감동을 받아 '얻어먹을 수 있는 힘만 있어도 그것은 주님의 은총'이라며 부랑인과 고아, 정신병자, 심신 장애자 등 사회에서 보호받지 못한 이들을 위해 음성 꽃동네를 만들었다.

안 선배가 음성 꽃동네에서 보고 들은 것은 경외한 광경이었다. 또 다른 세계였다. 부유하게 살며, 모든 면에서 1등을 해야 행복으로 여기는, 다른 사람의 슬픔은 애써 외면하는 세상에서 아비규환의 지옥 같은 버림받은 사람들을 위해 일생을 헌신하는 많은 사람들이 있다는 데에 큰 충격을 받았다. 말로만 듣던 암환자들과 정신병자, 치매노인들을 돌보는 무보수 자원봉사자며 신부와 수녀들은 성자와 성녀였다. 그들이 봉사하는 광경은 부유하고 편안하게만 살았던 안 선배에게 죄스러움으로 다가왔다.

단지 걸을 수 있다는 이유만으로 걸을 수 없는 거지들을 동냥해 먹여 살린 최귀동 할아버지 이야기를 듣고 자신의 진로를 다시 생각했다. 그는 아버지의 부를 지켜주고 아버지 한을 풀어줄 의사가 되는 것이 옳은 길이 아니라고 다짐했다. 그는 신부가 되어야 한다는 결심을 굳혔다.

집에 돌아와서 몇 주를 고민하던 끝에 그는 아버지와 어머니에게 헐벗고 가난한 사람들을 위해서 살겠다는 자신의 결심을 털어놓았다.

아들의 천청벽력 같은 이야기에 아버지의 실망은 보통이 아니었다. 화가 나서 그날은 아무 말도 하지 않았다. 그리고 이튿날 술에 만취하여 들어오더니 집안 가재도구를 모두 부스러뜨렸다. 무섭게 변한 아버지는 '많은 사람 중 그게 왜 너여야만 하느냐'며 안 된다고 하였다.

안 선배는 그날 집을 도망치듯 나왔다. 만화방과 게임방을 전전하며 집에 안 들어갔다. 학교와 집에서는 난리가 났다. 그런데 돈이 떨어져 외삼촌한테 돈을 보내달라고 연락했다가 어머니한테 꼬리를 잡혀 집에 끌려들어 갔다.

그 후 그는 포악해진 아버지의 횡포에 못 이겨 의대에 진학할 수밖에 없었다고 하였다.

나는 안 선배가 의학 이야기 보다 춥고 배고픈 사람들에 대해 이야기할 때의 진지함이 이해가 갈 것 같았다. 안 선배는 춥고 배고픈 힘없는 사람들의 이야기를 할 때면 자신의 책임인 양 걱정스럽게 이야기하였고 고주망태가 되어 헤어졌다.

이후에도 안 선배는 술이 취하면 희생과 봉사 창세기 첫 단추 등 귀에 익숙하지 않은 단어를 사용하였다. 때로는 뜬구름 잡는 이야기를 하였다. 나는 그쪽 종교와 사회 인식의 지식도 짧았지만 가정이 늘 궁핍한 생활에 익숙해 있었다. 수업료 내기도 벅찬 마당이어서 안 선배의 철학과 이상은 사실 나의 관심 밖이었다. 솔직히 내 어려운 처지에 술 얻어먹는 입장이었다. 겉으로는 안 선배의 기분을 상하지 않게 맞장구 쳐주고, 혹시라도 그녀를 언젠가는 만날 수도 있을 것 같은 막연한 기대를 갖고 있었다.

그러던 어느 날 오후, 안 선배의 지도교수실을 찾았다. 안 선배가 친구와 이야기를 나누고 있었다. 어디선가 많이 본 듯한 인상이다 싶었는데, 알고 보니 성지 순례를 같이 다녀온 안 선배 친구였다. 나중에 들은 이야기지만 안 선배와 같이 의과대학을 다니다 의사 지망을 접고 다른 대학원 사회복지 쪽을 다니고 있는 대학원생이었다.

우리 세 사람은 지도교수인 김학운 교수가 강의를 끝내고 사무실에 들어오자 이른 저녁 신설동로타리 근처 전집으로 유명한 개성집을 찾아 들어갔다. 큰 동그랑땡과 파전을 주문하고 막걸리를 시켰다.

안 선배가 정식으로 나에게 인사를 시켰다. 이름은 신성호, 지혜가 많아 솔로몬이라는 별명이 더 어울린다고 하였다. 그는 얼음같이 차가운 인상에 눈동자가 유난히 빛이 났다. 안 선배가 고민이 있을 때는 솔로몬에게 자문을 구한다는 이야기도 덧붙였다.

안 선배가 이야기를 꺼냈다. 우리 사회가 타락하고 있는 것은 창세기 기록이 잘못되었기 때문이라고 주장했다. 그러자 솔로몬이 오래전부터 두 사람 사이에서 늘 있어온 화제 거리인 양 금방 그 뜻을 알아들었다.

"그렇지만 첫 단추가 끼워진 대로 2천년이란 세월이 흐른 현실도 감안해야 하고 현실에서 인정되고 묵인된 것은……"

안 선배가 다시 말했다.

"그것 첫 단추 때문에 타락한 사회가 되었고 바로잡으려면 타락한 방식으로라도 대응을 해야……"

솔로몬이 정색을 했다.

"타락한 사회라고 타락한 방식으로 해법을 찾는다. 그건 여러 사람을 더욱더 불행으로 만들 수 있어. 목적은 여러 사람들을 구원하는 것인데…… 대다수가 법을 어기고 살아간다고 이를 해결하기 위해서 법을 무시하면 그 사회는 어떻게 되겠는가!"

안 선배가 조금은 못마땅한 표정을 지었다.

"우월한 사람들이 법을 어기고 타락한 방법을 쓰는데 힘없고 가난한 사람들이 원칙대로 법을 지키고 살아간다면 문제는 언제 해결 되겠나?"

"물론 현실적으로 그래. 그렇다고 힘없는 사람들이 우월한 사람처럼 원칙을 어기면 더 큰 불행을 자초할 뿐이야."

안 선배의 언성이 조금 높아져 갔다.

"그럼, 지금 창세기 기록이 잘못되어 타락한 사회가 되었는데 지금 어떻게 하는 것이?"

"그렇다고 대다수 합의에 의해 유지되고 있는 이미 관습법처럼 되어버린 굳어진 창세기 기록을 바꾸는 것은 불가능할 뿐만 아니라 그러한 반대되는 행동은 결국은 후유증이 만만치 않고 악순환만 되풀이 될 뿐이라는 것이야!"

"그러면 방법이 없지 않은가, 핍박 받는 사람들……"

"방법을 찾으면 있을 거야 불가능한 여섯째 날 기록을 바꾸지 않더라도……"

"어떤 방법인데?"

"……음, 쉽지는 않지만 차별 받는 사람들을 위한 방법이란 왜 그들이 차별 받는 일을 하였는지도 따져봐야 하지."

"원인을 차별하는 사람과 차별 받는 사람 쪽 양쪽에서 살펴야 한다는 말이네?"

"그렇지. 문제 해결 방법에는 항상 하나 이상을 고려해야 하네. 그 하나만 고집하면 더 큰 화를 부를 수 있어. 단지 해법이란 것……"

나는 그들의 대화가 도무지 무슨 이야기인지 알 수가 없었다. 그래서 며칠 후 다시 세 사람이 그 식당에서 만났을 때 물어볼 수도 있었는데 내 전공도 아니고 내가 선배들 이야기하는 데 끼어들 입장은 더욱 아니어서 계속 듣기만 하였다.

"솔로몬, 나 이번에 창세기 건으로 논문을 만들고 있는데 우리 학위 딸 때 거의 2개 정도 논문을 준비하지 않는가 말이야. 물론 내 전공인 신경성 내과 박사논문은 이미 준비해 놓았고……"

"글쎄, 그런데 창세기 그걸 김학운 교수가 통과 시킬까? 의대에서 창세기 여섯째 날 기록이 인간건강과 무슨 관련이 있다고"

솔로몬은 친구의 선택이 자칫 우스갯거리가 될 수 있다는 여러 가지를 이야기했다.

안 선배가 다시 못마땅한 표정을 지었다.

"아니면 말지 뭐. 질병이야 그 원인이 여러 가지이고 포괄적이며 다양한데 원인 중에 종교도 포함되지 않나? 단기적인 원인이야 인간행동과 사고 습관 스트레스이지만 그게 백 년 전 천 년 전 내재된 원인을 찾는다면 연관이 아주 없다고는 할 수 없지."

"자네 그러다가 김학운 교수한테 무슨 소리를 들으려고……"

"내가 김 교수를 설득해야지."

우리는 서너 시간을 술을 마셔서 모두가 취해 있었다. 안 선배가 취한 눈동자로 쳐다보며 말을 이어갔다.

"우리가 진정한 가치를 추구하려 할 때 자네가 그랬잖은가? 두 가지 방법이 있다고……"

"어, 그랬지. 타락한 사회에 대응하는 타락한 방법과 그렇지 않은 방법."

"솔로몬은 어느 쪽을 택하나?"

"난 이상주의자가 아니거든. 타락하지 않은 방법으로 해야 후환이 없지. 손해 볼 것도 없고, 다만 해결에 시간이 걸리겠지."

나는 그때 솔로몬을 다시 쳐다보았다. 야무지고 단단해 보이는 외모에 매사 꼼꼼한 말투, 안 선배한테 들었던 솔로몬의 집안이 생각났다. 집안이 넉넉하지 않은 장사꾼 집안이라는 생각이 머리를 스쳤다.

두 사람은 환경도 정반대였지만 일을 해결하는 접근 방식 또한 정반대로 보였다. 그렇게 대비되는 두 사람이 절친하다는 게 이해가 안 될 정도였다. 그러나 어찌 생각해 보면 두 사람은 서로가 부족한 부분을 채워줄 친구로 손색이 없겠다는 생각이 들기도 하였다.

안 선배가 다시 이야기를 이어갔다.

"타락하지 않은 방법으로 하였을 때 효과가 없을 때는?"

"그래도 할 수 없지. 타락한 방법으로 대응하는 것은 특히 약자들을 위한 일이라면 더욱……"

솔로몬은 야멸차게 못을 박았다.

나는 그들의 대화를 들으며 그 의미를 완전하게 이해하지는 못했지만, 힘없고 가난한 사람들을 위한 방법론에 대한 것이라는 느낌이 들었다.

② 다이아몬드 대형으로

2002년 6월, 건국 이래 최초로 FIFA 월드컵 축구경기가 한국과 일본에서 공동 개최되었다. 전국은 연일 월드컵 축구 열기로 뜨겁게 달아오르고 있었다.

2002년 6월 18일 오후8시 30분에는 한국 팀과 이탈리아 팀 간의 16강전이 열릴 예정이었다.

광화문에서 펼쳐지는 거리응원을 나가기 위해 안 선배가 있는 지도교수실로 갔다. 안 선배는 혼자 영화를 보고 있었다. 영화 장면에는 노예검투사와 사자가 콜로세움경기장에서 목숨을 건 혈투를 벌이고 있었다. 검투사 일곱 명이 각각 다른 방향에서 돌진하는 여러 마리의 사자 떼들한테 밀리면서 검투사 두 명이 피를 쏟아내며 쓰러졌다. 그러자 사자들에게 밀리던 검투사 중에서 장군이었다가 모략에 의해 노예 검투사가 된 주인공 막시무스가 검투사 네 명에게 소리쳤다.

"방패, 다이아몬드 대형으로!"

네 명의 검투사는 각각의 방패를 모아 모여들었다. 검투사들이 다이아몬드 대형으로 집결하여 대응에 나서자 성난 사자들이 주춤거렸다. 이때 막시무스가 방패로 사자머리를 내리찍고 단칼로 사자들을 찔러 쓰러뜨리자 성난 사자들도 기세에 질렸는지 도망치고 있었다. 흥분한 관중들은 일제히 일어났다.

다음 장면은 검투사 막시무스가 단창과 방패를 들고 등장하고 교활한 코모두스 황제가 말 네 마리가 끄는 황금색 마차를 타고 등장하고 있었다. 두 사람의 결투가 시작되자 관중들이 함성이 하늘을 찔렀다.

"안 선배, 영화를 무척 좋아하시는 모양이네요? 저 영화는 지난번에도 보신 것 아닙니까?"

"맞아. 그 영화 로마시대 검투사 이야기를 다룬 '글래디에이터'야."

"그래도 같은 영화를 두 번씩이나?"

"이 영화가 큰 감동을 주는 것은 핍박받는 노예들에게 희망을 주는 방법이 있기 때문이지. 노예들도 혼자 힘으로 하지 말고 뭉치고 지혜를 모아서 다이아몬드 대형을 갖춘다면 어려운 세상을 헤쳐 나갈 수 있다는 거야. 약육강식의 세계에서 사자밥이 안 될 수 있는 거지. 자신을 희생하는 사람이 있으면 어떤 어려움도 이길 수 있다는 거지."

"다이아몬드 대형! 조금 전 화면 4명이서 각 방면으로 방패를 세운 거군요. 저는 2년 전 '글래디에이터' 개봉할 때 흥미로만 보았는데요."

"자, 출발하지! 광화문광장은 좀 일찍 가야 좋은 자리를 잡을 수 있을 거야."

광화문에 도착한 안 선배와 나는 우리 학교 학생들이 자리 잡기로 한 광화문 종각에서 교보문고빌딩 가운데 사이로 들어가 자리를 잡았다. 대각선 국제빌딩에 설치된 대형 화면을 바라보며 응원할 채비에 들어갔다.

8시 30분, 경기 시작 휘슬이 울렸다. 히딩크 감독이 이끄는 한국 팀은 황선홍과 홍명보를 중심으로 박지성, 이을용, 안정환, 이천수, 이운재 등을 포진시켰다. 공은 줄곧 약체인 한국 진영에 머물면서 골대를 위협했다. 이탈리아 팀은 유럽의 전형적인 전차군단이었다. 강력한 힘의 축구로, 개인기를 바탕으로 한 빠른 패스와 스피드 전략을 구사했다. 한국 팀은 주눅이 들었고, 이탈리아 팀 선수들을 일대 일로 마크했지만 수세에 몰리고 있었다. 히딩크 감독은 박지성에게 '개인별 수비 위주에서 팀워크로 대응하라'는 양쪽 손 장지와 검지를 모은 다이아몬드 수신호를 보냈다. 수세에 몰렸던 한국 팀은 4명씩 유기적인 네트워크가 가동되었다. 빠르게 변화하는 대형은 상대를 혼란에 빠뜨렸으며 가끔씩 중거리 슛으로 이탈리아 팀을 위협했다.

마침내 한국 팀 2대1 승리! 한국 팀의 8강 진출이 확정되는 역사적인 순간이었다. 붉은색 티셔츠로 물결을 이룬 붉은 악마들의 함성이 하늘을 찔렀다. '짜잔~짜·잔·짜!' '대~한~민~국!' 앉아있던 거리응원단들이 흥분해서 하나 둘씩 일어나더니 누가 먼저랄 것도 없이 손에 손을 잡고 어깨동무를 하며 뜨겁게 대한민국을 외쳐댔다. '대~한~민~국!' '짜잔~짜·잔·짜!'

그때 갑자기 안 선배가 소리쳤다.

"후배, 저기, 저기 말이야!"

"네? 어디요?"

"어, 저기 로마에서 본 얼굴!"

나는 소리쳤다.

"맞아요! 트레비분수!"

그녀가 눈에 확 들어왔다. 로마에서 본 그녀와 똑같이 보이는 얼굴이 다섯 명 건너에 앉아 있다가 일어났다. 안 선배와 나는 앉은뱅이걸음으로 옆 사람들을 밀치고 다가갔다. 응원단은 어깨동무를 하고 파도타기를 시작했다. 안 선배와 나는 어깨동무로 짜여진 그물벽 앞을 더 이상 뚫고 나아가지 못했다. 우리는 그날 그녀를 밤늦도록 찾아 헤매다가 새벽에야 허탈하게 집으로 돌아왔다.

일주일 후인 2002년 6월 25일, 8강전에서 세계 최강으로 불린 무적함대 스페인을 물리치고 올라온 한국은 독일과 4강전 경기를 치르게 되었다.

안 선배와 나는 서로 약속이나 한 듯이 지난번 그 자리 광화문 네거리 종각 옆 교보문고 출구 쪽에 경기 시작 3시간 30분 전인 5시부터 자리를 잡았다. 경기는 오후 8시 30분에 시작될 예정이었다. 대부분의 사람들이 이마와 뺨, 팔다리에 태극 문양을 그렸다. 머리에는 빨간 도깨비 뿔 모자를 썼고 손에는 각양각색의 형광 야구방망이, 긴 풍선과 삼지창 등 요란하고 귀여운 응원도구를 들고 있었다.

'짜잔~짜·잔·짜!' '대~한~민~국!' 사람들은 응원도구 또는 양손을 권총 모양을 한 채 대각선으로 팔을 동시에 뻗었다. 응원의 함성은 거리를 가득 메웠고, 종로·시청앞·서대문의 함성은 광화문 거리로 모아지는 듯했다가 용광로가 폭발하듯 하늘로 올라갔다. 붉은 악마 티셔츠를 입은 수만 명의 군중이 광화문광장을 가득 채웠다.

경기 시작 두 시간 전, 광화문광장은 거리응원단의 물결로 출렁이기 시작했다. 순간, 안 선배가 나에게 소리쳤다.

"저~기 있어!"

그녀가 친구들로 보이는 10여 명과 함께 붉은악마 티셔츠를 입고 교보문고빌딩 사옥 쪽에서 광화문 네거리로 걸어오고 있었다. 안 선배는 나의 손을 잡고 이번에는 절대 놓치지 않겠다는 듯이 몰려오는 응원 인파를 헤치고 그녀 곁으로 다가가 다짜고짜 말을 걸었다.

"안녕하세요? 저는 로마에서……"

그녀가 돌아보았다.

"저 말씀이세요? 로마라뇨?"

축구와 로마가 무슨 관계가 있냐는 듯한 표정으로 쳐다보았다.

"1년 반 전 트레비분수에서 손지갑을……"

"어머? 그럼 그때 제 손지갑을 찾아주신 분? 맞죠? 맞죠?"

말이 채 끝나기도 전에 경계를 푸는 건 물론이고, 놀라고 감격스러워 하였다. 그리고 그녀는 활짝 웃었다. 웃는 그녀의 눈동자와 하얀 치아가 환하게 빛이 났다.

그녀는 함께 온 일행들을 따돌리고 안 선배와 나와 셋이서 응원을 했다. 한국 축구가 세계 최강 독일과 맞서는 4강에 진출했다는 사실만으로도 광화문광장과 서울시청광장에 운집한 관중들은 열광의 도가니에 빠졌다. 경기가 끝나고 우리 세 사람은 관중들과 함께 종로1가와 2가를 행진하고 인사동까지 걸어갔다. 즐비한 호프집에는 흥분이 가시지 않은 거리 응원객들이 몰려들어 북새통을 이루고 있었다.

이름은 강윤지. S대 의과대학 대학원생으로 2년간의 독일 교환연구를 마치고 5월 말에 귀국. 우리는 그날 간단히 자기소개를 하였다. 주변 테이블마다 온통 시끄러운 축구 이야기뿐이어서 대화를 나눌 수 없었다. 그날 그녀는 늘씬한 키에 청바지와 붉은악마 티셔츠를 입고 있었다. 얼굴 양쪽 볼에 태극기 문양을 붙이고 있었다.

가까이서 본 그녀는 동양과 서양여인의 미를 적당히 조합한 야릇한 여신 같은 아름다움을 풍기고 있었다. 불빛 아래 짙은 음영의 얼굴은 마치 조각상을 연상시켰다. 그날 우리도 상대가 알아듣든지 말든지 축구 이야기로 고함을 치며 술을 마셨다. 그리고 이틀 후 신림동 카페에서 만나기로 하고 헤어졌다.

약속한 날, 나는 카페에 약속 시간 30분 전부터 나가서 기다렸다. 안 선배가 오고 조금 있다가 어두웠던 카페가 갑자기 환하게 밝아지는 듯하더니, 출입구 쪽이 광채가 나는 것 같았다. 그녀가 나타났다. 늘씬한 체형과 생머리의 그녀는 베이지색 블라우스에 짙은 감색 스커트를 입고 있었다. 하늘에서 내려 온 천사 같은 느낌을 주었다.

"안녕하세요?"

밝게 웃으며 다가오는 그녀는 눈이 크고 속눈썹이 길었다. 우아했으며, 이국적 분위기를 물씬 풍겼다. 인사를 하고 차를 주문하였다. 나와 안 선배는 그동안 궁금했던 로마의 일을 물었다.

"그때는 정말 고마웠어요. 여권과 신용카드 그리고 여행비용이 들었던 손지갑을 날치기 당하고 무척 당황했었는데 감사 표시도 제대로 못하고 죄송했어요."

그녀가 뒤늦은 감사 표시라며 예쁘게 포장한 조그만 선물상자를 내밀었다. 독일제 볼펜과 만년필이라며 쑥스럽게 웃었다.

"그때 저희 일행인 유럽기독교연합회 학생단은 한국에서 온 학생들과 로마에서 잠시 만나고, 다시 이집트로 떠났어요. 두 분께 인사하려고 올해 5월말 귀국해서 수소문해 보았는데, 성지순례를 추진했던 전국동아리 집행부는 해체되어서 몇몇 대학동아리 간부들에게 연락했지만 로마 일을 잘 모르더라고요. 그런데 이렇게 만나서 정말 기뻐요."

안 선배가 한마디 거들었다.

"사실 우리는 성지순례 돌아와서 로마에서의 일을 이야기했고, 저 나름대로는 윤지 씨가 독일에 유학 중이라는 사실도 알아냈었습니다."

"아! 그렇군요. 다시 한 번 진심으로 감사해요."

그로부터 우리 세 사람은 자주 만났다. 이벤트가 있는 곳을 안 선배가 추천하면, 그녀와 나는 안 선배를 따라 다녔다. 나는 안 선배와 그녀, 두 사람의 연애에 들러리를 서는 기분이었다. 그러나 그녀에게 미쳐있었다 해도 과언이 아니었다.

안 선배는 그녀에게 적극적으로 나갔고 그녀도 싫지 않은 표정이었다. 안 선배는 영화나 연극 또는 음악회 초대권을 예매하고 구해 왔다. 또한 종교나 미래의학 관련 세미나 개최 정보도 가져와 세 사람이 함께 갔다. 물론 밤늦도록 술을 마시며 열띤 토론을 하기도 했다.

우리 셋이 그렇게 보낸 시간은 어떻게나 빠른지 석 달이 훌쩍 지나갔다. 세 사람이 자주 만났는데, 나는 그녀를 만나는 날이면 항상 마음이 설레었다. 나는 그녀에게 어떻게 해서든 점수를 따고 싶었다. 그녀와 같은 미인은 내 생애에서 더 이상 만날 수 없을 것 같은 예감에서였다. 나는 가끔 술에 취해 그녀에게 전화를 걸어 둘이서만 만날 것을 제의하기도 했다. 그녀는 나에게는 선배가 후배한테 대하듯 사무적으로 대했고 냉랭하기까지 하였다. 짝사랑하는 나는 그녀의 사랑에 굶주려 있었다. 안 선배 눈치를 보아가며 기회를 잡아 그녀에게 대시할 명분을 찾고 있었다.

우리 세 사람은 음성 꽃동네며, 서울 근교에 있는 성인 정신병원 환자들이 생활하는 곳을 틈틈이 찾아가서 그들의 일상을 지켜보기도 하였다. 그들은 원하지 않은 삶에, 원하지 않은 불행에 빠진 사람들이었다.

그곳, 지옥 같은 환경 저주받은 환자들의 처절한 비극이 머무는 곳에서도 나는 그녀가 옆에 있어 모든 게 아름답고, 행복했다. 나는 그녀에게 혼을 빼앗겼던 것이다. 그리고 최소한 그녀도 나를 싫어하지는 않을 것이라고 믿었다.

③ 중청대피소와 그 후의 일들

우리는 한동안 실내 위주의 조용하고 음울한 분위기에 묶여 있었다. 나는 분위기를 바꾸어 보고 싶었다. 생각해낸 것이 다음달 10월 개천절 연휴를 이용한 설악산 등산이었다. 2박 3일의 설악산 등산 계획에는 안 선배 친구인 신 선배까지 참여시켰다. 문제는 윤지가 산행 경험이 없어서 못가겠다고 걱정을 하였다.

윤지를 위해 서울에 있는 산에서 트레이닝을 한 다음 설악산 대청봉을 오르는 순차적인 목표를 세우고 실행에 들어갔다. 9월 중순부터 하순까지 우리는 토요일과 일요일을 이용해 시내 남산을 시작으로 청계산과 관악산을 오르내렸다. 그리고 9월 하순 설악산 등산을 위해 내설악 백담사 쪽 민박집과 대청봉 아래 중청산장 대피소에서 각각 1박을 하는 것으로 인터넷 예약을 하였다.

10월 2일 내설악 백담사 쪽에서 대청봉을 등산하는 코스로 잡은 우리는 안 선배 차를 이용해서 백담사로 출발했다. 단풍 행락객으로 차가 밀려서 오후 늦게 도착한 우리는 다음날 아침 일찍 백담사에서 영시암에 이르는 수렴동 계곡 길을 택하고 산을 올라갔다. 길은 거의가 암벽에다 각도가 40도에서 심한 곳은 80도의 각도로 깎아지른 절벽이었다. 백담사를 출발한 지 1시간이 지나자 윤지는 땀을 비오듯 흘리며 도저히 못 올라가겠다고 손을 들었다. 안 선배와 나 그리고 신 선배가 교대로 손을 잡아 끌어올렸다. 올라가는 시간보다 쉬는 시간이 더 많았다. 겨우 영시암에 도달했다. 그 후 영시암에서 봉정암에 이르는 길에서는 내가 윤지의 한쪽 팔을 둘러메고 사투를 벌인 끝에 7시간에 걸쳐 가야동 계곡 길을 타고 봉정암에 도착했다. 모두가 온몸이 땀으로 젖었다. 나는 힘은 들었지만 윤지가 옆에 있어 기분은 날아갈 듯했다. 더욱이 등산을 포기하고 다시 백담사로 내려가자고 울먹이던 윤지를 업다시피 해서 사력을 다하는 내 모습에 윤지도 고마워하고 감동하는 눈치였다. 그때 시간이 벌써 오후 3시였다. 봉정암 석가모니 사리탑 앞에 등산으로 땀을 뺀 윤지의 백옥 같은 얼굴과 그 뒤편 불바다로 번진 서북 능선과 용아장성 능선의 자태에 어우러짐은 한 폭의 그림이었다. 이곳이 극락세계 불국토 같았다.

나는 잠시 생각에 잠겼다. '왕성하던 푸른 잎들은 이제 불타는 태양에 의해 단풍이 되고 이 단풍잎들은 결국은 떨어지고 사그라져 흙으로 돌아가야 하는 운명이 기다리겠지. 단풍과 사람을 포함하여 그 어떤 것도 영원할 수 없다. 우리가 어디에서 무엇을 하든 세월은 흐를 것이고, 지나간 시간과 과거의 행적들은 불살라져서 흔적 없이 사라져버릴 것'이라는 생각이 머리를 스쳐 지나갔다.

짧은 삶에서 누구를 죽도록 사랑하다 죽는다면 그것 또한 의미 있는 일이라고 생각했다. 붉게 타는 핏빛 단풍과 윤지에 취한 나는 윤지를 위해서라면 무슨 일이라도 할 수 있다고 마음먹었다. 죽음까지도.

봉정암에서 우리는 기진맥진 널브러져 움직일 생각을 못했다. 그때 고요하고 청아한 목탁소리와 낭랑한 스님의 설법 소리가 들려왔다. 우리는 귀를 쫑긋했다. 안 선배가 대웅전 쪽으로 먼저 걸어갔다.

"과거도 무(無)이며 현재도 미래도 무입니다. 힘들게 남을 위해서 사는 만큼 행복합니다. 행복은 내가 희생할 때 오는 것이고 욕심을 낼 때 달아납니다. 많이 가질수록 더욱 부족하다고 느끼며 살아가는 것이 중생들입니다. 내가 가진 것을 나누어주어야 합니다. 우리는 소금이 되어야 하고 빛이 되어야 합니다. 우리는 오늘이 될지 내일이 될지 알 수 없지만 언젠가는 빈털터리로 돌아갈 여행객이기 때문입니다. 우리는 빈손으로 왔고 또 빈손으로 가야만 하는 운명을 타고난 수많은 여행객 중 하나일 뿐입니다."

스님의 말씀은 계속 이어졌다.

어릴 때 어머니는 보살과 절을 찾아가는 등 불교 쪽에 가까웠지만 내가 고등학교 다닐 때부터는 성당의 열렬한 신자로 변했다. 나도 종교적으로 어머니의 영향을 많이 받아서 그런지 불교와 가톨

릭에 익숙해 있었다. 스님의 설법을 들으니 몇 년 전 어머니와 같이 간 성당 신부님의 강론과 비슷했다. 나도 궁금해서 바로 자리를 털고 일어났다.

신부님과 스님이 비슷한 말씀을 하다니… 나는 급히 설법을 하는 스님이 있는 대웅전으로 발길을 옮겼다. 젊은 스님이었다. 옆을 보니 안 선배가 먼저 와서 심각한 표정으로 듣고 있었다.

잠시 후 자리로 돌아온 안 선배가 이야기했다.

"나는 스님 말씀이 충분히 공감이 가. 한줌의 흙으로 돌아가는 인생인데 추구하는 게 돈과 명예가 돼서는 안 되지."

신 선배가 이야기를 받았다.

"그렇지만 사람이 욕망이 없다면 어떤 일도 흥미가 없어. 인간은 욕심으로 살아가는 것이어서……"

나와 윤지는 지쳐서 아무 이야기도 하지 않았다.

우리는 다시 걸음을 재촉했다. 오늘의 목적지인 대청봉 아래 중청산장 대피소에 다다랐을 때에는 벌써 해가 넘어가고 있었다.

붉게 타는 노을과 땅 위 핏빛 같은 단풍 바다는 세속의 어지러움을 잊게 하였다. 우리 집의 가난과 사랑하는 윤지를 얻어야 하는 여러 생각들이 교차했다. 내가 지금 꿈을 꾸고 있나 하는 착각마저 들었다. 모든 것을 잊고 윤지가 옆에 있는 노을과 단풍이 붉게 타들어 가고 있는 여기 불국토에 한없이 머물러 있어도 좋을 듯했다.

간단한 식사를 하고 대피소 테라스에서 휴식을 취하는데 갑자기 기온이 급강하하고 눈발이 날렸다. 우리는 대피소 안내 창구에 예약한 숙박권을 내밀고 매트리스와 모포 하나씩을 지급받아 대피소 마루침상으로 자리를 옮겼다. 배낭을 정리한 후 피곤해서 일찍 잠을 청하려 옷을 입은 채로 자리에 누웠다. 그때가 밤 9시쯤으로, 막 잠을 청하려는데 스피커에서 방송이 나왔다. 기상 악화로 밖에 기온이 갑자기 영하로 떨어지고 폭설이 내리고 있다고 하였다. 하산하려던 등산객과 야간 등산을 하려던 예약을 안 한 등산객들이 대피소로 몰려들고 있다는 방송이었다. 조금 있더니 방송은 더욱 다급해졌다. 양쪽 마루침상 가운데 복도에 긴급하게 대피하고 있는 등산객들이 앉을 자리를 마련해 달라고 하였다. 잠시 후에는 침상 위까지 서로 불편을 감수하고 추위에 떨고 있는 사람들과 같이 할 수밖에 없고 밖에 있는 사람들이 못 들어오면 동사할지도 모른다는 것이었다. 120여 명을 수용할 수 있는 산장 대피소에 300여 명이 넘는 인원이 계속해서 몰려들고 있었다.

우리는 윤지만 남기고 밖이 얼마나 추운지 대피소 밖으로 나와 보았다. 아니나 다를까, 바깥 날씨가 보통이 아니었다. 강추위와 눈보라가 휘몰아치고 있었다. 금방이라도 얼굴과 온몸이 얼어버릴 것 같았다. 단 오 분도 못 견딜 것 같았다. 우리는 다시 복도로 몰려드는 사람들을 헤치고 어렵게 배낭이 있는 자리로 들어왔다. 윤지의 안전함을 확인하고 세 배나 과다 수용되고 있는 대피소 사람들을 빨리 교통정리하지 않으면 나무로 만든 대피소 마룻바닥이 내려앉거나 산소가 부족할 것 같았다. 우리 세 사람이 먼저 질서 회복에 앞장서기로 하였다.

복도에는 서로 밀고 들어오는 사람들로 북새통을 이루고 있었다. 침상 아래 복도에 있던 사람들도 침상으로 올라와 앉았다. 좌석을 예약한 사람들은 처음에는 여유만만하고 느긋하였으나 예약을 안 한 사람들이 몰려들자 초조해졌다. 우리는 복도로 내려왔다. 안 선배가 두 손을 나팔 모양으로 만들고 사람들에게 호소했다.

"지금 밖이 너무 추워서 견딜 수가 없습니다. 추위에 떨고 있는 사람들이 너무 위험합니다. 우리가 한 시간씩 돌아가면서 교대로 밖으로 나가고 밖에 있는 사람들이 들어왔으면 합니다. 그렇지 않으면 바닥이 무너져 내리거나 산소가 부족해서 질식사하게 될 것입니다."

여기저기서 웅성거리고 불만이 쏟아졌다. 돈 내고 자리를 잡았는데 무슨 소리냐며 손가락질하고 따지는 사람이 보였다. 안 선배를 가리키며 너나 나가라는 사람들도 있었다. 그런 와중에 몇몇 건장해 보이는 등산객들 중에서 장비를 갖춰온 사람들은 간이텐트와 닭털침낭을 챙겨서 씩씩하게 밖으로 나가는 모습도 보였다.

그러나 나가려는 사람보다 들어오려는 사람이 많아지자 공기가 탁해졌다. 숨도 못 쉴 지경이었다. 신 선배가 큰소리로 외쳤다.

"이대로는 바닥이 무너지거나 산소 결핍이 일어나 모두가 위험에 빠질 것입니다. 지금 정원보다 3배나 많은 사람들이 몰려왔습니다. 더 많은 사람들이 몰려오고 있습니다. 우리가 자리를 예약하였지만 그와 상관없이 나이 많은 분과 여성분들 그리고 가족과 함께 온 어린이들은 대피소 안에 남으시고 젊고 건장한 분들은 건물 밖으로 교대로 나왔다 들어갔다 했으면 합니다."

신 선배의 호소에도 불구하고 대부분 사람들은 수긍을 하면서도 움직이지는 않았다. 숨이 막히고 상황이 급박해지는 것을 눈치 챈 서너 팀의 산악동아리 회원들인 듯한 십여 명이 일어나면서 밖으로 나가야 할 사람들을 손가락으로 찍었다. 자신들도 나갈 테니 그들에게 같이 밖으로 나가자고 외쳤다.

"우리 모두가 숨이 막혀 죽을 수 있습니다."

아우성과 고함소리가 혼잡을 가중시켰다. 수십 명이 마지못해 몰려 나갔다. 순간 몇몇 약삭빠른 사람들이 강제적으로 빠져 나간 침상으로 올라와서 재빠르게 자리를 잡았다.

한편 밖으로 나가려는 사람들과 들어오려는 사람들이 뒤엉켜 복도는 극도로 혼잡해졌다. 사람들이 복도와 침상에 몰려들고 먼저 자리 잡기 위해 움직이려는 사람들이 많아졌다. 그때 벽면을 스치며 지나가는 사람들에 의해 식당과 대피소 현관으로 통하는 모든 형광등을 컨트롤하는 메인 점등스위치를 누군가 잘못해서 건드린 것 같았다. 천정 형광등이 몇 번 점멸하더니 빛이 아주 나가 버렸다. 빛이 나간 복도는 어둠과 혼돈이 지배하였다. 힘과 욕심만 앞세워 앞서거니 뒤서거니 하며 걸음을 옮기던 군중들은 당황했다. 빛은 꺼졌고 빛의 자리를 어둠이 메웠다 일단의 사람들이 넘어졌으며, 무리들은 연쇄적으로 넘어져 갔다. 작고 큰 혼란이 여기저기서 일어났다. 빛을 차단한 사람이 누구냐는 외침이 일어났다. 다리를 걸어 넘어뜨린 사람은 또한 어느 놈이냐며 소리 질렀다. 다리를 걸어서 넘어졌다는 사람의 답변은 어두워서 발을 헛디뎌서 넘어졌다고 했다. 각각의 의문과 주장은 동문서답이며, 존중되지 않았다. 그들의 주장은 상반되었으며 봉합되지 않은 채 허공에서 흩어졌다. 상대방이 보이지 않는 메아리 없는 어둠속에서의 욕설과 외침, 날카로운 설전은 양보되지 않았다. 그 치열함이 광기까지 불러오자 살기마저 띠어 혼란을 가중시켰다. 치고 박고 윽박지르는 소리는 한동안 지속되었다. 정신을 차린 사람들은 개인 전등을 켰고 비상구를 가리키는 표지판을 찾았다. 불이 다시 들어왔다. 그 후에도 혼돈스러움은 한동안 계속되었다. 그때였다. 대피소에서 긴급 방송이 나왔다.

봉정암 스님이 대피소의 긴급 상황을 전해 듣고 봉정암에 숙박하고 있던 등산객 불자들과 같이 1.7키로의 강추위와 눈 속을 뚫고 달려왔다고 전했다. 스님 일행이 봉정암에 있던 대형 천막과 매트리스와 담요를 가져왔다고 하였다. 스님 일행이 가져온 물건들로 밖에서 백여 명의 공간을 대피소 테라스에 설치하고 있으며, 젊은 이들은 그곳으로 이동해주기 바란다는 안내방송이 나왔다. 사람들은 안도의 한숨을 내쉬었다. 장내는 조용해졌다. 사람들은 차분하게 질서를 지키며 서로가 자리를 양보하였다. 젊은이들은 자진해서 밖으로 나갔다.

설악산 봉정암에서 스님의 설법과 대피소에서의 일들은 내 짐작컨대 우리 일행 네 사람의 가슴속에 깊은 감동을 주었던 것 같다. 특히 안 선배는 무척 감동한 눈치였고 이튿날 대청봉에 오르고 서울로 오면서 그 일을 되풀이해서 이야기하였다. 그의 표정과 말투에서 향후 안 선배의 철학과 행동방식 결정에 적지 않은 영향을 줄 것 같다는 예감이 들었다.

설악산 등반 후 나는 윤지에게 더욱 호감을 보였다. 그러나 윤지는 여전히 안 선배에게만 관심을 보였고 나에게는 다소 우호적이었으나 여전히 거리를 두었다.

설악산 등산으로 윤지에게 점수를 따자 나는 용기가 생겼다. 윤지와 더 친밀해지고 싶었다. 나는 이런저런 계획을 세웠다. 또다시 밝은 이벤트를 시도했다.

10월 중순, 저녁식사를 마치고 호프집에서 한잔 걸친 우리는 늦은 시간 강남에 있는 나이트클럽을 찾았다.

금요일 밤 11시 클럽은 사람들로 북새통을 이루었다. 무대에서는 사이키조명이 현란하게 돌아가고 사람들을 흥분시켰다. 한참을 기다린 우리는 겨우 구석진 자리를 구했다. 과일과 맥주를 시켰다. 옆 테이블을 보니 거기도 세 명의 남자가 회사에서 회식을 하고 왔는지 혀가 꼬부라져 발음이 제대로 안 되었는데 특히 한 사람은 몸을 가누지 못할 정도였다. 맥주 3병을 마셨을 때 무대에서 남녀 2명의 반라(半裸)쇼가 끝났다. 디스코음악으로 바뀌면서 사람들이 우르르 몰려 나갔다. 우리도 나가서 음악에 맞추어 춤을 추었다. 무대는 테이블에 앉았던 대부분 사람들이 몰리면서 혼잡해졌다. 춤추기에 자꾸만 비좁아졌다. 그런데 우리 옆 테이블에 있었던 남자 세명이 옆에서 여성 두 명과 춤을 추다가 여성들이 비틀거리는 남자들이 못마땅하였는지 테이블로 돌아갔다. 그들은 윤지와 춤을 추려고 비좁은 공간으로 파고들었다. 나와 안 선배가 잠시 밀려났다. 우리도 윤지를 놓치지 않으려고 다시 그들 옆으로 끼어들면서 그들과 우리 사이에는 팽팽한 긴장감이 흘렀다. 비좁은 공간에서 한 사람을 놓고 벌어지는 이상한 다툼 속에 안 선배와 나는 윤지를 빼내 춤을 추었다. 그때 무대 음악이 블루스음악 '그 겨울의 찻집'으로 바뀌고 연인끼리 짝을 지었다. 나는 안 선배에게 윤지를 맡기고 좌석으로 돌아왔다. 순간 느낌이 이상해 뒤를 돌아보니 무대에서 실랑이가 벌어지고 있었다. 윤지에게 억지로 춤을 추자고 하는 그들이 윤지를 데리고 자리로 돌아오려는 안 선배를 밀쳐내고 있었다.

나와 안 선배가 그들을 물리치고 윤지를 데리고 자리로 돌아왔다. 그러나 이쯤에서 사태가 정리되는가 싶었는데 그게 아니었다. 우리가 자리로 돌아와 맥주를 따르고 있을 때였다. 그들도 돌아와서 두 명은 앉아 있고 한 명이 서서 휘청거리고 있었다. 휘청거리던 그는 무대에서 계속 윤지에게 시비를 하던 작고 뚱뚱하게 생겼는데 너무 취한 듯 인사불성이었고 눈동자가 풀려 있었다. 그가 씩씩대더니 갑자기 맥주병을 탁자에 내리침과 동시에 깨진 맥주병을 움켜쥐고 흐느적거리면서 안 선배 머리를 향해 내리쳤다. 순간 윤지가 눈치를 챘는지 핸드백으로 안 선배의 머리를 막았다. 그런데 깨진 맥주병을 들고 있던 남자의 주먹이 안 선배 코에 부딪혀 코피가 흘렀다. 이를 보고 달려온 건장한 웨이터 네 명이 그들을 끌고 나갔다.

순식간에 벌어진 일이었다. 그 일이 있은 후 나는 더 이상 이벤트 주선을 하지 못했다. 안 선배는 윤지가 병도 주고 약도 준다고 놀렸다. 또한 생명의 은인이라고도 했다.

그리고 내가 착각에 빠져도 대단한 착각에 빠졌었다는 것을 깨닫게 되기까지는 그리 오래 걸리지 않았다.

한동안 안 선배와 그녀는 남몰래 손을 잡을 정도로 가까워지는가 싶더니, 의외로 종교 문제에서는 의견이 다른 듯했다. 안 선배가 나한테 귀띔한 이야기였다. 그녀는 외동딸로 아버지는 한국의 줄기세포 권위자인 S대 H박사의 친구이자, M바이오병원을 운영하다가 M바이오 줄기세포 벤처기업을 창업한 1세대 줄기세포 연구자이며, 병원을 운영하는 기업인이라고 했다. 안 선배는 그녀를 사랑하고 있다고 나에게 털어놓았다. 나는 안 선배 눈치를 살피면서 마음속에는 그녀에게 사랑을 고백할 기회를 엿보고 있었다. 나는 안 선배에게는 더 이상 그녀에 대하여 묻지를 않았다. 안 선배에 대한 예의가 아니었으므로.

그러던 어느 날, 셋이서 만나기로 한 약속일에 안 선배한테서 문자가 왔다.

'급하게 논문 건으로 볼일이 생겨서 프랑스를 다녀와야 해. 내가 없는 사이 윤지 잘 보살펴주길…… 광선'

가을이 깊어갈 즈음, 안 선배는 프랑스에서 열흘 만에 다시 우리한테 돌아왔다. 그러나 그는 예전의 안 선배가 아니었다. 가을을 심하게 타나 할 정도로 감성적으로 변한 듯했다. 또 다른 변화는 예전의 그녀에 대한 열정이 언제 그랬냐는 듯, 늦가을처럼 식어 있었다. 그리고 그러한 모든 이유가 자신의 논문이 통과가 힘들어서 그렇다는 이야기를 했다. 그녀는 안 선배를 설득했다. 의학에 관한 논문으로 졸업을 하고 이상은 다른 방식으로 실현하라고 하였다. 그럼에도 안 선배는 계속 고집을 피웠다. 안 선배는 이상할 정도로 논문에 집착하고 있었다.

그렇게 괴로운 나날이 계속되었다. 그녀는 눈물을 흘리며 안 선배를 설득하였다. 안 선배는 심각한 표정으로 그녀를 바라보더니 눈물을 글썽였다. 나는 그 순간을 보면서 두 사람이 계속 만난다면 운명이 비극적일 것 같은 예감을 느꼈다. 그녀는 안 선배를 만날 때마다 울먹이고 더 이상 논문으로 자신과의 사랑이 멀어지지 않기를 하소연했다. 그러나 안 선배는 그때 뿐, 예의 그 논문 이야기만 나오면 자신이 무슨 식민지 나라의 민족 독립투사인 양, 경배에 바쳐져야 할 제물처럼 생각하는 듯했다. 나는 그때 두 사람이 절대 이루어질 수 없다고 착각했다. 그러나 두 사람이 너무 진지했으므로 나는 듣기만 할 수밖에 없었다. 그녀는 시일을 가지고 논문 지도교수의 수정 의견을 받아들이고 자신과의 사랑을 이어가자고 애원하였다. 안 선배는 잠시 흔들리는 듯했지만 이내 냉정해져갔다. 그 후 안 선배는 우리 세 사람의 만남에도 자신의 박사학위 논문을 핑계로 나오지 않았다. 이런저런 이유로 우리들과는 거리를 두려 했다.

그녀는 처음에는 서글프고 안타까움을 표시하더니 이내 안 선배 입장을 이해한다는 쪽으로 돌아섰다. 안 선배가 약속장소에 자주 안 나타나자 나는 기회를 놓칠세라 그녀에게 안 선배가 나올 것이라는 그럴 듯한 이유를 들어 만남을 계속하려 하였다.

그러나 그녀는 안 선배가 계속 나타나지 않자 시큰둥한 눈치였다. 나는 술에 취하면 미친 사람 모양으로 윤지에게 구애를 해댔지만 윤지는 나의 끈질긴 구애에 넘어가지 않았다. 나는 안 선배는 이미 떠난 사람이므로 잊어버리라고 설득하였다. 아르바이트를 하면서 어렵게 번 돈으로 선물을 사주는 등 윤지의 환심을 사려고 많은 애를 썼다. 하루는 비장한 마음으로 그녀에게 '죽으라면 죽겠다'라고까지 하며 반지를 바쳤다. 그러나 그녀는 야멸찬 눈빛으로 쩨

려보더니 이내 빠른 걸음으로 커피숍을 나가 버렸다. 그 뒤에도 틈만 나면 내가 몸이 달아 매달리며 사랑을 하소연했지만, 그녀는 단호하게 거절하고 끝내는 독일 유학을 핑계로 내 곁을 아주 떠나 버렸다.

안 선배와 그녀가 떠나자 비로소 나는 정신이 번쩍 들었다. 내가 꿈에서 깨어난 듯 광기의 몇 개월을 돌이켜보니 안 선배의 애인을 가로채려 했다는 죄책감이 들었다. 더욱 나를 못 견디게 한 상처는, 오직 그녀의 사랑을 쟁취하겠다는 일념에 사로잡혀 그녀가 '죽으라면 죽겠다'라고까지 했던, 목숨을 담보할 정도의 처절한 구애가 치욕으로 느껴졌다.

6개월간의 광기와 광란은 그렇게 끝이 났다. 문득 안 선배 여자를 가로채려다 그녀에게 채였다는 생각이 들자 평생 안 선배를 볼수 없을 것 같았고 안 선배한테 씻을 수 없는 죄를 저지른 것 같았다. 그래서인지 꿈속에서도 안 선배한테 자주 쫓기는 꿈을 꾸었다. 학교에서도 안 선배가 내 뒤를 쫓아오는 것 같았다. 나는 안 선배가 박사논문을 준비하던 지도교수실 근처를 일부러 피해 다녔다. 안 선배에게 큰 죄를 지은 나는 이제 죽을 때까지 쫓겨 다녀야 할 운명 같은 것을 느꼈다.

그런데 겨울방학이 시작되고 안 선배와 관련된 이상한 소문이 돌았다. 졸업학위 논문과 관련해서 잠적했다는 소문이었다. 소문에 안 선배는 박사학위 논문으로 두 개를 준비했는데 첫 번째는 신경

성 위염에 대한 연구논문이고, 또 다른 논문을 준비했다는 것이다. 그리고 안 선배는 2번째 논문에 집착을 보여 논문 작성을 위해서 이스라엘과 프랑스 그리고 이탈리아 등 구약성경 창세기와 관련된 나라들을 여러 번 방문하고 기독교 동아리 성지순례도 하였는데, 이는 모두 학위논문 작성을 위해서였다고 전해졌다. 그 후 졸업논문 건으로 지도교수와 다투고 잠적했다는 것이다. 나는 며칠간 고민 끝에 안 선배 지도교수실을 찾아갔다. 지도교수인 김학운 교수는 책을 보고 있었다. 김 교수는 의외로 침착하게 내가온 이유를 간파한 듯하였다.

"자네도 이걸 한 번 보게나. 이걸 어떻게 학위논문으로 통과를 시켜주겠나. 이건 제목만 인간질환이지 의학에 관련된 것도, 인간 생명에 관련된 것도 아니야. 그 친구 입학 때부터 신학 쪽에 관심이 많다는 것은 자주 들어서 알고 있네만, 의대에서 졸업을 하려면 의학에 관한 논문을 제출해야지, 이걸 나한테 승인해 달라고 떼를 쓰다가 휴학계를 내고 잠적하다니! 내, 기가 막혀서… 머리도 좋고 인성이 좋은 정말 아까운 친구인데……."

김 교수는 점잖았지만 아직도 제자의 행동을 이해하지 못하겠다는 투였다. 그리고 그는 나한테 안 선배 논문 초고인 듯한 자료를 내밀었다.

개미선장 제3부

_ . _

인간우월론 vs 만물동위론

"창조 일곱째 날 이후 날, 모든 만물들이 서로 존
중하고 화합하지 않았다. 그때는 하나님께서는 다
른 종에게까지 사멸하시고 다른 생명이 태어나게
하셨다. 큰멸 첫 번째, 하나님께서는 6억년 전부터
고생대 3억년 동안 지구를 우월적으로 지배하고 황
폐화시킨 삼엽충을 벌할 목적으로 생태계의 98%를
절멸시키셨다. 큰멸 두 번째, 큰멸 세 번째, 작은멸
첫 번째, 큰멸 네 번째, 작은멸 두 번째······ (중략)
큰멸 다섯 번째, 하나님께서는 1억6천년간 지구를
지배한 공룡종의 우월로 인하여 모든 식물과 동물
종들이 초토화되고 멸종에 이르자 지금으로부터 6
천5백만년 전 백악기시대 공룡 종들을 멸망시키고
지구의 99% 생명체를 멸하시고 1천년 동안 암흑으
로 가두었다. **"**

① 창세기 기록 연구논문

박사학위 논문 인용 자료/'창세기 기록이 인간 행동에 끼친 영향' <안광선>

≪B.C.1270~B.C.1220년까지 50년간 람세스 2세 시대. 이집트 총리대신을 지냈고 이집트에서 이스라엘로 이스라엘 백성을 이끌고 탈출한 모세가 기록한 하나님의 창세기≫

【태초에 하나님이 천지를 창조하시니라 땅이 혼돈하고 공허하며 흑암이 깊음 위에 있고 하나님의 영은 수면 위에 운행하시니라 하나님이 이르시되 빛이 있으라 하시니 빛이 있었고 빛이 하나님이 보시기에 좋았더라 하나님이 빛과 어둠을 나누사 하나님이 빛을 낮이라 부르시고 어둠을 밤이라 부르시니라 저녁이 되고 아침이 되니 이는 첫째 날이니라

하나님이 이르시되 물 가운데에 궁창이 있어 물과 물로 나뉘라 하시고 하나님이 궁창을 만드사 궁창 아래의 물과 궁창 위의 물로 나뉘

게 하시니 그대로 되니라 하나님이 궁창을 하늘이라 부르시니라 저녁
이 되고 아침이 되니 이는 둘째 날이니라

하나님이 이르시되 천하의 물이 한곳으로 모이고 뭍이 드러나라
하시니 그대로 되니라 하나님이 뭍을 땅이라 부르시고 모인 물을 바
다라 부르시니 하나님이 보시기에 좋았더라 하나님이 이르시되 땅은
풀과 씨 맺는 채소와 각기 종류대로 씨 가진 열매 맺는 나무를 내라
하시니 그대로 되어 땅이 풀과 각기 종류대로 씨 맺는 채소와 각기
종류대로 씨 가진 열매 맺는 나무를 내니 하나님이 보시기에 좋았더
라 저녁이 되고 아침이 되니 이는 셋째 날이니라

하나님이 이르시되 하늘의 궁창에 광명체들이 있어 낮과 밤을 나뉘
게 하고 그것들로 징조와 계절과 날과 해를 이루게 하라 또 광명체들
이 하늘의 궁창에 있어 땅을 비추라 하시니 그대로 되니라 하나님이
두 큰 광명체를 만드사 큰 광명체로 낮을 주관하게 하시고 작은 광명
체로 밤을 주관하게 하시며   또 별들을 만드시고 하나님이 그것들을
하늘의 궁창에 두어 땅을 비추게 하시며 낮과 밤을 주관하게 하시고
빛과 어둠을 나뉘게 하시니 하나님이 보시기에 좋았더라 저녁이 되고
아침이 되니 이는 넷째 날이니라

하나님이 이르시되 물들은 생물을 번성하게 하라 땅 위 하늘의 궁창
에는 새가 날으라 하시고 하나님이 큰 바다 짐승들과 물에서 번성하여
움직이는 모든 생물을 그 종류대로, 날개 있는 모든 새를 그 종류대로
창조하시니 하나님이 보시기에 좋았더라 하나님이 그들에게 복을 주시
며 이르시되 생육하고 번성하여 여러 바닷물에 충만하라 새들도 땅에

번성하라 하시니라 저녁이 되고 아침이 되니 이는 다섯째 날이니라

하나님이 이르시되 땅은 생물을 그 종류대로 내되 가축과 기는 것과 땅의 짐승을 종류대로 내라 하시니 그대로 되니라 하나님이 땅의 짐승을 그 종류대로, 가축을 그 종류대로, 땅에 기는 모든 것을 그 종류대로 만드시니 하나님이 보시기에 좋았더라 하나님이 이르시되 우리의 형상(形象)을 따라 우리의 모양대로 우리가 사람을 만들고 그들로 바다의 물고기와 하늘의 새와 가축과 온 땅과 땅에 기는 모든 것을 다스리게 하시고 하나님이 자기 형상 곧 하나님의 형상대로 사람을 창조하시되 남자와 여자를 창조하시고 하나님이 그들에게 복을 주시며 하나님이 그들에게 이르시되 생육하고 번성하여 땅에 충만하라, 땅을 정복하라, 바다의 물고기와 하늘의 새와 땅에 움직이는 모든 생물을 다스리라 하시니라 하나님이 이르시되 내가 온 지면의 씨 맺는 모든 채소와 씨 가진 열매 맺는 모든 나무를 너희에게 주노니 너희의 먹을거리가 되리라 또 땅의 모든 짐승과 하늘의 모든 새와 생명이 있어 땅에 기는 모든 것에게는 내가 푸른 풀을 먹을거리로 주노라 하시니 그대로 되니라 하나님이 지으신 그 모든 것을 보시니 보시기에 심히 좋았더라 저녁이 되고 아침이 되니 이는 여섯째 날이니라】

"안광선 선생님! 위의 창세기 천지창조 내용은 모세 사후 신화나 설화로 내려왔습니다. 모세가 정리한 후 정리 원본이 유실되고 원본과 내용이 다른 여러 개의 필사본이 생겨났습니다. 위의 내용은 로마제국이 그리스도교를 공인할 때 인정한 내용입니다. 그러나 창세

기를 저술한 모세가 이야기한 천지창조 여섯째 날과는 내용이 사뭇 다르다는 것을 말씀드리고자 하는 것입니다. 창세기 기록 말입니다. 하나님은 인간을 특별하게 하나님 형상에 따라 하나님 모상(模像)대로 만들지도 않았습니다. 만물을 다스리라 정복하라고 않으셨습니다. 또한 모든 것을 인간에게 주지도 않았다는 것입니다. 한마디로 모든 만물은 동위하고 서로 존중하라 하신 것인데 모세 창세기 기록 이후 여섯째 날 기록을 보세요. 가필한 흔적이 나타나지 않습니까? 단순하게 보아도 첫째 날부터 다섯째 날까지는 간단명료한데 여섯째 날은 문장이 길고 중언부언합니다. 앞뒤가 안 맞습니다. 그것은 바로 모세가 이야기한 하나님의 원래 정신이 아닙니다. 일부 율법학자들이 가필 각색하여 유독 인간에게는 독점적 권한을 인간의 우월성을 인정한 것같이 혼란을 일으키고 있다는 것입니다. 더 나아가 인간 간에도 차별성을 염두에 둔 것 같은 '모든 만물을 다스리라' '땅을 정복하라'는 부분에서 창세기 1장에 대해 험한 말일지 모르겠지만 한마디로 모세 기록을 위조한 것입니다."

"크리스티앙 박사님께서 말씀하신 창세기 가필 사건이 실제 증거가 있나요?"

"예, 있었습니다."

A.D. 322년 가을, 로마제국·이탈리아 본국·로마시 본당의 주임 신부인 갈릴레우스는 신자들을 모아놓고 미사를 집전하는 것이 자

신의 양심을 속이고 있다는 생각에 불면의 밤을 지새웠다. 모든 종교행사를 이끌어 갈 수가 없어 자신의 보좌신부인 디오클레스 신부에게 일임하고 공식적 행사에 참여하지 않은 지가 1년이 넘었다. 그가 유일하게 놓지 않은 일이 있다면, 채석장에서 돌을 캐는 노예들과 로마제국 해군함선인 갤리선을 만드는 데 동원된 노예들을 찾아가서 위로해주고 기도를 해주는 일이었다. 그는 오랜 고민 끝에 자신의 생각을 털어놓을 수 있는 사람을 고르고 골랐다. 그리스도교가 공인되기 전 10년 동안 절해고도 남프랑스 레상스섬 수도원 동기생 중 하나인 안티누스를 만나 자신의 생각을 털어놓기로 결심했다. 안티누스는 자신을 이해하리라. 이탈리아 본국 밀라노시 주교를 맡고 있는 안티누스에게 조용히 내방해 달라고 전갈을 보냈다.

며칠 후 안티누스는 전갈을 받고 달려왔다.

"갈릴레우스, 이게 웬일이야? 건강 때문에 미사 집전도 못한다는 이야기를 듣긴 했어. 바빠서 그동안 찾아와 보지도 못했는데, 그런데 자네 너무 말랐어. 얼굴이 반쪽이 되었군. 정말 안됐네."

"조금 기다리게. 식사를 내오라 해야지."

"우리 나이가 40대 후반이지만, 아직 죽을 때가 가까이 온 것은 아닌데 병색이 뚜렷하구먼."

두 사람은 점심식사를 같이 하면서 30년 전 수도원 생활을 회고했다.

"그때 그 시절이 그립네. 그때는 그리스도교가 로마황제의 탄압을 받을 때라 절해고도에 숨어 모진 고생을 하면서 수도생활을 했었지. 그러나 인류 구원을 위해 평생 몸 바쳐 살아간다는 존엄한 사명을 가진 사제가 된다는 게 얼마나 부푼 꿈이었나? 악명 높은 우리의 사제 막무키우스는 성경 내용을 보지도 않고 필사(筆寫)하라고 시켜서 힘도 들었지만 우리에게 큰 신앙심을 심어주었지. 당시에는 그 사제, 얼굴도 보기 싫었지만 지나고 나니 얼마나 훌륭한 사제였나! 그나저나 자네 어디가 얼마나 아픈 겐가? 나이가 병이 찾아올 나이는 안 됐는데……."

갈릴레우스는 여러 번에 걸쳐 한숨을 내쉬더니 힘겹게 말했다.

"내가 자네한테 보여줄 것이 있네. 나를 따라와 보게나."

갈릴레우스가 안티누스를 데리고 간 곳은 속임수가 판치는 투기 경마장이었다.

경마장에는 많은 관중들이 돈을 걸고 경기가 시작되기를 기다리고 있었다. 말들이 경기를 준비하고 있는 마사를 찾아가자 경주마들에게 물을 퍼주고 있었다. 그런데 20마리의 말 중에서 1번 말과 3번 말에게는 다른 곳에서 퍼온 물을 주고 있었다.

"저기 보게! 저 우승후보인 1번 말과 3번 말에게는 포도주를 먹인 거야. 그러니 수백 명의 관중들은 돈을 잃고 거지가 되는 거지."

갈릴레우스가 다시 데려간 곳은 힘센 노예와 그렇지 못한 노예가 값이 매겨져 거래되는 노예시장과 팔려온 노예들이 일하는 곳이었는데 노예시장에서는 경마장에서 돈을 잃고 빚을 갚기 위해 빚쟁이들에게 끌려온 사람들을 노예로 내다 파려는 값이 매겨진 노예시장이었다. 또다른 곳에서는 로마해군의 함선인 갤리선을 만드는 선착장과 로마가도를 만드는데 쓰려고 돌을 캐내고 있는 채석장이었다. 수많은 노예들은 왼발에 쇠고랑을 차고 있었고 채찍을 맞으며 일에 시달리고 있었다.

"경마장에서 돈을 갈취당하고 재산을 탕진한 사람들은 결국에는 노예로 전락하고 있는 걸세. 사람이 사람을 다스리고 지배하는 거지. 이 모순된 상황은 창세기 문구 때문이란 확신을 얻었다네."

"아니, 무슨 말을 하는 건가? 노예하고 창세기 문구가 무슨 관련이 있다고!"

"창세기 1장 기록 말일세."

"그래, 창세기 1장이 왜, 병이 되었나?"

"내 생각인데 모세가 저술한 창세기 1장은 잘못된 내용이네."

"무슨 이야기인가, 창세기 1장이 어디가 어때서?"

"창세기 1장, 창조 여섯째 날은 그게 아니었어."

"그게 아니라니, 여섯째 날이 어떻다고?"

"창세기 여섯째 날 기록은 진실과 달라. 누군가 가필했어. 그 증거가 뚜렷해. 이를 바로잡아야 하네."

"자네, 지금 제 정신인가? 죽을 때가 다 됐나 보군! 무슨 헛소리를 하는 겐가? 어디가 얼마만큼 잘못 되었다는 거야? 자네, 황제가 알면 어떻게 되는지 알고나 하는 소리인가? 조용히 하게! 제발 조용히 해!"

안티누스는 불길한 예감에 자신도 모르게 떨고 있었다. 그러나 갈릴레우스는 흔들리지 않고 또박또박 말하였다.

"창세기 여섯째 날은 이것이 원래 기록이라네."

【하나님이 가라사대, 모든 생명 있는 것들은 서로 화합하고 존중하라 그러면 복을 주니라. 하나님이 그 지으신 모든 것을 보시니 보시기에 심히 좋았더라.】

"자네도 의문을 가졌는지 모르지만, 창조주 하나님은 모든 만물은 평등하며 서로 화합하면 복을 주겠다고 하였네. 누가 누구를 다스리라거나 지배하라고 한 것은 아니야. 인간이 모든 만물을 지배하고 다스리란 이야기는, 창세기에서 원본에는 원래는 없었던 문구를 모세 이후 1천5백년 내려오면서 원본이 분실되자 여러 개의 내용이 다른 필사본이 만들어졌고 그리스도교가 공인되는 과정에서 누군가 가필했다고 볼 수 있지. 누가 가필을 했는지는 대략 짐작이 가네."

안티누스가 버럭 화를 내면서 소리를 질렀다.

"자네, 그것을 말이라고 하는가? 그건 이미 신학자들과 로마황제가 지금 창세기 내용을 정식으로 인정하였는데 지금 와서 여섯째 날 기록이 잘못됐다고 하면 로마황제와 주교단 신부, 수많은 신자들은 어떻게 하라고? 자네, 명을 재촉하고 있구먼."

"그래, 그럴 수 있지. 그렇지만 잘못된 것은 바로잡아야 하네. 자네나 내가 수도원에서 10년간 수학할 때 우리 막무키우스 사제도 그와 비슷한 이야기를 하질 않았나. 그게 지금 와서 나는 새롭게 느껴지고 양심의 가책을 받고 있다네. 나는 이걸 밝힐 수만 있다면 죽어도 좋다네."

안티누스는 너무 뜻밖의 황당한 이야기여서 다시 고함을 치고 윽박질렀다.

"참 답답하네. 그리스도교가 예수 탄생 이전과 이후 합하여 1천 5백년간 그 어려운 박해를 받다가 겨우 10년 전 황제가 공인한 것이 어제 일 같은데, 이제 와서 그 그리스도교의 첫 단추인 창세기가 잘못됐다고 주장한다면 자네는 살아남지 못할 거야. 그런데 잘못됐다는 증거라도 있는가? 하나님이 알면 천벌을 받으려고?"

갈릴레우스는 쓰러질 듯 쇠약한 몸이었지만, 목소리는 카랑카랑하게 이어갔다.

"아니, 나는 진실은 밝혀야 하네. 누군가는 이 일을 해야 한다고 믿네. 증거? 증거는 하나님은 하나님이 만든 모든 만물은 동위하고 모든 생명 있는 것들은 적대적으로 살아가지 말라고 하셨네. 무슨 이야기인가 하면 수십만 년 전 인간은 다른 동물과 다름이 없었어. 표범·사자·호랑이·독수리·악어들 즉, 하늘과 땅과 물에 있는 생명이 있는 모든 것들과 공생하거나 존중하고 살아갔지. 그런데 인간이 불을 발견하고부터 달라졌어. 불을 발견하고부터 생태계에 대하여 교만해졌다네. 그리고 인간 간에도 우월하려는 경쟁이 시작되었다네. 무슨 이야기인가 하면 불은 지구 생태계를 위협했어. 그리고 불에서 나오는 불빛은 인간의 끝없는 욕망을 자극 했지. 그 불빛은 인간 내면의 사악함을 드러내는 촉매제가 되었다네."

안티누스가 이야기했다.

"뭐, 그거야 그럴 수도 있겠지. 그런데 불하고 불빛과 창세기하고 무슨 관계가?"

갈릴레우스가 다시 이야기를 이어갔다.

"불을 발견한 이후 문명이란 것을 만든 인간은 동식물들을 적대시하고 공격하며 살아왔지. 그 후 동식물, 살아서 숨 쉬는 모든 것은 인간의 먹잇감으로 전락되고 공존의 생태계에서 늘 인간에 쫓기게 되었어. 그런데 말이야, 인간이 다른 만물을 지배하고 나서 인간은 다시 인간 집단끼리 인간 대 인간의 정복으로 몰아가고 있는 것이야. 예수가 탄생한 후, 예수를 십자가에 묶어 죽이고 그리스도교의 박해가 더욱 심화되었네. 그럼에도 예수의 열두 제자들은 모두 성경말씀대로 살아가려고 노력했지. 하지만 로마 학정은 특정 종교인 그리스도교도들을 모두 말살하려고 했었지. 그래서 그리스도교의 머리인 성경 창세기를 그대로 두고만 볼 수 없는 지경이 발생되었네. 무슨 이야기인가 하면, 인간은 모든 만물 중 우월하고 인간 중에서 로마인과 로마제국은 우월하다는 것을 인정하지 않으면 안 될 상황이 벌어진 것이지. 논리가 비약될 수 있지만 그리스도교법 1조인 창세기 첫 장에서 모든 인간·모든 생물·모든 제국이 동위(同位)라면 지구상에서 독점적 막강한 제국 패권을 장악하고 영원하게 하려는 로마제국이 그리스도교를 인정하겠나? 생각해 보게. 자네가 수백 년간 세계를 지배해온 황제라면 모든 게 동등하다는 동위주의 종교를 받아들일 수 있겠냐는 말이야, 내말이 틀렸나? 그래서 모세 이후 1400년간 학정이 최고조에 달할 때에 예수 열두 사도 중 한 사람인 요한, 그 요한의 제자 요한 크리스토모는 모세가 쓴 성경 창세기를 이대로 놓아두었다가는 동물이 멸망하는 게 아니라 인간의 지배와 피지배에서 인간 대 인간, 인간집단 대 인간의 약육강식으로 바뀔 수 있다고 생각한 거지. 다스림과 지배, 지배와 피지배로 피비린내가 나는 싸움이 바로 창세기 1장 때문이라고 본 거야. 내 말 이해하겠나? 차라리 모든 만물을 인간이 다스리라 하면 자연스럽게 로마제국이 전 세계를 다스리고 로마인들이 인류를 다스리니 로마 쪽에서 보면 합리적이지 않겠나? 그러한 로마제국에 부합되는 종교라면 굳이 탄압할 명분이 사리진다고 볼 수 있지. 그래서 그는 자신과 율법학자 시리우스, 바울 등 20명의 비밀결사 조직을 만들었어. 창세기 1장을 수정하고 통일하려는 노력이 있었던 거야. 그 결사 조직과 그를 따르는 많은 신자들과 같이 예루살렘에서 이집트, 알렉산드리아, 프랑스, 서아시아, 이탈리아 본국인 로마 밀라노 등에 잠입, 그때까지 배포된 창세기 기원전4세기에 만든 필사본 중 두 가지 중에서 만물은 동위성을 갖는다는 성경 내용을 회수하거나 태우고 인간 우월적 내용만 남기었지. 그게 지금으로부터 140년 전의 일이야. 즉 하나님이 인간에게 하나님이 만든 모든 만물을 지배하고 다스리라고 수정 가필했지. 어차피 로마제국과 로마인들은 그 밖의 나라들과 인간은 물론이고 모든 만물을 다스리고 있었으니까 현실적으로도 하나도 이상할 게 없었지. 다만 그 문구는 인간끼리는 서로 지배하고 다스리지 말라는 좋은 뜻의 이야기와 같네. 인간끼리 만이라도 종교와 신념 정치적 문제로 인간 간에 지배하지 말라는 좋은 뜻으로 수정한 것이지. 미래야 어찌되었건 말이야. 당장 더 이상콜로세움에서 그리스도 교인이 사잣밥이 되는 것을 막아야 했으니까. 창세기 수정 후, 그리스도교에 대한 종교적 탄압과 압박은 느슨해졌고 창세기 수정이 진행되는 150년 후 로마제국은 A.D.313년 6월 15일 로마황제 콘스탄티누스가 밀라노 칙령으로 그리스도교를 인정하게 된 거야. 그리고 로마제국은 그리스도교를 이용해서 제국을 더욱 굳건하게 다스리기 위해 제국의 종교로 부흥시켰지. 일단 창세기 수정 가필의 당초 목적은 성공한 것이었다고 봐야 하네. 짧은 시간이었지만 그렇지 않았으면 그리스도교와 교도들은 살아남지 못하고 꺼져갔을 거야. 그리고 그 시기에 성경의 창세기 원본이 없는 상태에서 필사본의 가필 사건이 성공할 수 있었던 종교외적 요인이랄까 하는 아주 중요한 사건이 하나 있었네. 그게 뭔가 하면, 창세기 여섯째 날 기록이 두 가지로 갈라지기 시작한 시기와 같은 때 불거져 나온 B.C.400년경부터 창세기 여섯째 날의 신학 논쟁과 같이 큰 논란이 되어온 천문과학 지구가 온 우주의 중심이라는 천동설과, 일부이긴 하지만 지구가 우주의 수많은 별들 중 하나에 불과하며, 지구도 다른 별과 동위하다는 즉, 태양계 중 하나라는 지구동위설 중에서 A.D.141년 확정된 모든 은하계의 중심은 인간이 살고 있는 지구를 중심으로 펼쳐져 있고 지구의 존재가 있음으로 인해서 우주가 존재한다는 학설 당시, B.C.401년 에우독소스와 B.C.384년 아리스토텔레스 그리고 한참 후 A.D.141년 프톨레마이오스 등 당대의 내로라하는 과학과 철학 천문을 연구하는 학자들이 수많은 별들은 지구 중심으로 존재한다는 학설 즉, 천동설인 지구우월설이 자리를 잡아가고 있을 때이네. 따라서 모든 별 중에서 지구별이 우월하다 그러면 그 지구에 살고 있는 인간이 우월하고 또한 인간의 다스림을 받아야 한다는 창세기 기록은 시와 때를 만난 것이어서 큰 논쟁을 불러일으키지 못한 거야. 즉, 지구우월론이 바탕이 된 인간우월론은 하나도 이상하지 않은 거지. 오히려 당시에 지구도 수많은 별들 중 하나라는 태양을 도는 지구 즉, 지동설인 지구농위설이 힘을 잃었다면 인간우월론은 설득되기 힘들었다고 봐야지. 그래서 창세기 2개 설 중 인간우월론은 지구우월론과 함께 자연스럽게 받아들여진 것이고 가필은 자연스러웠지. 모든 별들은 지구 때문에 존재한다,

특별한 존재의 지구, 그 지구에 사는 인간은 특별한 것으로 말이야."

안티누스가 몹시 흥분되어 떨리는 목소리로 갈릴레우스의 말을 막았다.

"그래, 자네 생각이 그렇다면 됐어. 그래서 어떻게 하려고?"

갈릴레우스는 눈물을 글썽이며 이야기를 계속했다.

"창세기 두 개 안 만물동위론과 인간우월론 중에서 인간우월론으로 수정 가필한 것이지. 당시 어려운 그리스도교의 엄혹한 시련은 모면했지만 그 후 인류가 어떻게 되어 갔나? 모든 만물을 인간보고 다스리며 살아가라 한 것이 오히려 다른 만물을 지배하고도 모자라 머리가 좋은 권력과 정보가 있는 강력한 인간은 자기보다 약한 인간들의 약점을 이용해서 지배하려 하다니, 이는 하나님의 원래 뜻이 아니지 않는가? 자네도 한번 생각해 보게나! 인간에게 더 큰 불행이 오고 있다는 것을 왜 모르는가? 인간 대 인간의 약육강식 말일세. 이대로 가다가는 하나님에게 천벌을 받는 것은 물론이고 인간 대 인간이 서로가 서로를 다스리고 우위에 서기 위해 온갖 사악한 면을 드러내게 될 걸세. 다스리기 위한 참혹한 전쟁과 다스리기 위한 끝없는 경쟁을 촉발하고 결정적으로는 우월하기 위한 속임수를 동반하는 사악함 말일세. 그것은 반드시 우리 인간을 파멸로 이끌 걸세. 내 말이 무슨 말인지 알겠나? 하나님 말씀은 있는 그대로 기록되어야 하네. 미래를 위해서! 난 자네를 믿네. 자네가 나를 좀 도와주게. 3년 후에 예정된 니케아공의회에서 수정하면 된다네.”

갈릴레우스는 안티누스의 소매를 끌어 잡고 눈물을 흘리면서 애원하였다. 그러나 안티누스는 노여워하는 신 위의 신인 황제 모습이 떠올랐다. 너무 황당하고 충격적인 이야기에 무서워 몸을 부들부들 떨면서 갈릴레우스를 뿌리치며 자신도 모르게 큰소리로 고함을 질렀다.

“자네, 또 몇 백만의 그리스도인의 목숨을 빼앗으려고 그래? 자네는 지금 피를 부르고 있어! 알겠어? 신자들의 피 말이야. 자네는 귀신에 씌운 게 확실해. 나는 자네가 지금 한 이야기는 못 들은 것으로 하겠네. 나는 당장 가겠네.”

안티누스는 뒤도 돌아보지 않고 도망치듯이 갈릴레우스 집에서 뛰쳐나갔다.

안티누스로부터 냉대를 받은 이후 갈릴레우스는 자기와 30년 전 동고동락했던 남프랑스 레상스섬 수도원 동기생인 프랑스와 그리스, 스페인 지방의 막센티우스, 파우스트, 제네시스, 디오클레티아누스 주교를 찾아가 도와달라고 부탁했다. 지금은 세상을 떠났지만, 30년 전 기억을 되살려 그들의 비밀수도원 사제 막무카우스 사제가 직설적으로 이야기한 것은 아니지만 우회적으로 때가되면 다시 보라는 이야기는 하나님 말씀을 있는 그대로 기록하라 했는데 자신이 알고 보니, 창세기 1장 여섯째 날 기록이 잘못되었고 ‘때가 되면'이라는 것은, 3년 후 로마황제가 개최하는 교리논쟁 조정이 있을 니케아공의회에서 정정하면 될 것이라고 설득했다. 그런데 찾아간 동기생인 주교나 신부들도 안티누스보다 더하면 더했지 못하지 않았다. 침묵으로 응대한 것은 점잖은 답변이었다. 귀신에 씌었다고 욕을 하는가 하면, 뺨까지 때리고 심지어 내동댕이치기도 했다. 그러기를 1년여의 세월이 흘렀다.

안티누스에게 이상한 소문이 날아들었다. 다름 아닌, 1년 전 만났던 친구인 로마시 본당 주임신부 갈릴레우스가 살해당했다는 것이었다.

안티누스는 급히 그날 로마가도를 따라 갈릴레우스가 머물렀던 로마교회당으로 달려갔다. 교회당에는 갈릴레우스 보좌신부였던 디오클레스가 빈소를 지키고 있었다. 갈릴레우스의 갑작스러운 죽음에 대해 자초지종을 물으니, 디오클레스는 1주일 전 갈릴레우스가 칼로 난자당해 살해되었으며 살해되기 전 다른 주교나 신부 신자들과 창세기 건으로 자주 다투었고 공갈과 협박을 당하였으며, 살해당하던 날도 집무실이 난장판이 되었다는 것이다. 그리고 2년 후에 있을 니케아공의회 창세기 여섯째 날 변경을 위한 요한 크리스토모의 자료 중에서 성화 등 일부가 도난당했다는 것이었다.

안티누스는 둘도 없는 친구였던 갈릴레우스의 장례를 정성스럽게 치르고 유품을 정리하던 중 갈릴레우스가 수집한 창세기 관련

자료를 발견하였다. 그는 그 자료를 챙겨 밀라노 주교구 교회당으로 가져갔다.

갈릴레우스가 수집한 200년 전 예수 열두 사도 중 한 사람인 요한의 제자 요한 크리스토모와 율법학자들이 기록한 기록물에는 이렇게 기록되어 있었다.

창세기 1장 원본 필사본 (1안)

태초에 하나님이 천지를 창조하시니라.

땅이 혼돈하고 공허하며, 흑암이 깊음 위에 있고 하나님의 영은 수면에 운행하시니라.

창조 첫째 날, 빛과 낮과 밤을 창조하셨습니다.

창조 둘째 날, 궁창과 물을 창조하셨습니다.

창조 셋째 날, 뭍을 창조하시고 식물을 창조하셨습니다.

창조 넷째 날, 큰 광명으로 낮을 주관하시고 작은 광명으로 밤을 주관하시고 빛과 어둠을 나누셨습니다.

창조 다섯째 날, 새들과 움직이는 생물을 창조하시고 생육 번성하라 하시었습니다.

창조 여섯째 날, 모든 생명 있는 것들은 서로 화합하고 존중하라. 그러면 복을 받으리라 하시었습니다.

〈저자 모세/ 편집자 성 아브라함〉

창세기 1장 원본 필사본 (2안)

창조 여섯째 날, 땅은 생물을 종류대로 내되, 육축과 기는 것과 땅의 짐승을 종류대로 내라 하시었다.

하나님이 가라사대, 우리의 형상을 따라 우리의 모양대로 우리가 사람을 만들고 남자와 여자를 창조하시고 하나님이 그들에게 복을 주시며, 그들에게 바다의 고기와 공중의 새와 땅에 움직이는 모든 생물을 다스리라 하시니라. 또 땅의 생명에게는 모든 풀을 주노라 하시니 그대로 되니라.

〈저자 모세 / 편집자 요셉〉

창세기 1장 필사본 (통일수정)

창조 여섯째 날, 땅은 생물을 종류대로 내되, 육축과 기는 것과 땅의 짐승을 종류대로 내라 하시고(그대로 되니라) 하나님이 땅의 짐승을 그 종류대로 육축을, 그 종류대로 땅에 기는 모든 것을, 그 종류대로 만드시니 하나님이 보시기에 심히 좋더라.

하나님이 가라사대, 우리의 형상을 따라 우리의 모양대로 우리가 사람을 만들고 그로 바다의 고기와 공중의 새와 육축과 온 땅과 땅에 기는 모든 것을 다스리게 하자 하시고 하나님이 당신의 형상 곧 하나님의 형상대로 사람을 창조하시되 남자와 여자를 창조하시고 하나님이 그들에게 복을 주시며 그들에게 이르시되 생육하고 번성하여 땅에 충만하라. 땅을 정복하라. 바다의 고기와 공중의 새와 땅에 움직이는 모든 생물을 다스리라 하시니라.

하나님이 가라사대, 내가 온 지면의 씨 맺는 모든 채소와 씨 가진 열매 맺는 모든 나무를 너희에게 주노니 너희 식물이 되니라. 또 땅의 모든 짐승과 공중의 모든 새와 생명이 있어 땅에 기는 모든 것에게는 내가 모든 풀을 식물로 주노라 하시니 그대로 되니라.

〈저자 모세〉

창세기 필사본 통일안은 아래 서명자만이 알 수 있으며 목숨을 걸고 비밀리에 통일 수정을 추진한다.

A.D.101년 4월 15일

서명자 - 요한 : *****

신학자 : *****, **** *****, *****, **** *****

신부 : ********, **** *****, **** *****, **** *****, **** *****, ******

철학자 : *****

천문학자 : ******, ********

안티누스는 갈릴레우스가 수집한 자료를 자기 집으로 가지고 와서 곰곰이 생각했다. 안티누스도 심각하게 생각해보지 않았으나 첫째 날과 다섯째 날까지 기록은 짧고 함축적이며 간결한데 비해서 여섯째 날 창세기 기록은 길이가 길고 중언부언하여 누구라도 한 번쯤 의심이 갈 만하였다.

둘도 없는 친구가 하나님 말씀을 바로잡으려다 세상을 뜨고 창세기 기록이 잘못 수정된 자료를 갖고 있는 자기는 죄인이라는 생각이 들었다.

세상을 떠난 수도원 사제 막무키우스와 친구 갈릴레우스가 자신의 눈을 쳐다보는 것 같아 잠을 잘 수가 없었다. 하나님을 생각할수록, 창세기 수정안 자료를 보면 볼수록 가슴이 답답해서 숨이 막히고 몸은 후들후들 떨렸다.

안티누스는 갈릴레우스가 세상을 뜨고 한 달 후 로마시 본당 보좌신부이며 갈릴레우스 수제자 디오클레스를 불렀다. 안티누스는 디오클레스에게 창세기 건에 대해서 어떻게 하면 좋을까 물어보았다.

20대 차돌 같이 생긴 디오클레스 신부는 본당 신부이자 스승인 그의 죽음을 헛되게 할 수 없다고 단호하게 말했다. 그는 자신의 친구 사제들과 같이 주교단과 신부들, 원로들을 설득하고 있다고 했다. 그리고 그는 스승을 죽인 사람은 150년 전 창세기 수정안을 추진했던 예수 열두 제자 중 요한사도의 제자 요한 크리스토모와 율법학자 등 20명의 추종자일 것이라고 하며 그들은 '창세기 성경 지키기 인간 우월론자들'이라고 지목했다. 그들이 자신의 스승을 살해했고, 자신도 창세기 수정을 원안대로 고치려는 움직임을 보이면 죽음을 각오하라고 협박을 당하고 있다는 것이었다.

안티누스는 생각했다. 자신이 이 사건에서 발을 빼는 것은 자신이 자신을 용서할 수 없다는 것을 잘 알고 있었다. 그는 죽어서 하느님 앞에 어떻게 갈 수가 있을까를 생각하니 갑자기 몸서리가 쳐졌다.

그는 다음날부터 곧바로 2년 후에 있을 니케아 제1차 공의회에 상정할 수정 번복 안을 만들고, 각 지역의 원로 추기경들과 주교단의 설득에 들어갔다. 그리고 2년이 지나 니케아공의회에 그리스도교리 20여 개의 논쟁 건 중 다섯 번째의 안건으로 상정하는 데 성공했다.

② 제1차 니케아공의회

그리스도교를 제국의 종교로 인정하고 진흥에 열성적으로 몰두하고 있던 콘스탄티누스 황제는 교리 문제에도 깊이 관여를 하였다.

로마제국과 제국의 식민지에 교회가 자유와 평화를 누리게 되고 차츰 교회가 확장되었다. 그 후 그리스도 교리에 대한 신학이 정립되고 발전하는 과정에서 많은 이단설이 생겨났다. 그와 병행하여 여러 종류의 성경 필사본이 돌아다니는 등 교리 논쟁이 점차 심화되자 황제는 논쟁 정립을 위해서 최초로 황제가 있는 곳에서 가까운 니케아 지역에서 제1차 교리정립공의회를 개최하기로 결정하였다.

동방지역인 니케아는 프랑스, 포르투갈, 스페인의 서방보다 교통이 불편한 관계로 주교 300명, 신부와 신자 각 1000명씩 초대장을 보냈으나 초청을 받은 신부와 신자들이 대부분 참석을 하지 않았다.

이날 회의에는 교황과 160명의 주교, 85명의 신부, 65명의 신자가 참석을 하였다.

창세기 여섯째 날 통일 수정안 의제 제안자인 안티누스와 디오클레스는 개회 한 달 전부터 이곳에 도착하여, 회의 참석을 위해 속속 모여든 주교와 신부들을 마지막으로 설득했다.

사회자인 로마제국 이탈리아 본국 추기경 유세비노 야고보가 개회를 선언했다.

"A.D. 325년 5월 20일 로마가톨릭 교회법 337조 1항에 의거, 주교단은 세계 공의회에서 전체 교회에 대한 권한을 장엄(莊嚴)하게 행사한다."

야고보가 첫째 안건 토의 결과를 발표했다.

"첫째 안건, 하느님의 아들로서 예수는 영원 전부터 존재했던 것이 아닌 피조물이라는 아리우스주의는 배격한다."

첫째 안건은 지루한 공방이 25일간 이어졌다. 결국 반 아리우스주의파가 승리했다. 7~8년 전부터 불을 뿜는 아리우스파와 반아리우스파인 아타나시우스파의 교리 논쟁, 즉 이집트 알렉산드리아의 사제인 아리우스가 신과 예수는 동위(同位)가 아니라는 설을 수상한 것이 논쟁의 발단으로, 아리우스에 따르면 신은 철학에서 말하는 '모나드'에 해당하고 실재를 구성하는 궁극적인 심적, 물적 요소니까 불가지(不可知)한 존재지만 그렇지 않은 예수그리스도는 인간과 동위는 아니지만 신과도 동위가 아니라는 것이다. 다시 이야기 하면, 신은 궁극적이고 영원한 요소이기 때문에 알 수 없는 존재인 반면, 지상에서 태어나서 살았고 십자가에 죽은 예수는 이런 의미 에서 신일 수 없다는 것이다.

아리우스 주장은 그때까지 그리스도교회가 가르친 삼위일체설, 즉 신과 그 아들 예수와 성령은 동위이기 때문에 일체이기도 하다 는 설에서 보면 이단이 되어 아리우스는 직속상사이며 삼위일체 파인 아타나시우스 주교에게 파문당하고 소속되어 있던 알렉산드 리아 주교구에서 추방당한 상태였다. 결론적으로 공의회 결정은 예수는 십자가에 죽었지만, 사흘 뒤 부활하여 하늘로 올라갔으므 로 불가지한 존재인 '신'이 되었기 때문에 삼위일체, 성부인 하느 님과 성자인 예수 그리고 성신인 신(神)은 하나라는 것을 재확인 한 것이다.

둘째 안건과 셋째 안건 그리고 넷째 안건은 그런대로 속전속결 로 처리되었다.

둘째 안건의 결론은 유대인 달력에 의존하던 부활절을 매년 춘 분 후 만월을 기준한 일요일을 부활절로 지키기로 한다. 셋째 안 건에서는 유대인은 그리스도교도를 노예로 둘 수 없다. 넷째 안건 에서 강제로 또는 의학적 사유로 거세한 경우가 아닌, 자발적으로 거세한 남자는 성직에 받아들일 수 없으며 성직을 유지할 수도 없다.

문제는 다섯째 안건이었다. 밀라노 주교구장 안티누스가 제안한 <창세기 천지창조, 여섯째 날의 모세 기록 수정 요구안> '인간과 인간, 인간과 다른 만물과 동일한 지위로서 다스림과 적대적 행위를 금한다.'에서 치열하고 대결적인 공방이 20여 일 동안이나 계속되었다.

사회자인 야고보가 안티누스를 가리키며 제5호 안건에 대하여 설명을 요구하자 제5호 안건 의제 제안자인 안티누스가 자리에서 일어나 설명을 시작하였다.

"구약 창세기를 저술한 사람은 이집트에서 이스라엘 민족을 거느리고 애굽강을 건너 탈출에 성공한 모세입니다. 모세가 기록했다는 성경의 천지창조의 여섯째 날 설화 기록 원본에는 모든 만물은 동위하다는 동위주의 사상이 기본이었습니다. 그러한 동위주의 사상으로 인해서 이스라엘 민족을 노예로 다스리던 이집트 람세스 2세는 이스라엘 민족을 풀어주고 이스라엘 피가 흐르는 모세를 총리대신으로 등용하였습니다. 그러다 만물동위론의 창세기 설화 원본이 분실되고 원본과 다른 필사본들이 나돌아 다니게 되었습니다. 다른 필사본들은 첫째 날부터 다섯째 날 기록까지는 내용이 모두 같지만 여섯째 날 기록은 전혀 다른 내용으로 나누어져서 돌아다녔습니다. 그 내용은 다양한 해석을 일으키기에 이르렀습니다. 필사본 창세기에는 그리스도교가 로마제국에 공인이 되기 전까지는 만물동위론이 대다수 차지하였지만 공인 당시에는 제국의 종교로 편입시키기 위하여 인간우월론으로 통일 정리하였습니다."

안티누스는 자신이 준비한 요한 크리스토모 등의 서명이 들어 있는 A.D.101년 4월 15일자 자료를 치켜들었다.

이에 대해 인간우월론 파들도 만만치 않았다. 그리스계 아테네 주교인 셀루비아스 주교가 자리를 박차고 일어났고 목소리를 높여 반박했다.

"창세기 천지창조 기록이 잘못되었다면 이는 그리스도교의 모든 것을 부정하는 것입니다. 만물동위론이 근거가 있다면, 인간 이외의 다른 동물인 소나 말, 사자 등도 그리스도교 성경을 믿어야 한다는 우스운 일이 벌어집니다. 또한 로마제국 발전의 원동력이자 노동력의 원천인 노예들 말입니다. 수백만 명의 노예들을 고향으로 보내주어야 합니다. 그렇게 되면 로마는 종교 때문에 멸망하고 말 것입니다. 이러한 사태는 결코 좌시해서도, 일어나서도 안 됩니다."

니콘메디아 주교 유세비우스가 동조 발언에 나섰다.

"잘 아시다시피 하나님께서는 천지창조 마지막 날에 인간을 만드셨습니다. 이유는 인간 위주의 창조라 할 수 있습니다. 즉 인간과 다른 생명은 동위가 아니라는 뜻입니다. 현재도 인간이 지배하고 있으며, 로마제국이 세계를 지배하고 있습니다. 더욱 중요한 것은 영원히 로마가 세계를 지배할 것입니다. 이는 하나님의 뜻을 충실히 이행하고 있는 증거가 아니고 무엇이겠습니까?"

그 이후에도 안티누스파와 유세비우스파 간의 한 치도 양보 없는 설전이 계속되었다.

안티누스의 주장은 2년 전 여러 신부와 주교들에게 알려져서 그에게 공감하는 사람들이 많이 생겨났다. 로마 동방 소아시아 콘스탄티노폴리스 지방의 작은 도시인 니콘메디아 주교 유세비우스도 그중 한 사람이었다. 제1차 공의회 이후 ≪교회역사≫와 ≪콘스탄티누스대제와 창세기≫를 저술한 이 사람은 곧 공의회 바로 전에 황제의 설득에 '인간우월파'로 전향했지만, 애초에는 안티누스 주장인 '만물동위론'의 열렬한 지지자였다.

제국이 아이러니하게 서방 주교인 안티누스에 속한 알프스, 이탈리아, 그리스 지역인 서방은 안티누스 주장의 반대인 인간우월파가, 동방인 소아시아, 시리아, 이집트는 안티누스 주장인 만물동위론으로 나뉘어져 교회가 분열할 위기에 이르렀다.

이 두 파를 니케아에 초빙하여 대립을 해소하려고 애쓰는 것은 콘스탄티누스 황제의 피할 수 없는 선택이었다. 니케아공의회에 참석한 주교의 태반은 동방지역에서 열린 관계로 동방에서 온 유세비우스의 영향력 아래 있던 점잖은 주교들이었으나, 안티누스가 속한 서방 로마제국 본국에 인접한 그리스계의 인간우월파들도 작심을 하고 참석하였다. 말이 많은 그리스계 주교들도 황제 앞인 것도 아랑곳하지 않고 만물동위론의 부당성을 숨도 쉬지 않고 침을 튀

겨가며 역설했다.

다섯 번째 안건 토론은 분규에 분규를 거듭하여 좀처럼 수습될 기미가 보이지 않았다. 결국 의장 역할을 맡은 콘스탄티누스 황제가 어떤 보증을 약속했는지 아니면 단순히 황제의 권력을 발동했는지는 모르지만, 어쨌든 '공동 코뮈니케'를 공표하는 단계까지는 끌고 갔다. 하지만 현재의 창세기 인간우월론을 재확인한 것뿐이었다. 그 후 콘스탄티누스 황제의 언행으로 미루어보아 일면 안티누스의 생각에 공감한 것이 아닌가 싶지만, 그때까지 그리스도교회의 정통적 사고방식인 인간우월론을 물리치면 대지진처럼 그리스도교도들이 동요하고 그 동요는 그리스도교도들의 이탈과 제국에 또다시 피바다를 부를 것이 뻔했다.

콘스탄티누스 황제는 무엇보다 자신이 지배하고 있는 제국의 그리스도교 조직의 통일을 중시하였다. 황제가 애쓰고 있는 그리스도교회의 진흥에 교회의 분열을 방치하면 분열은 차례로 분열을 낳아 결국에는 자멸을 향해 굴러 떨어질 수밖에 없다고 황제는 생각했다. 하지만 끝까지 공동 코뮈니케에 서명을 거부한 자들은 만물동위파인 안티누스와 갈릴레우스의 수제자 디오클레스 등과 11명의 성직자였다. 콘스탄티누스 황제는 이들 11명을 오리엔트에서 멀리 떨어진 북라인 강변으로 추방하지만 몇 년 뒤에 추방령을 해제했다.

이것이 보여주듯 그리스도교회는 325년의 니케아공의회에서 인간 우월론 아래 굳게 단결된 것은 아니었다.

그 후에도 우여곡절을 겪었으며 이러한 인간우월론은 더 나아가 인간들 간의 우월적 지위를 암묵적으로 허락하는 것으로 정리되었다. 그 후 끊임없는 분쟁의 씨앗이 되었다.

나는 안 선배의 학위논문 제출 근거 자료가 되었던 내용을 읽고 나서 그가 엉뚱한 일을 벌이지 않았을까 걱정이 되었다. 윤지 건에 대해서도 사실 솔직하게 사과하고 싶어졌다. 안 선배 불행이 내가 원인을 제공한 것은 아니지만 상당기간 동안 함께하며 암묵적으로 안 선배 의견에 동조한 원죄의식도 작용했다.

나는 내키지는 않았지만 안 선배에게 여러 가지 미안한 마음에 전화를 하였는데 전화는 꺼져 있었다. 따라서 전에 안 선배와 친하게 지낼 때 술에 취해서 같이 갔던 안 선배의 아파트를 기억해내고 찾아갔다.

안 선배 어머니는 나를 보자 눈물을 글썽이더니 한동안 목을 놓아 울었다. 아들이 의사가 된다고 주위에서 부러워했는데 졸업을 앞두고 만물이 동위하다느니, 자퇴한다는 등 이상한 소리를 하더니만 원양어선을 타겠다고 나가버렸다고 하소연하였다.

안 선배 집을 나온 나는 더욱 무거운 마음에 다시 안 선배한테 여러 번 통화를 시도해보았지만 전화를 받을 수 없다는 메시지만 들렸다.

나는 순간 안 선배가 가끔 이야기한 논문 제출 증거 자료를 수집하기 위해 만났다는 프랑스의 성경연구가인 쟌 크리스티앙 박사를 생각해냈다.

쟌 크리스티앙 박사를 인터넷으로 검색하였더니 그는 만물동위론이란 카페를 운영하고 있었다.

나는 안 선배에 대한 그동안의 죄책감에 대하여 의무감 반 호기심 반으로 안 선배의 좌절된 논문의 기초 논리를 제공한 만물동위론의 주창자인 쟌 크리스티앙 박사를 만나기로 결심하고 메일로 한국의 의학도인 안 선배 이야기를 하고 성경 창세기와 관련하여 상담할 수 있느냐고 물었다. 그는 흔쾌히 자신의 비어 있는 일정을 알려주었다.

그로부터 며칠 후 쟌 크리스티앙 박사의 일정에 맞추어 나는 파리 행 비행기에 올랐다.

③ 시작은 항상 정당성을 갖는다

잔 크리스티앙 박사는 파리 근교 저택에 머물고 있었다. 그는 70을 넘은 나이에도 불구하고 얼굴에 주름이나 검버섯 하나 없는 맑은 피부를 가졌으며 네모난 얼굴은 매우 다혈질이라는 인상을 풍겼다.

내가 안 선배 이야기를 하자 안 선배가 두 번이나 찾아왔고 메일로 여러 가지 궁금한 점을 물어오기도 해서 답변도 했었다고 했다. 나는 핵심적인 질문으로 들어갔다.

"박사님, 저희 안 선배가 이야기한 창세기 가필 사건의 실체가 있는 것인가요?"

그는 준비했다는 듯 바로 설명에 들어갔다.

"A.D.140년 사도 요한의 제자 요한 크리스토모와 그의 추종사들이 창세기를 가필한 것은 당시 시대 상황을 돌이켜 보면 이해가 될 것입니다. B.C.100~B.C.44년까지 살았고 로마대제국 건설에 앞장섰던 로마황제 율리우스 카이사르는 이런 명언을 남겼습니다.

'비록 나쁜 결과를 낳은 사례라 해도 그것이 시작되었을 당시까지 거슬러 올라가면 선의에서 비롯된 것이었다.'라는 것이지요. 이집트, 이스라엘, 지중해연안에서 오리엔트까지 장악한 로마제국은 신만도 1만여의 다신교를 믿었습니다. 그런데 그리스도 유일신을 고집하는 그리스도교인들을 분리하지 않으면 5퍼센트 이내의 기독교인 때문에 95퍼센트의 다신교도들이 불행해질 것은 뻔한 일이었습니다. 그래서 로마에 콜로세움경기장 등을 만들어 기독교인들을 사잣밥이 되게 하였지요. 어찌 보면 다수의 평화를 위한 것입니다. 그런 측면에서 본다면 로마황제 율리우스 카이사르의 사상은 카이사르 생존 전후 그리스도교인들에게도 그러한 사상과 일치하는 사건을 만들 수 있을 당위(當爲)를 주었을 것입니다. 그리스도교도들의 보호, 그리스도교의 말살을 방지하기 위하여 창세기 1장 여섯째 날 기록을 선의로 수정 가필한 것이지요. 죽음을 무릅쓴 가필 결과는 결국 로마황제로 하여금 그리스도교를 공인하고 부흥시킬 수 있는 밑거름이 되어 지금은 세계 제일의 종교로 확장하고 발전되었는데, 미래의 종말이 어찌될지 모르지만 현재의 인간, 그것도 특정 인간들의 부(富)를 위한 생태계를 파괴하고 인간이 인간을 핍박하고 이용하며 더 나아가 사악한 속임수를 쓰는 일 등은 과거 수억 년 전의 지구를 정복했던 삼엽충이나 공룡처럼 인간도 몰락한다는 것을 전혀 예상하지 않은 것입니다. 예상을 했다면 절벽을 향해 가속 페달을 밟아 돌진하는 자동차라고 할 수 있습니다.”

크리스티앙은 열변을 토해냈다.

“로마제국 우월성의 인정으로 인한 후유증, 우월하기 위한 차별화와 지배, 그래서 지금이라도 창세기를 바로잡아야 합니다. 그 일을 누가 맡겠습니까? 저는 1690년이 지난 지금 제가 갈릴레우스, 안티누스가 하려던 인간우월론에서 만물동위론으로 창세기 기록을 수정하기 위해 일을 하고 있습니다. 물론, 유대인이나 영국 등 백인 우월주의자들과 그들을 지원하는 세력들의 끊임없는 위협에 시달리면서도 아마 안 선배가 그러한 주장을 하였다면 그도 그 문제에 고민하고 주위에 시달렸을 것입니다. 그러면 이제 제가 말씀드리고자 한 것은…….”

쟌 크리스티앙이 이야기를 시작하려는 순간, 서재 유리창에 돌이 날아왔다. ‘쨍!’ 하는 유리 깨지는 날카로운 소음이 들리면서 밖에서는 시끄러운 함성이 들려왔다.

“인간을 동물 취급하는 쟌 크리스티앙은 자결하라! 사자나 상어, 독수리가 어떻게 인간과 동위냐?”

넓은 저택의 정원 아래 대형 쇠창살문을 사이에 두고 집안으로 밀고 들어오려는 세력들과 그들을 쫓아내려는 세력들 간에 몸싸움이 벌어지고 있었다. 그리고 얼마 후 경찰차의 사이렌소리가 요란하게 울렸다. 나는 도망치듯 그곳에서 빠져나왔다. 그러자 10여명의 무리들이 내 뒤를 따라왔다. 나는 재빠르게 택시를 잡아타고 그들을 따돌렸다.

다음날, 나는 용기를 내어 다시 그를 찾아갔다. 나를 본 쟌 크리스티앙은 마치 준비라도 했다는 듯이 빔 프로젝트로 자료를 보여주었다.

≪천지창조와 생명의 기원≫

<쟌 크리스티 앙 자크>

하나님은 태초에 천지를 창조하시었다.

땅이 혼돈하고 공허하며 흑암이 깊음 위에 있었고 하나님의 영(靈)은 수면에 운행하시었다.

창조 첫째 날, 인간의 지각으로는 180억 년 전에서 50억 년 전 우주와 태양을 창조하시었다.

창조 둘째 날, 인간의 지각으로는 50억 년 전에서 46억 년 사이 지구를 창조하시었다.

창조 셋째 날, 인간의 지각으로는 46억 년 전에서 36억 년 사이 지구의 땅과 바다와 하늘을 나누고 땅을 풀과 씨 맺는 채소와 각기 종류대로 씨를 가진 열매 맺는 과목을 내라 하시매 그대로 되었다.

창조 넷째 날, 인간의 지각으로는 36억 년 전 달을 창조하셨다.

창조 다섯째 날, 인간 지각으로는 35억 년 전에서 30억 년 사이 바다에 생물을 창조하셨다. 그리고 공중의 새들을 창조하시고 복을 주셨다.

창조 여섯째 날, 인간 지각으로는 30억 년 전에서부터 그리고 현재까지 땅의 생물을 그 종류대로 내되 육축과 기는 것과 땅의 짐승을 종류대로 내라 하시니 그대로 되니라. 하나님이 창조하신 모든 생명체는 하나님의 형상 즉, 서로를 존중하며 화합하여 살아가라 하시니 그대로 되니라. 하나님이 지으신 모든 것을 보시기에 심히 좋았더라.

창조 일곱째 날, 천지와 만물을 다 이루니라. 하나님이 지으시던 일이 일곱째 날이 이를 때에 마치니 하나님께서 지으신 모든 만물에 복을 주사 거룩하게 하시고 안식하시었다.

창조 일곱째 날 이후 날, 모든 만물들이 서로 존중하고 화합하지 않았다. 그때는 하나님께서는 다른 종에게까지 사멸하시고 다른 생명이 태어나게 하셨다.

큰 멸 첫 번째, 하나님께서는 6억 년 전부터 고생대 3억 년 동안 지구를 우월적으로 지배하고 황폐화 시킨 삼엽충을 벌할 목적으로 생태계의 98퍼센트를 절멸시키셨다.

큰 멸 두 번째, 하나님께서는 약 2억 1천2백만 년 전 트라이 아스기 말 고생대 암모나이트 등 한 종의 번식으로 다른 종들이 사멸해가자 모든 생물종의 76퍼센트를 멸하셨다.

큰 멸 세 번째, 작은 멸 첫 번째, 큰 멸 네 번째, 작은 멸 두 번째……(중략)

큰 멸 다섯 번째, 하나님께서는 1억 6천 년간 지구를 지배한 공룡

종의 우월로 인하여 모든 식물과 동물 종들이 초토화되고 멸종에 이르자 지금으로부터 6천5백만 년 전 백악기시대 공룡 종들을 멸망시키고 지구의 99퍼센트 생명체를 멸하시고 1천 년 동안 암흑으로 가두었다.

나는 나름대로 준비한 궁금증을 단답형으로 물어보았다.

"하나님이 첫째 날과 둘째 날이 100억 년 이상 걸렸다는 것은 아무래도 이해하기 어려운데요?"

쟌 크리스티앙은 바로 질문에 답을 하였다.

"흔히들 1억 년이지요. 사실은 정지된 시간을 인간이 과거를 돌아보는 계량에 불과하지요. 정지된 시간에서는 찰나에 불과합니다."

"하나님이 만물을 창조하신 것과 정면으로 배치되는 주장인 다윈의 진화론은 어떻게 이해해야 되나요?"

"하나님이 천지창조 후에 그 종류대로 창조한 개체는 다양하게 진화하는 것이 하나님의 뜻입니다. 즉, 다윈의 진화론은 이미 하나님이 만물을 창조하실 때 예견하신 것이고, 지금도 종의 진화는 진행 중에 있다고 봅니다."

"그렇다면 인간과 다른 생명 식물과 동물까지도 동등한 존엄과 권리를 하나님께서 주셨다는 이야기인가요?"

"그렇습니다. 모든 만물은 하나님의 형상대로 살아야 하며, 하나님의 형상 대로란 서로 존중하여 지배하거나 지배당해서는 안 됨니다. 인간 간에도 마찬가지입니다."

"하나님의 뜻을 거역해서 멸종된 생물이 지금까지 있나요?"

"크고 작은 사건들이 많이 있었습니다. 크게는 지구상에서 공룡이 멸망할 때 지구 생명체의 대부분이 사라졌으며, 그러한 대멸종사건이 다섯 번이나 있었고요. 과거에 그러하였듯이 앞으로도 있으리라 여겨집니다. 하나님의 뜻이 아닌 우월하다고 하는 사고방식은 돌이킬 수 없는 재앙으로 다가옵니다. 창세기 1장은 시작이면서 끝이고 태초이면서 종말입니다."

나는 또다시 물었다.

"하나님이 창조한 것을 굳이 멸할 필요가 있을까요?"

"아, 창조는 멸과 동의어입니다."

쟌 크리스티앙은 달변가답게 하나의 막힘없이 설명을 이어갔다.

나는 내가 알고 있는 지식과 상식을 뛰어넘는 그의 해박한 지식에 놀라면서 그의 창세기 천지창조 여섯째 날 최초 기록 이야기에 빠져들어 갔다.

기원전 6세기였다. 유대국은 메소포타미아 문명지역 패권국 아시리아의 지배를 받고 있었다. 그 후 아시리아제국은 내부 권력 다툼과 빈번한 반란으로 혼란이 가중됐다. 그리고 새로운 강자인 신바빌론제국이 패자로 등장했다. B.C.609년 아시리아제국의 멸망과 함께 점령국 유대국도 신바빌론에 의해 멸망한다. 패권을 장악

한 신바빌론제국 칼테아 왕조는 유대국에게 터무니없이 많은 조
공을 요구했다. 거기에다 유대종교를 인정하지 않는 강경책으로
나왔다. 이에 유대왕 시드기야는 뿌리째 뽑혀지고 말라죽어가는
유대종교와 유대국을 눈뜨고는 볼 수가 없어 신바빌론에 항거하
였다. 이에 화가 난 신바빌론제국은 저항하는 대부분의 유대인 지
식층과 기술자들을 예루살렘에서 바빌론으로 포로로 붙잡아 끌고
갔다.

이때 유대국의 제사와 집회 장소인 회당은 모두 불에 탔고, 유대
인 집들 대부분이 불에 탔다. 또한 유대국 종교의 모체인 모세가
전해준 천지창조 파피루스 기록 쪼가리 문건도 불살라졌다.

천지창조 이야기를 하면 모두가 사형에 처해지는 암울한 세월이
왔다. 그래서 모세 이야기는 비밀스럽게 죽음을 각오하고 구전으로
전해지고 공식적으로는 아무도 이야기하지 못하게 되었다.

그러나 그 후, 국제 정세는 급변에 급변을 거듭했다. 페르시아
왕 고레스가 B.C.539년 신바빌론을 무찌르고 유프라테스강 문명
지역과 나일강 문명지역의 새로운 패자로 등장했다. 신바빌론을 정
복한 페르시아는 옛 유대지역인 예루살렘과 인근 지역을 다스리는
유대지역 총리로 느헤미야를 임명하고 신바빌론에 저항하고 수십
년간 바빌론에 포로로 잡혀있던 유대인들을 풀어 고향으로 보내
주었다.

느헤미야는 유대지역의 토속 성전 건립과 유대교 신앙을 허용하

는 정책을 펴나갔다. 그와 동시에 패권국 페르시아는 신과학사상을 전파하고 일부 종교를 자유화하는 유화적 식민지 정책을 펴나갔다. 이시기 이집트문명지역과 메소포타미아 문명지역에서 멀리 떨어지는 유대지역에서는 과학적 판단보다는 철학적 판단이 철학적 판단보다는 신학적 판단이 우위에서는 시대였다. 그러나 종주국인 페르시아에서는 과학적기법의 현대적 도시계획과 건축술 해와 달의 운동과 긴밀한 관련을 맺는 농사법 등 천문과학에 대한 새로운 사조는 물밀 듯이 일어나고 있었다. 그에 따라 유대지역도 신과학문명에 대한 영향력은 점차 증대되고 있었다.

한편 노예에서 해방된 유대인들은 고향으로 이주 후 급속히 생활이 안정되어 갔다. 생활이 윤택해지자 종주국인 페르시아에서도 허락한 유대교 성전과 회당 건립에 매진하였다. 그리고 유대교리 정립에도 심혈을 기울이게 되었다. 유대교리 정립은 종교의 최초 개념인 구전되어 온 신화와 설화를 모아 정립하여야 하는 일이었다. 이와 관련하여 이 시대 작은 지역에서 싹이 돋아난 2가지 큰 갈등이 몇 천 년 후인 현재 까지 끊임없는 논쟁으로 벌어질 줄은 그 누구도 짐작하지 못했다.

첫 번째 씨앗은 파피루스에 적힌 모세의 천지창조 이야기였다. 수백 년간의 변방국가의 침략과 노예 생활로 모세의 원본 쪼가리들이 분실된 상태에서 창세기 여섯째 날 이야기가 인간 우월하다와 그렇지 않다, 만물은 동위하다로 퍼져나갔다.

두 번째 씨앗은 인간이 살고 있는 지구가 모든 별들의 중심이라는 천동설과 지구는 은하계의 별들 중 하나라는 지구동위설이 대립하게 되었다.

첫 번째 씨앗 창세기 여섯째 날 기록의 인간우월론은 두 번째 씨앗 지구가 모든 별의 중심이라는 천동설 사상과 맞아떨어지면서 자연스럽게 연계되어 돌아갔다.

여기서 주목할 만한 사건이 발생하였다. 기원전 3세기 이집트문명지역인 나일강 북부지역 도시인 알렉산드리아에 살고 있는 천문과학자 아리스타르코스가 불을 지폈다. 그의 저서 ≪태양 밑 달의 크기와 거리에 대해서≫에서 삼각법을 이용하여 태양이 지구보다 300배나 크다고 계산하였다. 그는 태양의 연주(聯珠)운동은 지구의 공전이고 항성(恒星)들의 일주운동은 지구의 자전(自轉)에 따른 것이라는 학설을 발표하여 큰 반향을 일으켰다. 그는 '지구는 단지 태양의 주위를 돌고 있는 수많은 종류의 별들 중 하나의 별이다'라고 하였다. 지구가 모든 별들의 중심이 아니라는 획기적이고 엄청난 사실을 발표하였다. 그러나 여전히 많은 사람들은 고개를 갸우뚱했다. 그들은 인류가 살고 있는 지구가 온 우주의 중심이라는 데에 대해서는 의심을 하지 않았다.

한편 유대국에서는 모세가 이야기한 신화와 설화를 창세기, 출애굽기, 레위기, 민수기, 신명기 5권을 훗날 모세오경으로 불리는 신학 책으로 엮고자 종교지도자들과 율법학자들이 나섰다.

그중에서도 창세기는 구약성서의 첫 번째 책으로 창세(創世)라는 말 그대로 우주 만물의 시작과 창조주이신 하느님의 계획을 따르지 못한 인간에 대해서, 그리고 하느님으로부터 선택된 이스라엘 백성의 기원과 그 선조들에 대한 이야기를 구체적으로 담아야 했다.

당시 유대국 상류층 지식인 사회는 두 파벌로 나뉘어져 있었다. 바빌론 포로시절 머리가 우수하여 건축과학에 중용되었던 신흥부족인 엘리언십파와 바빌론에 끌려가지 않고 바빌론에 유화적 제스처를 써서 살아남은 유대지방 토후 귀족 세력인 토비야파였다.

창세기 성서는 그 중요성을 감안하여 유대 지식인층의 양대 산맥의 두 파벌인 엘리언십파의 율법학자인 성 아브라함이 맡았고 토비야파에서는 랍비인 요섭에게 모세오경 중 창세기 부분의 집필이 맡겨졌다.

그런데 설화와 신화를 집대성하는 데에 문제가 발생했다. 모세의 사상과 철학을 담아야 하는 성서에 대해서였다. 요섭이 속한 토비야 파에서는 모세가 이야기한 순수 설화와 신화만이 신의 영감을 받은 기록이라고 생각하였다. 그들은 다른 현세적 과학이나 철학적 요소는 반영하지 않아야 한다는 주장이었다. 반면 성 아브라함이 속한 엘리언십파에서는 생각이 달랐다. 다른 예언서 탈무드 등 오랜 동안의 지혜서와 검증된 과학 자료도 성서 만들기에 반영해야 한다는 입장이었다. 토비야파는 지금까지 성경으로 만들려는 쪼가리 설화나 신화들이 내세에 대한 믿음을 확고하게 가르치지 않는다며 불만을 토로했던 것이다. 즉 현세에 대한 과학이나 철학은 배제하려고 하였다. 그들은 오직 신화나 설화에서 신적인 요소들, 천당과 구원 같은 내세에 대한 요소들이 들어가야 한다고 주장했다. 반면 엘리언십파는 현세에서 일어난 이야기들 중 지혜와 과학적 근거가 있는 이야기는 성서에도 들어가야 유대교가 현세와 내세를 자연스럽게 이어주면서 현세에도 충실하게 살아갈 수 있다는 주장이었다. 즉 율법과 탈무드의 지혜 그리고 과학도 입증된 사실이면 그것도 반영해야 한다는 입장이었다.

양측이 첨예하게 갈등하면서 충돌하였다. 이와 관련하여 두 집단끼리 싸움이 붙어서 대폭동이 일어날 지경이었다고 페르시아 역사서에 전하고 있다.

따라서 모세오경을 집대성하고 책으로 묶는 데 유대교의 최고의 랍비와 율법학자들 중 토비야파와 엘리언십 파벌의 대표성을 갖는 최고의 지성이 각각 참여하는 것은 당연한 선택이었다. 두 파벌간의 갈등 해소를 위하여 또한 유대 민족적 종교적 분열을 사전에 방지하기 위한 일이었다.

그러나 문제는 요셉은 토비야파의 주장 즉, 지구를 중심으로 은하가 전개되었다는 신적 요소 천동설의 열성적인 지지자였다. 뿐더러 그에 근거한 창세기 인간우월론의 대표자였다. 따라서 그는 인간은 신분의 고귀함에 따라 인간 내면의 선과 악도 갈라지며 또한 차별받아야 한다고 생각했다. 이는 유대교의 신 즉, 야훼의 뜻이라는 것이었다. 거기에 유대인의 선민(選民)사상 즉 유대민족만이 하나님의 진정한 선택을 받았다고 확신했다. 그 선민사상을 창세기에 구현시키려면 반드시 유대민족의 선민사상과 인간도 하나님의 선택을 받은 민족과 인간 그렇지 않은 민족 즉, 우월적 인간과 비우월적 인간으로 나누어질 수밖에 없다는 생각을 가지고 있었다.

성 아브라함 또한 접근 사상과 철학에서는 요셉과 크게 다르지는 않았다.

그러나 그는 곰곰이 생각해 보았다 아무리 설화나 신화를 근거로 성서를 만든다 해도 누구나 알고 있는 지나온 역사를 완전히 무시하면 설득력은 감소한다는 생각을 지울 수가 없었다.

그의 직계 조상인 고대 이스라엘왕조는 기원전 6세기 초 신바빌론에 의해서 무너졌다. 그 당시 전 국토는 괴멸하다시피 타격을 입었다. 지배층과 지식층, 기술자 대다수가 포로로 바빌론에 연행되어 갔다. 이 사건을 보는 성 아브라함은 우월적 인간이 과연 유대민족인가 하는 의문을 가지고 있었다. 그것은 유대민족이 과연 선민인가 하는 문제였다.

신바빌론에 끌려가서 노예로 살다가 신바빌론과 페르시아의 전쟁으로 페르시아가 승리하자 페르시아 힘으로 유대 땅으로 돌아온 선조들이었다. 노예의 역사 그 사건은 야훼께서 유일하게 선택된 민족이라는 유일 신앙인 유대교에 큰 오점으로 남겨졌다.

그 후에 유대인의 선민사상에도 혼선을 드리우게 된 것만은 사실이었다.

페르시아 키프로스 2세의 메소포타미아 정복은 반세기에 걸친 바빌론 포로기에 종지부를 찍고 해방을 가져왔다. 그들 노예의 일부가 야훼신이 그들 조상에게 주기로 약속하였다는 예루살렘으로 돌아왔다. 폐허가 된 성전과 회당을 복구하였고 선민 사상적 유일신 신앙을 재정립하고 민족적으로 재기를 모색하는 일이었다. 결국은 지금의 창세기 설화를 신학으로 정립하는 것도 그 재기의 일환이었다.

이러한 역사 속에 성 아브라함의 조상은 왕족이었다. 그의 조상이 겪은 수백 년간의 식민지 생활과 노예 생활로 풀려난 지금의 역사를 너무 잘 알고 있었다. 따라서 신학의 정립 목적을 누구보다도 잘 알고 있는 그는 고민하지 않을 수 없었다.

유대인이 우월하다면 신바빌론에게 치욕을 당한 것을 어떻게 볼 것인가도 양심의 가책을 느끼는 일이다. 또한 자력이 아닌 페르시아의 힘으로 포로에서 풀려난 유대인이 우월하다는 논리는 억지 논리라는 생각이 들었다.

그런데 창세기 신학 정립 작업 중 터진, 천문과학계의 지구가 많은 별들 중에서 하나일 뿐이라는 지구동위론은 그에게 적지 않은 영향을 주었다.

창세기 집대성을 위하여 성 아브라함이 요셉의 집으로 세 번째 찾아갔을 때에는 초여름이었다. 이날 집에는 요셉만 집을 지키고 있었다. 요셉이 반기면서 이야기하였다.

"어서 오십시오 그동안 설화와 신화를 수집하시느라 고생이 많으시다는 이야기를 종종 들었습니다."

"저야 지식이 짧아서 랍비님께서 시키는 대로 하고 있습니다."

"무슨 겸손의 말씀을요 우리 유대국의 제일의 율법학자인데요"

성 아브라함은 아무래도 이야기를 해야 할 것 같았다.

"랍비님, 우리 민족이 우수하고 야훼께서 선민으로 유일하게…"

"예, 학자님 뭐 그게 문제가 되나요?"

"아닙니다. 조금은 생각해 볼 것이 있습니다. 우리 민족의 고난이 애굽 탈출 이전의 이집트 노예 시절과 아시리아 식민 시절 거기에 신바빌론에 워낙 수난…"

"…예, 무슨 말씀을 하시려는지 짐작이 갑니다. 그러나 그게 야훼께서 우리 민족에게 고난을 주신 것입니다. 크게 개연치 마십시오 선민인 우리 민족에게 만물을 다스리라 했는데 오히려 거꾸로 다스림을……"

"뭐, 그런 것이지요"

"예, 그렇습니다."

그날 이야기는 많이 길어졌다. 성 아브라함이 유대인의 노예 역사와 탈무드에 대하여 이야기하였다. 요셉은 야훼께서 유대백성을 살리신 기적에 대하여 이야기하였다. 특히 요셉은 모세의 이집트에서의 출애굽 과정에서 행한 바다의 갈라짐과 애굽강 탈출은 신이 아니면 유대민족을 구할 수 없었다는 이야기를 하고 성 아브라함이 이에 공감하면서 이야기는 잘 마무리되었다.

성 아브라함이 저녁이 되어 요셉의 집을 나섰다. 소문으로만 듣던 자신보다는 열 살 아래이며 요셉보다 열다섯 살 젊은 요셉의 아내 라헬이 하인 다섯 명을 데리고 집으로 들어서고 있었다.

요셉은 전처가 있었는데 아기를 못 낳아서 쫓아버리고 두 번째 부인을 얻었다고 들었다. 그의 두 번째 아내는 뛰어난 미모라고 소문을 들었는데 눈앞에서 보니 보통 미모가 아니었다. 그녀는 까만 눈동자로 성 아브라함을 쳐다보았다. 성 아브라함은 그 자리에서 꼼짝 못하고 얼어버릴 것 같은 전율을 느꼈다. 그가 그녀의 미모와 매혹적인 눈에 홀린 듯 한동안 우뚝 서 있었다. 정신을 차리고 문지방을 넘었는데 그가 넘어지지 않은 게 이상할 정도였다. 그는 그녀와 하인들을 계속 훔쳐보았는데 나이 많은 하인들이 그녀와 많이 닮았다는 느낌을 받았다.

며칠 후 늦은 오후에 성 아브라함이 요셉과 창세기 건으로 긴급히 상의할 일이 생겨 그의 집을 다시 찾았다. 그날은 요셉과 하인들은 없고 지난번에 본 요셉의 아내 라헬이 혼자 집을 지키고 있었다.

성 아브라함이 요셉이 없는 집에서 기다리기가 멋쩍어서 바로 요셉의 집에서 나서려는데 라헬이 말렸다. 요셉이 회당에 가있으며 토비야 파 사람들과 성서 내용 조율이 끝나면 곧 돌아올 것이라고 하면서 가지 말라고 옷소매를 잡아끌었다. 성 아브라함은 라헬의 빨아들일 것 같은 눈에 홀려 이러지도 저러지도 못한 채 요셉이 오기만을 기다렸다. 그런데 요셉이 금방 돌아올 줄 알았는데 늦게까지 돌아오지 않자 성 아브라함이 어쩔 줄 몰라 하며 다시 일어났을 때 라헬이 빵과 구운 생선과 포도주를 내왔다. 성 아브라함이 안절부절못한 채 저녁을 먹고 올리브기름 심지에 불을 붙이자 불빛에 비친 라헬은 더욱 요염해 보였다.

저녁식사 후 조금 있다가 요셉이 들어왔다.

"여보, 유대국 제일의 율법학자이고 미남인 분에게 저녁 대접은 잘해주셨소?"

요셉의 아내가 민망한 듯한 표정을 지었다.

"예. 있는 빵과 포도주 조금……"

요셉이 색기가 흐르는 아내의 옷매무새를 아래위로 훑어보더니 성 아브라함에게 조금은 따지듯이 물었다.

"어쩐 일로 이렇게 늦게 예고도 없이 오셨습니까?"

"아, 예, 지난번 창세기 여섯째 날이 아무래도 걸려서요."

"그 문제는 저도 생각을 깊이 해보았고 토비야파 중진들에게 중론을 모았는데 우리 민족이 노예로 끌려가 치욕을 당한 것과 야훼께서 보내신 선민이고 우수한 민족이라는 것하고는 신화적인 이야기여서 꼭 그렇게 연관 지을 필요가 없다고 하네요."

성 아브라함은 침착하고 예의를 갖추어서 이야기를 했다.

"최근 이집트 알렉산드리아 도시에서 아리스타르코스 등 일부 천문학자가 과학적 관측법으로 지구동위론을 주장해서 이번 천지 창조 여섯째 날을 인간이 우월하다 하면 과학과 철학 그리고 종교가 아주 불일치하는 모양새여서 급하게 찾아왔습니다."

그날부터 두 사람의 논쟁은 점점 심각해 갔다. 갈수록 요셉은 강경해졌고 거기에 맞서서 성 아브라함도 치열해져 갔다.

그런데 문제는 다른 곳에서 터졌다.

성 아브라함이 회당에서 율법 강의를 마치고 짐을 챙겨 돌아가려는데 라헬이 기다리고 있었다. 강의가 끝나기를 기다린 듯했다. 라헬이 빵과 포도주를 가지고 왔다. 회당에 모였던 사람들이 모두 흩어지고 그와 그녀만 남았다. 성 아브라함도 처음에는 당황했으나 세 번이나 보았고 창세기를 같이 집필하는 요셉의 아내여서 처음에는 완곡하게 거절하였다. 하지만 두 사람의 실랑이가 사람들에게 소문이 날 것을 우려해서 그녀를 회당 뒤로 안내했다. 회당 뒤에서 그녀를 돌려보내려 애썼지만 실은 성 아브라함도 그녀와의 첫 만남 때부터 아름다움에 빠진 이후 보고 싶은 마음이 간절했었다. 그런데 이렇게 두 사람이 만나다니 꿈만 같았다. 더욱이 그녀의 글썽이는 눈빛을 보면서 성 아브라함의 가슴도 요동치고 있었다. 두 사람은 의자에 앉았다. 성의를 완전히 무시할 수 없다는 자기합리화를 하였다. 뒷마당이지만 언제 사람들에게 들킬지 모른다고 생각되자 급해졌다. 난감한 성 아브라함은 빵과 포도주를 급하게 먹었다. 그런데 빈속에 급하게 마신 포도주는 바로 취했다. 술은 이성을 마비시켰다. 어둠이 찾아오자 라헬의 치마를 올리고 의자에 눕히게 되었다.

그 후 두 사람의 불륜은 강의가 끝난 회당 뒤에서 그리고 성 아브라함의 집에서 가족과 아내가 집을 비운 사이에 계속되었다.

라헬은 성 아브라함이 자신의 집에서 이야기하는 화젯거리를 대충 알고 있었다. 그녀는 성 아브라함에게 자신의 처지와 집안에 대하여 이야기하였다. 그녀는 본래 대대로 핍박받는 노예의 집안이었다고 하였다. 미모가 출중한 그녀는 애를 못 낳는다는 이유로 전처를 쫓아낸 요셉에게 시집을 왔다. 시집 올 때 부모와 형제들도 요셉 집안의 노예로 같이 와서 살고 있다고 하였다.

그녀는 배우지는 못했지만 아는 게 많았다. 그녀는 노예계급의 억울한 사정을 성 아브라함에게 이야기했다. 하루 잠자는 시간 빼고는 조금도 쉴 틈 없이 일을 해야 하는 노예 계급인 부모와 형제들의 고통을 이야기했다. 또한 끝없이 상속되어 갈 지긋지긋한 노예 계층인데 선민이면 뭐하고 선민이 아니면 무엇 하겠느냐고 한탄했다.

그녀는 유대인 중에서 대대로 상층민으로 살아가는 토비야 파와 엘리언십 파에 대한 분노를 노골적으로 드러냈다. 신화와 설화의 선민주의에도 불구하고 유대민족 자체에서도 상류층과 노예 계급으로 나누는 이중적인 잣대에 직접적으로 불만을 이야기했다. 만약에 신분이 차별화된 가운데 선민 신화나 설화가 굳어지는 것은 자신과 같은 노예 계급에게는 영원히 절망이라는 것이었다.

그녀의 이야기 중에 성 아브라함의 가슴을 철렁이게 하는 이야기가 있었다. 그녀의 이야기는 우월하지 못한 노예 계급이 대우받을 수 있는 것은 한 가지 뿐이었다는 것이다. 그것은 아름다운 얼굴과 매끈한 몸뚱이라는 것이었다.

"유대국 제일의 율법학자님, 저희의 비참한 삶도 야훼께서 살피시고 계신가요?"

성 아브라함이 깜짝 놀라 대답하였다.

"그렇습니다. 라헬님, 야훼께서는 인간 모두에게 복을 주시지요."

그녀는 반문했다.

"그런데 우리 천민 노예 부모와 형제들은 언제까지 쇠고랑을 차고 평생 일만 해야 하나요? 같은 유대민족인데요."

성 아브라함이 당황한 듯하였다.

"저와 요셉이 이야기하는 것을 들었을 줄 압니다만 그래서 저는 창세기 여섯째 날을 바로 정립하려고……"

"저는 인간들은 다 똑같지 않다고 생각해요. 다만 남자와 여자의 욕망으로 몸을 섞는 일 만큼은 똑같지요. 일과 식사와 거처는 하층민과 상층민이 다르잖아요."

"그건 그렇지만, 저는 그 부분에 요셉 랍비와 생각이 달라서…"

성 아브라함은 얼버무렸다.

성 아브라함이 라헬을 쳐다보니 귀족 신분을 누리고 있고 창세기를 통하여 기득권을 굳히려는 요셉에 대한 분노를 표출시키고 있다는 생각을 지울 수가 없었다. 지금까지 그녀는 타오르는 분노를 몸으로 풀려고 하였던 것 같았다. 이제 그녀가 자신과의 불륜을 원했던 것이 이해가 될 것 같았다.

성 아브라함이 쳐다본 그녀의 몸짓과 눈빛은 처절한 분노와 욕정이 뒤섞인 불꽃이 타오른 듯했다.

성 아브라함이 아차하고 지나간 불륜에 대해 정신을 차렸을 때는 이미 늦었다는 후회가 엄습하고 있었다. 그녀가 들끓는 분노를 삭일 수 있는 유일한 방법은 상층 신분인 자신과의 몸을 섞는 일이라는 데에 수수께끼가 풀리는 듯했다.

그녀의 이야기를 들은 성 아브라함에게 창세기 여섯째 날 기록은 인간우월론이 아닌 만물동위론으로 정리해야 한다는 신념을 더욱 강화시켰다.

몇 달 후 요셉과 성 아브라함은 회당에서 창세기 여섯째 날 최종본을 놓고 한 치의 양보 없는 설전을 벌였다.

요셉이 성 아브라함에게 격앙된 목소리로 말했다.

"창세기 여섯째 날 기록 만물을 인간이 지배하라고 한 설화를 빼버리면 우리 유대민족뿐만 아니라 인류는 굶어죽게 됩니다."

성 아브라함도 만만치 않게 나왔다.

"아닙니다. 인간과 인간 그리고 동물까지도 천지창조 이후 지금까지 공생하면서 잘 살아왔습니다."

요셉은 한 치도 물러서지 않았다.

"우리 토비아파는 여섯째 날 인간우월론을 포기할 수 없습니다."

성 아브라함이 맞받아쳤다.

"저희 엘리언십파에서는 역사와 과학 그리고 철학 종교적 관점에서 일관성과 상관관계를 가져야 한다는 사실에 절대 양보할 수 없습니다."

그날의 설전은 마무리되지 않았다. 결국 상대의 감정만 악화시켜서 서로 타협하고 돌아올 수 있는 길을 막아버렸다.

성 아브라함은 라헬이 자신을 유혹한 이유를 알아차렸고 자신이 남의 아내를 탐한 죄악을 저지른 후회를 하였지만 이미 때는 늦었다. 마음으로는 다시는 그녀를 보지 않아야 한다고 수없이 다짐을 하였지만 자신을 통제할 수가 없었다. 그녀를 만나면 만날수록 만물동위론에서 물러설 수 없다는 결심만 굳히게 되었다. 그런데 이상한 것은 창세기 여섯째 날 기록을 합의해야 할 상대 요셉의 주장이었는데, 성 아브라함이 자신의 아내와 놀아나고 있다는 소문이나 느낌을 받았을 즈음의 요셉은 성 아브라함에 대한 분노와 증오하는 감정이 앞선 듯 여섯째 날 기록을 신성 강화에 더욱 열을 올리고 있었다. 즉, '우리의 형상을 따라 우리의 모양대로 우리가 사람을 만들고 (중략)'를 추가하여 인간을 신과 동격으로 만들려고 하였다. 또한 '인간에게 모든 생물 모든 만물을 다스리라'는 구절까지 넣어 조물주만이 가질 수 있는 권한을 인간에게 부여한 듯한 문장까지 넣었다. 또한 인간의 우월을 합리화하기 위하여 부연 설명을 추가하여 공동 집필 상대인 성 아브라함을 아연실색하게 하였다.

한편, 성 아브라함과 라헬의 정사는 밀밭과 산, 회당을 가리지 않았다. 그리고 그러한 잦은 밀회는 급기야 두 사람이 함께 있는 것을 목격한 토비야 파 사람들에 의해 발견되어 소문은 꼬리에 꼬리를 물고 퍼져 나갔다. 그리고 이러한 사건들은 요셉과 성 아브라함의 창세기건 집필 갈등에 결정적인 변수가 되었다.

요셉은 두 사람 관계를 눈치 챈 듯 성 아브라함의 의견은 한 마디도 받아들이지 않았다. 그리고 결정적인 한 마디로 성 아브라함을 굴복시켰다.

"자네, 지금까지 행한 내 아내와의 일은 풍문인지 사실인지 모르지만 이 창세기 여섯째 날 건으로 끝내기를 바라네. 나도 더 이상 토비야파와 우리 가문의 명예를 더럽힐 순 없네."

성 아브라함은 그 후 요셉이 하자는 대로 인간우월론으로 책 제본에 합의해 주었다. 그리고 책 1차 원고 완성본이 몇 개 만들어져 필사본이 여러 지역으로 퍼져갈 즈음 이 사실을 눈치 챈 라헬은 기회를 엿보다가 요셉을 독살하고 자신도 독약을 마시고 죽어버렸다.

두 사람의 죽은 소식은 이상하게 퍼져갔다. 요셉이 아이를 못 낳는 전처를 쫓아냈다고 하는데, 나중에 안 일이지만 자신이 아이를 못 낳는 무정자증이라는 것이었다. 그 사실을 숨기고 혼자만 알고 있었다고 한다. 그런데 젊은 아내가 아이를 임신하자 요셉이 자신의 아내를 의심하였다. 그래서 다시 요셉 자신이 아이를 낳을 능력이 있는지를 확인하려고 노예인 라헬의 여동생과 바람을 피웠다는 것이다. 라헬과 요셉이 그 문제로 잦은 싸움을 하던 중 요셉이 홧김에 라헬을 독살하고 자신도 독약을 먹고 죽었다는 것이다.

두 사람의 죽음으로 세 사람의 삼각관계는 소문만 무성할 뿐 묻혀버렸다. 또한 창세기 합의 초안은 무용지물이 되었다. 그 후 요셉 대신 작업을 하게 된 토비아파의 부제사장인 유다슬림이 맡았다.

그리고 이 일은 처음부터 내용을 잘 알고 있는 성 아브라함이 주도하게 되었다. 그 시기에 천문과학을 중시하는 사상에 기세를 올리던 페르시아는 반 페르시아적 유대교의 선민사상의 창세기를 문제 삼아 배포되고 있는 요셉의 창세기를 더 이상 퍼져나가는 것을 막아버렸다. 그러한 상태에서 성 아브라함은 만물동위론으로 재편집을 하여 페르시아의 과학사상 이념을 받아들이고 자신의 신념을 창세기에 구현하였다. 그러자 세상에는 두 종류의 창세기 여섯째 날이 구체적 편집이 되어 돌아다니게 되었다.

그러나 그것도 잠시, 그리스 동북부 지역의 마케도니아왕국의 알렉산더 대왕이 지중해연안 지역과 발칸반도 니케아 지역 쪽에서 세력을 키우고 페르시아 식민지인 유대국과 이집트 정복 길에 올라 예루살렘으로 쳐들어와 유대국을 점령하는 사태에 이르렀다. 결국 창세기 여섯째 날 완제본은 두 가지 다 계속적으로 전 세계로 배포되다가 중단되는 우여곡절을 겪었다.

그것은 인류에게는 불행의 씨앗이었으며 그 후 끊임없이 인류를 괴롭혔다.

쟌 크리스티앙의 이야기는 계속 이어졌다.

"지금은 누구도 의심을 하지 않는 학설이 되었습니다. 그러나 당시 천동설은 기원전 4세기경부터 에우독소스, 아리스토텔레스 그리고 A.D.130년 프톨레마이오스부터 A.D.1534년까지 주장한 지구가 모든 별들의 중심이며 태양이나 모든 별들이 지구라는 별이 있어서 존재한다는 천동설이 400년 전까지는 절대적 진리로 알았습니다. 결국 1610년 천문과학자인 갈릴레이 갈릴레오가 지구는 헤아릴 수 없이 많은 수억 개의 우주 속의 하나의 별에 불과하며 우주 변방에 위치한 태양계의 태양을 돌고 있다는 지구동위별 즉, 지동설을 주장하였습니다. 그는 교회에서 파문을 당하면서까지 '그래도 지구는 돌고 있다'라고 주장하였으나 교회의 심문과 갖은 협박에 못 이겨 지동설을 포기하였습니다. 그러나 로마 교황청은 1992

년에야 1616년 지동설 즉 지구동위설을 주장한 갈릴레오 갈릴레이 교회재판이 심각히 잘못되었다고 뒤늦게 인정한 것입니다. 불과 지금으로부터 20년 전의 일입니다. 그리고 또 다른 씨앗 창세기 여섯째 날 인간우월론은 아직까지 시시비비가 가려지지 않고 논쟁이 계속되고 있으며 이 일은 참으로 안타까운 일입니다. 아직도 우리 인간들이 잘못 알고 있는 일들은 널려 있습니다. 지금 창세기기록 건도 그중에 하나입니다. 인간도 수많은 생명체 중 하나이지 결코 인간이 우월하거나 인간이 모든 만물의 중심이라는 것은 어불성설이라는 것입니다. 인간이 태어나서 이제 문명을 만든 지는 50억 지구 역사 중에 1만년도 안 된다는 것을 알아야 한다는 것이지요. 더욱 중요한 것은 자기우월주의 사상은 조물주로부터 지구에 암흑기와 생명의 절멸(絶滅)을 불러왔습니다. 인류 이전의 공룡이 1억 6천년 동안 지구를 지배하다 멸망한 것을 비롯해서 3억년 동안 지구를 지배하다가 멸망한 삼엽충을 포함해서 지구를 장악했다가 대부분의 생명체가 사라진 크고 작은 암흑기가 다섯 번이나 있었다는 것입니다."

그는 무언가 골똘히 생각하더니 목소리를 다소 높였다.

"절멸 한 번의 암흑은 최소한 천년 이상입니다. 이렇게 인간이 교만하고 우월하기 위한 치열한 경쟁이 계속된다면 절멸기 암흑과 혼돈은 의외로 빠르게 올 수도 있습니다."

나는 매달리듯 물었다.

"박사님, 인간의 멸을 늦출 수 있을까요?"

"이미 늦은 것 같습니다. 창세기 수정뿐 아니라 또 하나 큰 문제는 인간이 불을 발견하지 않았어야 하는데……"

"그게 무슨 말씀이신지요?"

"아, 그 이야기를 못했네요. 불을 없애고 불빛을 안 보아야 하는데 그건 너무 어려운 문제입니다."

"불을 없애다니요?"

"인간이 불을 발견하면서부터 멸의 단초가 되었습니다."

"불과 멸이 무슨 관계가……"

"예, 불과 불빛은 욕심 없이 살아가는 인간에게 새로운 욕망 즉, 많이 쌓아두고 오래도록 먹으려는 욕심을 일으키게 하였습니다. 불과 불빛은 선과 악의 본능 중에서 악의 본능을 충동질하고 사악한 욕망을 부채질하였습니다. 끝없는 욕심이 생기게……"

그는 혼자서 한탄하듯이 중얼거렸다.

"인간이 불을 발견하지 말았어야 하는데 핏빛의 빨간불, 창세기 기록도 기록이지만……"

개미선장

제4부

혁명전야

"민초개미들은 분연히 궐기해야 합니다. 정보와 권력을 가진 자들은 과거에도 그래왔지만 포악한 돈의 욕심은 그칠 줄 모릅니다. 20여 년 전에는 은행의 빚은 대부분이 기업들의 빚이었습니다. 그런데 지금은 어떻습니까? 은행과 증권 금융기관의 기업가들 빚은 고스란히 민초개미들의 빚으로 돌아와 있습니다. 이것이 바로 민초개미들이 수탈당하고 있다는 증거가 아니겠습니까? 주식시장은 돈 많은 세력이나 기관과 외국인이 민초개미들을 속이는 노름판입니다. 이러한 왜곡된 시장에서 과연 순박하고 양심적인 민초개미들이 살아남을 수 있을까요? 절대 살아남기가 힘듭니다. 왜냐하면 한마디로 개미들을 속이는 시장이기 때문입니다."

① 기울어진 집안

윤지가 떠나고 충격이 채 가시지도 않아 안 선배도 떠났다. 그 후 나는 힘겨운 일들이 거센 파도처럼 계속해서 밀려들었다. 아버지 노름 병이 또다시 도진 것이다.

어린 시절 할머니와 나는 어머니의 강한 의지로 아버지의 노름을 막으려고 쫓아다녔다. 어머니의 애원과 가족들의 성화에 겨우 몇 년간 아버지는 노름을 멀리 하였다. 그러나 내가 중학교에 입학하고 시골을 떠난 이후 한동안 노름에서 손을 떼었던 아버지가 다시 노름에 손을 대자 할머니가 아버지 노름을 막으려고 겨울밤마다 아버지를 쫓아다니며 말리다가 화병으로 돌아가셨다. 그러나 아버지는 이에 아랑곳하지 않고 노름빚을 갚기 위해 다시 노름에 손을 대었다. 그 문제로 어머니는 매일 아버지와 칼부림하면서 싸우고 신세 한탄을 하였다. 그러면 그럴수록 아버지는 밖으로 돌며, 더욱 노름판을 전전하였다. 우리 집안의 빚은 산더미처럼 쌓여 갔다. 어머니가 갚아야할 아버지 노름빚의 돌려막기는 어마어마한 사채이자가 더해져 우리 집안을 파멸로 몰고 갔다. 자괴감에 빠진 아버지는 하루 종일 술로 시간을 보내다 급성간암을 얻어 3주 만에 세상을 떠났다. 뒷감당이 안 되는 과도한 스트레스를 받은 어머니도 얼마 되지 않아 정신질환을 앓다 끝내 나와 네 살 위의 누님과 두 살 아래의 누이동생을 남겨두고 저세상으로 가게 되었다.

지옥이 따로 없었다. 내가 그 당시 미치지 않았다는 사실이 신기했다면 신기했을 것이다. 나는 한동안 술과 게임에 몰두하다가 차일피일 미루던 군대를 자원해서 들어갔다.

군 만기제대 후, 남들처럼 먹고 살기 위해 제약회사에 들어갔다. 그동안 집안은 더욱더 풍비박산이 났다. 누이는 가난과 빚쟁이들에게 쫓기자 실속 없고 허영만 많은 매형과 좌우 살피지 않고 도피하다시피 결혼을 하였다. 그러나 누이의 결혼은 예상된 것이었지만 얼마 못가 파탄이 났다. 실속 없이 사람을 잘 믿는 허세만 많은 매형은 사기꾼 기질이 있는 친구와 동업을 하다가 굳게 믿었던 친구가 돈 5천만 원을 떼어먹고 도주하는 바람에 조그만 차와 어렵사리 융자로 마련한 지방의 소도시 방 2칸 15평 연립이 경매에 넘어가게 되었다. 우선은 위장이혼을 하지 않을 수 없었지만 많지 않은 나이에 위자료 한 푼 없이 합의 이혼하고 5살짜리 아이 양육을 위해 하루 12시간 노동을 하였다. 죽도록 노동해서 얻은 일당 5만원으로 아이와 남편의 빚쟁이들에게 쫓겨 가며 죽지 못하는 삶을 이어가고 있었다.

찌들은 가난에 누이 집에 얹혀살던 여동생은 더 불행했다. 누이 집안이 파탄 나고 가난뱅이 누이도 길거리에 나앉게 되자 여동생은 조그만 연극단에 잠과 세끼 먹는 조건으로 들어갔으나 믿었던 오랜 남자친구의 배신과 연극단장의 성추행이 이어지자 충격을 이겨내기가 어려웠다고 한다. 그리고 그 충격을 벗어나기 위해 택한 것이 수녀원에 들어가는 것으로 마무리 되었다.

누이는 식당이 끝나는 11시쯤이면 엄마를 대신해서 가끔씩 하나밖에 없는 동생을 위로하며 걱정해 주는 유일한 핏줄이었다.

"장훈아, 건강하게 잘 있지? 그리고 나이 더 먹기 전에 결혼해야지. 그래야 안정을 찾을 거 아니냐? 수녀원에 간 가애 생각만 하면 난 눈물이 쏟아진단다. 어쩌면 이렇게 우리 가족이 한번 만날 수 없을까? 참 박복하기는…… 어디에 하소연할 곳이 없구나. 그나마 네가 그래도 학벌 있고 번듯한 회사에 다니니 나는 네가 자랑스럽다. 언젠가는 우리도 잘살 날이 오지 않겠니?"

누이는 나와 통화 연결이 되면 전화기를 내려놓을 줄 몰라 했다. 쌓이고 쌓인 부모 없는 설움과 돈 없고 가난한 그래서 형제들이 같이 한 번도 웃으며 모일 수 없는 고통을 전화로 풀었다. 내가 전화를 마무리 하지 않는다면 누이는 내일 새벽까지도 이야기를 계속할 태세였다.

"누이, 피곤할 텐데 좀 쉬세요. 내일 아침 일찍 조카 현석이 혼자 남겨두고 일 나가시려면……"

"그래, 너도 쉬어야 내일 출근하지. 챙겨줄 사람도 없는데……"

누이가 전화기를 먼저 내려놓는 일은 없었다. 늘 가슴으로 우는 울음소리가 작은 전화기에 울려 퍼지는 것 같았다.

흠모했던 여자에게서 받은 상처, 선배의 여자를 가로채려한 양심의 가책이 여전히 남아 있었던 나는 대학교 때 빌려 쓴 학자금을 작년에야 다 갚았을 정도로 여유가 없었다. 반월세를 살고 있던 나는 결혼 생각은커녕 불안한 미래에 낙심하여 혹시나 하는 마음에서 주식에 관심을 갖고 조금씩 투자를 하기 시작했다.

그때 내가 알았던 여자! 나를 걷어찼던 윤지! 그녀가 아버지로부터 M바이오회사를 물려받았다는 것을 증권뉴스에서 접했다. 내 젊음의 영혼을 불타오르게 했던 그녀, 내 청춘의 날들을 지울 수 없는 치욕스러운 오점 투성이로 만든 그녀! 그런 만큼이나 나는 그녀가 대단하며 내가 도저히 도달할 수 없는 신화나 설화의 극치미의 여인, 나와는 견줄 수 없는 신화의 여신으로 느껴졌다. 그렇기 때문에 그녀가 물려받은 회사는 불사신의 신화적인 회사이며 무한한 비전을 지녔고 영원할 것이라는 생각이 들었다. 나는 조금이지만 서슴없이 살 수 있는 만큼 신의 주식, M바이오 주식을 샀다. 그리고 다른 코스닥 벤처 종목에도 관심을 가지고 인터넷 포털 증권토론방을 기웃거렸다.

② 평원의 사자들

2011년 1월 31일 PM 2시, 증권사 객장 대형TV에서는 '동물의 세계'가 방영되고 있었다. 아프리카 앙골라평원이 화면에 보였다. 맑은 하늘에는 새털구름이 하얗게 흩어져 있다. 땅 위 끝 간 데 없이 펼쳐진 초원지대와 푸른 하늘이 지평선에서 만나고 있다.

시슴들이 무리지어 평화롭게 풀을 뜯어먹고 있었다. 그때 시슴 무리에서 멀리 떨어진 언덕 위에 사자 다섯 마리가 나타났다. 사자들은 시슴들을 한참 노려보더니, 젊고 힘이 센 듯한 사자 3마리가 서로 신호를 주고받으며 앞장섰다. 그리고 늙은 사자 2마리는 앉아 있다가 그 뒤를 따라갔다. 시슴들이 사정권에 들어오자 사자 3마리는 시슴 무리들을 어지럽히면서 사냥에 나섰다. 놀란 시슴들은 릴레이를 하듯 한 무리가 뛰어가고 그다음 무리가 뛰어갔다. 무리들은 크게 네 개의 무리로 사각 다이아몬드 대형을 이루고 뛰어갔다. 사자들도 혼란스러웠는지 목표를 정하는 게 쉽지 않았다. 손쉽게 사자들의 밥이 될 것 같았던 시슴들이 의외로 잘 빠져나가자 사자들은 지쳐갔다. 마침내 며칠째 굶은 듯 뼈만 앙상한 늙은 사자 한 마리가 쓰러지자 또 한 마리도 이어서 쓰러졌다.

또 다른 아프리카 잠비아평원, 키가 크고 뿔이 사납게 생긴 덩치 큰 버펄로 수백 마리 떼가 보였다. 그들은 초지와 물을 찾아 긴 행렬을 이루고 지나갔다. 사자가족 두 무리가 이들을 따라가고 있었다. 사자들이 뛰어들자 버펄로 떼들은 강력한 뒷발과 날카로운 뿔로 사자들의 접근을 막았다. 사자가족들은 버펄로들을 맹추격하면서 갈라놓는 등 혼란에 빠뜨렸다. 공격에 놀란 버펄로 떼는 자기들끼리 부딪치고 대오가 흔들리고 무너져 갔다. 혼란을 틈타 사자가족들이 흩어지고 낙오된 버펄로 사냥에 나섰다. 버펄로들은 동료들을 버리고 달아나기에 바빴다. 드디어 사자가족들이 낙오된 두 마리의 버펄로 등에 올라타 물어뜯었다. 공포에 질린 비명! 버펄로는 쓰러졌다. 사자가족들은 버펄로의 옆구리를 날카로운 발톱으로 할퀴고 목덜미를 물어 숨을 끊고, 살과 피를 먹으며 만찬을 즐겼다.

이어서 채널이 증권TV로 바뀌고 증권관련 뉴스가 시작되었다.

앵커는 현지 부산지역 기자와 연결했다. 불타오르는 증권사 객장을 화면에 내보냈다. 부산 ○○증권사 객장에서는 가산을 탕진한 고객이 객장에 휘발유를 뿌리고 불을 지르자, 고객과 증권사 직원 수십 명이 대피하는 소동이 일어났다고 전했다. 또한 대전에서는 L씨가 자신의 전 재산과 친인척들에게 얻은 빚으로 주식에 투자하여 막대한 손실을 떠안아 목을 매어 자살을 시도하다 중태에 빠졌으며, 광주에서는 주식투자에 실패한 농부가 농약을 먹고 자살했다고 전했다. 그리고 서울에서는 남편 모르게 주식에 투자해서 빚을 떠안은 아내가 어린아이 둘을 안고 아파트에서 뛰어내린 사건이 발생하였다며 아파트 이름과 핏자국을 지운 아파트 주차장 화면 자료를 방송에 내보냈다.

"개인투자자들의 피해가 날이 갈수록 눈덩이처럼 커지자, 도시 증권사 객장에는 불만을 품은 개인투자자들이 몰려들어 항의하는 소동이 일어났습니다."

앵커는 흥분된 목소리로 명동과 여의도 등 증권사 밀집지역에서 정부와 국회에 개인투자자 대책 마련을 촉구하는 대규모 촛불 시위가 잇달아 열리고 있다고 전했다. 시위는 전국적 양상을 띠어가고 있으며, 어젯밤에는 재산을 잃은 성난 개인투자자들과 일반시민까지 만여 명이 가담하였다고 한다. 광화문광장과 시청 앞 서울광장에서 시위를 막는 경찰에게 화염병을 투척하는 폭력시위가 열리기도 하였으며 시위는 더욱 격렬해지고 있으며, 전국 도시지역으로 확산될 조짐을 보이고 있다고 전했다.

정부 관련부처에 나가 있는 기자가 마이크를 잡고 화면에 등장했다. 정부 관계자의 말을 인용하여 개인투자자들의 빈번한 '뇌동매매'를 자제할 것을 당부하였다. 주식을 담보로 하는 금융기관의 대출을 제한할 것이라는 개인투자자 대책 발표를 중계했다.

또한 작전세력들과 결탁 경영정보를 이용한 벤처기업 경영진과 임원들의 도덕성 해이인 개인투자자들을 대상으로 하는 '고점 먹튀'를 뿌리 뽑기로 하였다. 따라서 정부는 증권거래소와 금융감독원, 검찰을 총동원하기로 하였다고 전했다. 정부와 여당은 총선과 대선을 1년 앞두고 있는 중요한 시점에서 성난 민심을 가라앉히기에 골몰하고 있다고 전했다.

증권뉴스가 끝나자 이번에는 금융투자 전문가들의 대담이 이어졌다. 개인들의 주식 투자에 대한 빚이 한국사회의 큰 골칫거리가 되자 자본주의의 꽃인 주식시장에 대한 회의론이 대두되었다. 과연 주식시장은 개인들에게 필요한 것인가, 주식시장에서 개인들은 얼마만한 돈을 벌 수 있는 것인가, 주식시장 제도에 대한 무용론까지 급격하게 확산되었다. 그렇다면 주식시장에서 개인들이 손실을 본다면 그만큼의 이익은 누가 가지고 가는 것일까 하는 문제에 대하여 토론 중이었다.

신뢰 받고 있는 갤럽에서 조사한 바에 의하면, 한국의 자본시장 개방 이후 누적 5천만 명이 주식 거래를 하였다. 현재 5백만 명의 개인들이 평균 4개의 계좌를 보유 2천만 개의 주식계좌를 가지고 있는 것으로 나타났다. 그렇다면 5백만 명은 가장이거나 경제권을 가진 가족 구성원이라고 할 때, 인구의 절반인 2천만 명 정도가 주식시장에서 돈을 잃거나 돈을 벌어야 하는 개미투자자와 직간접적으로 관련되어 있다고 전문가들은 진단하고 있었다.

그러나 주식시장에서 이익을 본 개인은 아주 극소수에 불과하다. 로또 당첨 확률에 버금가는 승률에서 개인들은 과연 주식에 투자할 만한 것인지에 대한 의문을 갖게 한다. 개인투자자들의 파산은 수많은 신용 불량자들을 양산하고 있으며 개인이 진 빚은 정부의 3년 치 예산과 맞먹는 천조 원에 달한다고 금융전문가가 이야기했다.

내가 다시 전광판으로 눈을 돌렸을 때 M바이오 종목이 상승을 표시하는 붉은색 삼각형으로 표시되었다가 다시 파랗게 질린 역삼각형으로 변했다. 나는 '아!' 하는 신음소리를 냈다. 더욱 놀라운 것은 M바이오 종목 전광판의 주변 다른 종목들은 대부분 붉은색으로 삼각형 또는 붉은색 화살표가 불타오르고 있었다.

추운 빈곤의 색상과는 반대인 뜨겁고 부유한 색인 불빛의 붉은색의 상징은 돈! 얼마나 수많은 사람들이 간구하던 이름인가! 하늘이 준다던 큰돈! 많은 사람들이 이 허망한 주식 창을 보며 불나비처럼 달려들고 매달렸을까?

나는 머릿속에 경기도 변두리에 있는 반전세 원룸에서 회사와 가까운 곳에 전세 원룸을 구하고 싶었다. 그리고 내가 도와주어야 할 찢어지게 가난한 누님과 수녀원에 들어가 있는 여동생이 떠올랐다.

오후 3시, 장이 마감되면서 객장 전광판 몇 개 종목이 하한가인 파란 화살표로 꽂혔다. 그때 노숙자인 듯 의상이 남루한 얼굴을 하고 있는 알코올에 찌든 흰 눈동자가 풀린 50대 후반 손님이 벌떡 자리에서 일어났다. 그는 손바닥만한 주식매매 용지를 오른손으로 한 움큼 뽑아 객장에 뿌렸다.

"아이고! 나는 이제 거지 되었네, 거지됐어! 하한가에도 팔아먹을 수가 없으니, 한강으로 가는 수밖에 다른 길이 없어! 나는 이제 죽는 수밖에 길이 없네! 김 대리 이 개새끼, 네가 추천했지? 이거 뭐 깡통 찰 주식을 나한테 추천해? 야, 이 새끼야! 어떡할 거야? 네가 물어내든지 같이 한강에 빠져죽든지 아니면 나를 죽여라! 이놈아, 지점장 새끼 나오라고 해!"

초점을 잃은 눈동자의 그는 커터를 들고 김 대리한테 돌진했다. 순간, 객장의 경비업체 직원의 눈에서 빛이 났다. 경비가 가스총을 빼어들며 막아섰다. 그는 골대를 돌파한 공처럼 경비원을 지나 30대 증권사 직원에게 달려들었다. 당황한 직원이 외쳤다.

"고객님! 저, 저는 추천만 했지 결정은 고, 고객님이 하, 하신 거잖아요"

"뭐 추천? 야, 이놈아! 작전에 들어간 주식을 추천해?"

그는 오른손으로 쥐고 있던 볼펜 형태의 커터 칼을 왼쪽 손목에 그었다. 바닥에는 선혈이 낭자했다. 구급차의 사이렌소리가 점점 크게 울렸다. 나는 객장을 황급히 빠져나와 거래처 약국에 잠시 들렀다가 회사로 돌아왔다.

회사에는 두 가지 소식이 기다리고 있었다.

첫 번째는, 내가 다니는 제약회사가 코스피에 정식 상장된다는 것이었다. 노동조합과 사주 쪽에서 합의한 바로는, 우리사주를 장외거래 시세보다 50퍼센트 가격에 나누어준다는 소식이었다.

다른 하나는, 여직원이 우리 팀에 증원되었다는 소식이었다. 부산지사에 근무하다 남편의 직장이 서울로 옮기게 되자 같이 따라오게 되면서 우리 팀에 합류하게 되었다는 그녀는 장서영이었다. 28세로 나보다 여섯 살 아래인 그녀는 한눈에 보아도 지적이며, 글래머 스타일의 뛰어난 미모의 소유자였다. 그녀를 훔쳐보며 팀원들이 수군거리고 있었다.

팀장까지 우리 팀은 한 명이 더 늘어나서 여덟 명이 되었다. 그렇지 않아도 일이 넘쳐나서 인원 보충을 해달라고 요청하던 때라 두 가지 경사가 겹친 팀은 잔칫집 분위기로 변했다. 조직 관리에 능숙한 팀장은 오늘 퇴근 후 전입팀원 환영회식을 할 것이라고 공지하였다.

양재동 삼겹살집에서 팀원들의 화제는 단연 주식으로 시작되었다. 가장 나이가 많은 팀 차석인 조진우 차장이 들떠있는 김상우 과장에게 잔뜩 바람을 불어넣고 있었다. 그들은 회사 상장 후 주가 움직임에 대해서 이야기했다. 조진우 차장이 열변을 토해내기 시작했다.

"우리 같은 생명공학 바이오시밀러 제약 주식은 몇 년간만 쥐고 있으면 갑부가 될 거야. 내가 입사하고 얼마 안 있어서 1990년대 말에서 2000년대 초까지 IT 벤처 주식들 얼마나 잘 나갔냐 하면, 몇 달 만에 액면가 오백 원짜리가 백배인 오만 원짜리가 된 것도 있으니 참 그때 코스닥기업 이름만 잘 지어도 돈벼락 맞으며 대박 났었지! 디지털이나 통신·반도체, 콤·컴 뭐, 그런 이름 들어간 회사는 적자기업인데도 금방 흑자가 될 것 같았고, 뭐 새로운 시장을 뚫고 용솟음칠 듯했어! 그때 회사이름 바꾼 기업들이 허다했지. 회사명만 그럴 듯해도 최소 세 배, 평균 열 배나 올라가는 시절이었는데 요즘은 생명공학이 그 자리를 대신할 것 같다고 언론에서 떠들고 있잖아. 아마 기대해도 좋겠는 걸."

"차장님, 그 주식들 몇 년 못가 폭삭했잖아요? 실적이 없는 거품 주식은 폭락하지요. 그때 제가 대학생이었는데 멋모르고 주식했다가 지방에서 부모님이 보내준 학비 다 날리고, 아마 제 선배들 중에 그때 깡통 찬 사람들 하나 둘이 아닌 것 같던데요. 그게 아마 2000년대 초 우리 삼촌도 주식했다가 월급 차압당하고 퇴직금으로 빚 갚기 위해 퇴직했는데, 삼촌 회사 동료들도 그런 주식에 물려 지금도 힘들게 살아가는 사람들이 많다고 들었어요."

"하기는! 우리 아버지도 왜, 경마나 포커, 고스톱은 재미로 해도 주식만은 절대 하지 말라고 하셨겠어? 본인의 패가망신뿐만 아니라 주위 사람들까지 불행해진다고"

옆에서 듣고만 있던 강기민 고참 선임연구원이 말을 받았다.

"그런데 우리 회사 주식은 다를 거 같아요. 회사가 빚도 없을 뿐더러 현금을 수천억씩 쌓아 놓고 있는 알짜배기 회사인데다가, 대표이사가 도덕적이고 양심적이어서 최대주주인 회장이나 몇 안 되는 경영권을 가지고 있는 임원 주주들이 오죽했으면 상장을 저지하려고 이 핑계 저 핑계 댔겠어요? 아마 못해도 우리사주 가격에 최소 다섯 배는 올라갈 것 같은데요."

조진우 차장이 나에게 물었다.

"이장훈 대리, 자네도 주식 좀 하고 있나?"

나는 짧게 대답했다.

"예, 조금씩이요. 많이는 경제 사정이……."

회식이 끝나고 원룸으로 돌아와 비밀번호를 눌렀다.

빈방도 나를 기다리다 지쳤는지 '훅!' 끼얹어지는 담배 냄새와 함께 짙게 밴 고독이 싸늘하게 감돌았다. 싱크대 위에는 며칠째 굴러다니는 찌꺼기 붙은 종이컵라면, 마시다 남은 커피 잔, 찌그러진 캔 맥주, 달걀프라이를 하느라 버린 계란껍질들이 흩어져 웅성거렸다. 방바닥에는 3일이 지나서야 한 번 정도 갈아입느라 벗어놓은 팬티, 땀에 전 양말과 러닝셔츠, 꾀죄죄한 와이셔츠와 옷가지들이 나를 원망스럽게 쳐다보았다. 그들은 구겨진 표정으로 누워있었다. 나는 그들을 피해 한쪽 구석에 있는 침낭을 펴고 잠을 청했다.

어머니가 살아계셨다면 가끔 올라오셔서 말끔히 청소도 해주시고 맛난 밥상도 차려주셨을 것이다. 김치에 밑반찬까지 챙겨주셨을 텐데…… 눈물이 핑 돌았다. 어릴 때나 지금이나 황폐한 삶 그대로다. 달라진 게 없다. 간신히 세 끼 해결을 위해, 내일도 일어나야 한다는 사실에 진저리가 쳐졌다. 울컥 설움이 북받치자 눈물을 훔치며 일어나 냉장고에서 캔 맥주를 꺼내들고 TV를 켰다.

그리스와 스페인 등에서 시작된 전 세계 경기불황이 미국 등 선진국까지 들이닥치고 중국까지 어려움에 처하자, 정부는 강력한 대책을 내놓았다. 그러나 정부 대책이 실패로 돌아가고 경제가 더 어려워져 국민은 아우성쳤고 민심은 크게 요동치고 있었다. 야당은 내각 총사퇴를 강력하게 요구하였다. 정부는 총리와 경제 관련부처 다섯 명의 장관을 경질하고 새로운 장관 후보자를 추천하기에 이르렀다.

이날 국회에서는 밤늦은 시간까지 장관후보자에 대한 인사청문회가 열리고 있었다. 대부분 장관후보자들은 공직에 있었거나 기업체 임원으로 있으면서 떳떳하지 못한 재산 형성으로 청문회에서 국회의원들의 질타를 받고 있었다. 야당의원이 소리쳤다.

"후보자! 재산 형성 과정을 보면 정보를 이용한 저가매수와 고가매도의 전형적인 주식거래 수법이 드러난 것 아닙니까? 개미들이 피땀 흘려 번 피 같은 돈을 정보를 이용해서 수탈한 것이 아니고 무엇입니까? 재정부장관후보자 한번 말씀해보십시오! 우리나라의 이러한 자본시장 제도가 과연 일반 민초들에게 얼마나 큰 해악을 끼치는가 말이오!"

"예, 그러한 측면이 없지는 않지만 주식을 투기의 수단으로 하지 말고 투자의 수단으로 한다면……"

"그렇다면 주식회사가 영원하게 성장할 수 있다는 이야기 같은데, 제가 파악한 바로는 100대 상장기업 가운데 삼십년에서 백년 사이에 살아남은 기업이 대체 몇이나 된다고 생각하십니까?"

"그거야 기업환경이 워낙 빠르게 변해서 그러는 것 아닙니까?"

"뭐요? 기업이 10%도 살아남지 못하는데, 개인이 주식을 매입하고 기다리면 돈을 번다? 그게 말이나 되는 이야기입니까? 개인들이 투자를 안 하면 기업은 자본조달을 못 받고, 기업에 자본조달이 안되면 설비투자나 사업투자가 이루어지지 않습니다. 그런데 개인의 투자에 대해서 기업 비밀을 아는 기업가와, 권력을 가진 고위 공직자들이 결탁하여……, 이것이 개인투자자들을 등쳐먹은 형국이 아니고 무엇이겠습니까?"

③ 민초개미 혁명전야

2011. 2. 10. D포털 증권토론방 <개미선장>

민초개미들은 분연히 궐기해야 합니다. 정보와 권력을 가진 자들은 과거에도 그래왔지만 포악한 돈의 욕심은 그칠 줄 모릅니다. 20여 년 전에는 은행의 빚은 대부분이 기업들의 빚이었습니다. 그런데 지금은 어떻습니까? 은행과 증권 금융기관의 기업가들 빚은 고스란히 민초개미들의 빚으로 돌아와 있습니다. 이것은 무슨 이야기겠습니까? 민초개미들이 수탈당하고 있다는 증거가 아니겠습니까?

민초개미들은 막대한 빚과 그로 인한 이자 때문에 노예만도 못한 삶을 살아가고 있습니다. 기업들이 빌려 쓰고 있던 수백 조 원에 달하는 천문학적인 빚더미가 20년 사이에 민초개미들의 빚더미로 변했습니다. 반면 기업가들과 부자들은 곳간에 수천 조의 현금을 쌓아놓고 있습니다. 기업가와 부자들의 부(富)는 과연 어떤 경로로 만들어진 것인지 짐작이 가는 대목입니다. 주식시장의 악법! 그들은 그 악법을 악용하는 방식으로 부자가 된 것입니다. 그들은 가난한 이들이 가난을 떨구기 위한 한 주의 주식도 뜻을 못 이루리라는 것을 잘 알고 있습니다. 그것은 민초개미들이 당할 수밖에 없는 주식시장의 악법을 잘 알고 있기 때문입니다.

2011. 2. 11. <개미선장>

부자들이 가난한 천민개미들의 약점을 이용하여 부를 쌓았듯이 민초개미들도 나름대로 방법을 강구해야만 합니다. 주식시장의 약육강식과 정글의 법칙에서 백전백패하고 있는 민초개미들이 살아갈 수 있는 방법을 모색하여야만 합니다.

민초개미들이 단합하여 부를 지키고 우리의 부를 가난한 이웃들에게 나누어 줍시다! 이 사회의 약자들을 이시대의 약자가 지키지 않으면 아무도 지켜주지 않을 것입니다.

2011. 2. 12. <개미선장>

우리 민초개미들도 무언가 방법을 찾고 행동해야 할 때가 왔습니다. 지금 우리가 아무런 행동을 하지 않으면 대대로 이어져온 빚과 가난은 대물림될 것이 확실합니다.

오늘의 공부 1회 차 '우리는 누구를 상대하고 있는가?'에 대해 논의해 보겠습니다. ……당할 때는 당하더라도 주식의 기본에 대해서 알고는 있어야 되겠지요?

2011. 2. 13. <개미선장>

우리 민초개미들은 사악하지 않습니다. 이용과 기만만 당할 뿐입니다. 결코 방법이 없는 것은 아닙니다. 우리도 세력이나 기관, 외인처럼 시스템을 갖추어서 대적해야 합니다. 그래야 5백만 개미들의 살아갈 길이 열립니다.

우리는 할 수 있습니다. 그 길은 먼 곳에 있지 않습니다. 그 길을 모색하여야 합니다. 민초개미를 구원할 사람은 아무도 없으며, 그것은 오직 우리들 스스로가 해야 할 몫입니다.

토론방에는 개미선장의 이야기에 공감하는 대부분의 사람들의 찬성 표시가 이어지고 댓글도 꾸준히 올라오고 있었다. 댓글들은 강자와 부자에 대한 피해의식과 분노가 절정을 이루고 있었다. 개미들의 피를 빨아먹는 제도를 운영하는 정부와 황금만능주의로 변한 비정한 세상을 원망하는 글이 줄을 이었다.

개미선장은 주식공부방에 꾸준히 글을 올렸다. 다음날은 조금 더 과격하고 선동적인 글들이 올라왔다.

2011. 2. 14. <개미선장>

주식시장은 돈 많은 세력이나 기관과 외국인이 민초개인들을 속이는 노름판입니다. 단적인 예로 일반시장에서는 매수가 많고 매도가 적으면 가격이 올라가지만 주식시장에서는 그 반대입니다. 즉,

매도 숫자가 매수 숫자보다 많으면 많을수록 가격이 올라가는 것이 주식 값입니다. 이러한 왜곡된 시장에서 과연 순박하고 양심적인 민초개미들이 살아남을 수 있을까요? 절대 살아남기가 힘듭니다. 왜냐하면 한마디로 개미들을 속이는 시장이기 때문입니다.

다음날, M바이오 주식 종가 35,300원, 거래량 79,322주, 전일대비 2.47% 상승으로 나타났다.

2011. 2. 15. <개미선장>

개미혁명이 필요한 이유! 주식시장에서는 누군가 피를 보아야 돈을 버는 곳. 자본주의 꽃이라는 주식시장이 가난한 이들의 피를 빨아서 기업들 배를 채우고 있으므로…… 단타 개미들은 대부분이 손해가 많이 발생하며, 주포에게 도움만 주는 희생양이 됩니다. 제가 추천하는 M바이오의 경우 미래의 삼성 주식입니다.

다시 다음날, M바이오 종가 37,400원, 거래량 124,455주, 전일대비 5.95% 상승 마감하였다.

2011. 2. 16. <개미선장>

저는 민초개미가 주인이 되는 세상을 열어가고 싶습니다. 민초개미가 주인이 되어 어떠한 경우에도 이익을 내고 그 이익의 일정

부분은 가난하고 불쌍한 이웃과 나누려고 합니다. 뜻을 같이 하려는 동지들을 규합합니다. 뜻을 같이 하려는 분들은 댓글로 표시해 주시기 바랍니다.

이날 조회 수 16,450에 댓글은 5백여 건에 달했다.

2011년 2월 18일. M바이오 주식 종가 38,250원, 거래량 66,300주, 전일 대비 0.92% 상승하였으나 이후 M바이오는 더 이상 상승 기조를 지속하지 못하고 보합세이거나 하락을 거듭했다.

나는 매일 주식창을 보면서 생각에 잠기곤 했다. 과연 주식시장은 왜 있는 것일까? 개미들이 수익을 내지 못하는 그런 한국의 주식시장은 가난하고 힘없는 사람들에게 더 큰 가난만 안길 뿐이다. 다른 방법이 없을까? 나도 개미선장 이야기에 공감을 하면서도 달리 좋은 방법은 떠오르지 않았다. 그리고 몇 달간 주식 창을 보지 않고 해외 출장과 국내 영업점 출장에 시간가는 줄 모르고 바쁘게 지냈다.

봄이 가고 초여름이 찾아왔다.

2011. 5. 11. D포털 증권 M바이오 종목 토론창 <개미선장>

우리 개미들은 그동안 힘을 모아서 신약 개발로 세계를 제패할 M바이오 종목 등 3개의 우량 종목에 대하여 집중적으로 공격을 감행하였습니다. 그러나 조직화되지 못한 군대는 모래알뿐이라는 크

나쁜 교훈을 안겨 주었습니다. 따라서 우리 개미들도 조직화하고 시스템적으로 접근해야 한다는 것입니다. 제 뜻에 동감하며 행동하실 개미 분들을 위하여 개미혁명 카페를 열었습니다.

카페에 새롭게 모십니다. 개미혁명에 동참하실 분들은 댓글로 표시해 주시기 바라며, 댓글에서는 자신의 활동지역을 알려 주시기 바랍니다. 이제 개미혁명위원회 카페에 회원으로 다시 등록해주시기 바랍니다.

그리고 4일 후, M바이오 주식 일중 최저치 28,950원, 그리고 거래량은 53,650주를 기록하였다. 토론방에서는 개미들의 단결력에 대하여 열띤 토론이 이어졌다.

2011. 5. 15. <감사와 행복>
하나님은 인간들을 세상에서 차별받으라 하지 않으셨듯이 주식시장에서도 은총과 구원이 이루어질 것입니다. 가난하고 핍박받는 사람들을 구원합시다. 저는 직업이 용접공이지만 적극적으로 혁명에 참여하여 차별받는 세상을 타파할 것입니다. 핍박받고 가난한 이들은 하나님이 함께 하시기 때문에 두려움이 없습니다.

<개미선장>
만물은 동등하며, 인간 또한 우월한 인간과 우월하지 않는 인간

이 없이 동위입니다. 인간은 누구나 천지창조 이래 탄생부터 동위로 태어났기 때문에 민초개미들이 더 이상 세력들에게 돈을 뜯겨 불행한 일이 반복되는 것을 막아야 합니다. 창세기 여섯째 날 기록……만물은 동위이며 인간들은 모두 동등합니다.

민초개미들은 이제 참을 만큼 참았고 혁명은 불가피합니다.

2011. 5. 16. <개미선장>

민초개미 혁명공약

1. 민초개미가 주식시장의 주인임을 엄중하게 선언한다,

1. 민초개미들은 작전세력을 포함한 기관과 외인들을 적대적 세력으로 규정한다.

1. 모든 방법을 동원할 것이며 민초개미들의 세상을 열어간다.

1. 민초개미들은 수익에 대하여 자발적으로 3% 이상을 자신보다 불우한 이웃을 돕는다.

1. 민초개미들의 혁명 지원을 위하여 혁명위원회를 구성하며, 위원회 산하에 다음과 같이 부대를 창설한다.

(1) 각 지방, 서울·경기·충청·전라·경상·강원·제주도 및 해외에 각각 전투병단사령부를 창설한다.

(2) 필요에 따라 심리전부대와 정보사령부·기무사령부·기동타격부대를 둔다.

－혁명위원회 위원장－

혁명위원회 글을 보면서 개미선장이 대학 선배이며 9년 전 바다로 떠났던 안 선배라는 생각이 들었다.

안 선배로 추정되는 필명 '개미선장'이 증권 토론방에서 타의 추종을 불허하는 유명세를 타고 있었다. 수만의 조회 수와 수천 개의 댓글, 개미선장의 글에 감사를 표시하는 열성 교도들, 개미선장은 무슨 신흥종교 교주 같은 절대 믿음의 우상으로 떠오르고 있었다. 그의 인기는 하늘 높은 줄 모르게 치솟아 오르고 있었다.

개미선장이 안 선배일 것이라는 심증을 더욱 굳히게 된 것은 그가 쓴 글의 주요 내용이 주식투자에서 고수가 하수에게 하는 주식투자의 실전이었고 그 다음은 반드시 창세기의 모든 인간은 동위이며 개미들이 세력에 이용만 당할 수는 없다는 글이었다. 마지막에는 인간이 누구를 다스리거나 또는 지배하거나 지배 받아서는 안 된다는 주장이었고 사상이었다. 나는 창세기 평등, 동등, 동위라는 단어만 들어도 가슴이 울렁거릴 정도로 안 선배와 창세기 동위론은 내 인생에 있어 지워질 수 없는 어떤 마력적인 힘을 발휘하고 있었다.

개미선장은 주식시장에서 돈을 잃고 좌절하는 개미투자자들에게 힘과 용기를 주는 글을 쓰고 있었다.

나는 그제야 기나긴 꿈에서 깨어난 듯 퍼뜩 정신을 차리고 안 선배를 수소문했다. 군 입대 전, 그러니까 9년 전 뵈었던 안 선배 어머니가 생각나서 전화를 하였다. 안 선배 어머니 쪽은 전화번호가 변경되어 연결이 되지 않았다. 여기저기 알아보고 마지막에 학교 동문회에 알아본 결과 안 선배가 수도권 외곽 가난한 사람들이 몰려 사는 곳의 조그만 종합병원에 근무한다는 것을 알아냈다.

안 선배가 근무한다는 21세기병원으로 전화를 했더니 직접 연결해주었다.

"혹시 안광선 선배님 아니십니까?"

"누구신데요?"

"저는 대학교 후배 이장훈입니다."

"자네, 목소리 하나도 안 변했군! 참 오랜만일세. 벌써 10년 가까이 되는 모양이지? 정말 반갑네! 그런데 지금 진료시간이라서 어떡하지? 언제 연락하고 한 번 오게나. 보고 싶네."

진찰실에서 강한 톤의 안 선배 목소리가 들렸다.

"환자분, 생활이 아무리 어렵더라도 병원에 꼭 나오세요. 제가 생활비 일부는 보태드리겠습니다."

"선배님 바쁘신데, 조만간 전화 드리고 찾아뵙겠습니다."

그로부터 몇 주 후 하루 출장을 오전에 마무리하고 안 선배와 점심을 하려고 병원을 찾아갔다. 병원은 4층 건물이었는데 말이 종합병원이지 내과와 외과 위주의 조그마한 병원이었다. 내과는 제1내과부터 제5내과까지 있었는데 안 선배는 제1내과를 맡고 있었다. 접수창구 직원의 이야기로는 대기자들이 많아서 오전진료는 12시까지인데 1시까지 연장되고 있었고 안 선배를 만나려면 지금부터

1시간 반이나 더 기다려야 한다고 했다.

제1내과 앞에 가서 진료가 끝나 체크된 명단과 진료 대기자 숫자를 보고 나는 깜짝 놀랐다. 오전에만 대기환자 포함 환자가 115명이나 되었다. 대기자들이 모여서 하는 이야기를 통해 알 수 있었는데, 그들은 한 명도 지루한 기색이 없이 신흥교주를 만나러 온 열성 광신도 같았고, 그들은 교주한테 만병통치약을 예약한 듯 들뜬 표정들이었다. 대기자들 중 거친 숨을 몰아쉬는 남루한 60대 남자가 말했다.

"이 험한 세상에 안 의사 같은 그런 사람이 지금도 있다니, 우리에게는 구원일세! 이렇게 기다리는 것도 지겹지가 않네."

옆 사람이 거들었다.

"정확한 진료를 해서 신묘한 처방을 하고도 말이야 집안 사정이나 집안 내력을 물어보고 어려운 집안 형편을 들으면 간호사한테 돈을 주어서 자기 돈으로 검사비와 진료비를 결재하신다니 참, 이럴 수가 있느냐 말이야."

구부정한 70대 할머니가 눈시울을 적시며 거들었다.

"참 대단한 사람이에요, 안 의사 그 양반! 아 글쎄 내 딸이 사십이 넘어 내장이 뒤틀리는 불치병으로 시집도 못가고 문밖출입을 못한다는 사정을 알고는 지지난주 일요일에는 내 집 성남 남한산성 가는 달동네까지 찾아왔어요. 진료를 해주고 병원비에 쓰라고 오십만 원을 놓고 갔어! 난, 정말 하루 종일 울었어요."

옆에 앉아있던 행색이 초라한 50대 아주머니가 말을 받았다.

"한 달 전에 말이에요, 신장이 급속도로 나빠져서 예약해놓고 언덕 위를 오르다가 미끄러져서 무릎을 다쳐 거동을 못해 주저앉았는데, 간호사한테 병원을 못 간다고 이야기했더니만, 퇴근길에 간호사를 보내서 약을 배달하지 않겠어요? 그것도 공짜로 말이오! 구세주는 따로 있지 않아요. 안 의사야 말로……"

여기저기서 노인들과 아낙네들이 훌쩍거렸다. 나는 오전진료 마감까지는 한 시간쯤 더 남아있음을 확인하고 그들의 이야기에 두 귀를 집중시켰다. 그때 인상이 거무튀튀한 50대 후반의 장년남자가 이야기를 이어 받았다.

"내가 노숙자 생활을 모란시장과 지하철역에서 수십 년간 해서 안 의사를 알지. 십년 전에 죽으려고 원양어선을 타려고 했었어. 원양어선을 타고 3년째 되던 시기였지. 원양어선에서 동료가 참치몰이 밧줄에 얽혀 죽을 것을 자기 다리로 감아 동료를 살려준 적도 있어요. 그때 후유증으로 안 의사 다리가 다 짓이겨져 원양어선에서 돌아와 의족을 했다는군. 그리고 말이야, 안 의사는 원래 집안이 수백억대의 부자인데 아버지한테 자기 몫의 재산을 미리 내놓으라고 싸워서 5백억인가 그 많은 재산을 아버지에게 미리 상속받아 집을 나왔다더군. 그리고 가난한 이들에게 전부 나누어주고 갈 곳이 없자 내가 거처하는 노숙자들과 함께 3년을 살다가 지금은 달동네 지하 셋방에서 혼자 살고 있다네. 아니, 혼자 살면서 무슨 컴퓨터를 세 대나 설치했는지 모르겠지만 아마 지금 달동네 셋방도 사글세라던데…… 안 의사, 우리 같은 가난한 천민에게는 하나님이 보내주신 수호천사임이 틀림없어요."

이야기는 끝이 없었다. 안 선배는 영웅이었고 신이었으며 구세주였다. 1층 진료실 대부분이 제1내과 환자였는데 급기야 한두 명이 흐느끼더니 울음은 그 옆 사람에게 전염이 되는가 싶더니 1층 진료실 전체가 울음바다로 변했다.

안내판에는 '오전진료 마감'이라고 써 붙여져 있었으며, 오전 환자명단은 115명, 그러면 하루에 대략 250명. 나는 놀라 접수창구 직원한테 다가가 물어보았다. 안내 데스크에서 담당 여직원은 안 의사는 작년까지는 평일에는 오전 오후 진료를 하였는데 작년부터는 몸이 불편하고 다른 할 일이 있다고 매일 오전진료만 하고 오후에는 진료가 없다고 했다.

간호사의 제지에 의해 울음소리가 한동안 진정되자 나는 여직원한테 몇 가지를 다시 물어보았다.

"안 의사님의 내과에 환자분들은 몇 명이나 오십니까?"

"저기 제1내과 앞에 있는 명단이 오늘 오전에 진료를 본 환자명단이에요. 워낙 명의에다 저렴한 약을 사용한다고 소문이 나서 오전에만 100명 내외의 환자가 몰리고 있습니다."

"그래요, 그러면 오후 진료는요?"

"오후에는 안 선생님 개인 사정으로 못하신다고 들었는데요."

나는 오전진료를 마친 안 선배와 점심을 같이 하면서 궁금증을 참지 못하고 조심스레 물어보았다.

"선배님, 다리를 절룩거리시는데 어쩌다 다치신 겁니까?"

안 선배는 머뭇거리다가 마지못해 입을 열었다.

"한때 원양어선을 탄 적이 있었지. 그때 다친 거라네."

나는 화제를 다른 곳으로 돌렸다.

"선배님 정도의 명의라면 병원을 차리시지요. 안내 데스크 여직원한테 이야기 들었습니다."

"자네 참, 무얼 들었다고 그러나? 나는 의술보다는 가난하고 불쌍한 사람 편에서 일을 하는 거지. 뭐, 내가 돈을 벌겠다고 하는 건 아닐세."

"선배님은 가난하고 병든 환자분들이 수백 명씩 밀려 있는데, 오후에는 무슨 일을 하십니까?"

나는 조급증을 참지 못하고 제일 궁금한 것을 물었다.

"혹시 개미선장이 선배님이지요?"

안 선배는 그날 많은 이야기를 들려주었다.

10년 전 논문사건과 설악산 중청산장 대피소 사건은 자신의 삶에 큰 영향을 끼쳤다고 하였다. 윤지를 사랑했는데 이별을 하게 되었으며, 그 후 모든 것을 포기하고 원양어선을 타 일생을 바다에서 보내려고 했었다는 것이다. 3년 후 사고로 돌아왔으며 마지못해 다른 논문으로 졸업을 하였는데 통과되지 못한 창세기 논문 건은 자신의 평생의 한이며 꿈이라고 했다. 통과되지 못한 논문이 현실적으로 자신이 할 수 있는 일을 찾게 만들었다는 것이다. 그 방법은 인간이기에 돈을 벌려는 조그만 욕망 때문에 주식시장에서 돈을 잃고 평생을 절망에 빠져 살아야 하는 수백만 명의 개미들을 더 이상 방치할 수 없다고 하였다. 그래서 오후시간은 개미주주들을 위한 주식 연구와 주식 토론방에서 글을 쓴다고 털어 놓았다. 그리고 내가 떳떳치 못했지만 어찌되었든 내 인생에 큰 오점을 남기게 한, 정말로 회상하기조차 싫은 치욕스런 원인을 제공하여 안 선배의 배신자로 만든 장본인인 그 여자, 조금은 궁금했던 윤지의 생활도 나에게 전해주었다.

윤지가 2003년 독일에 또다시 유학했을 때, 그녀의 아버지가 건강이 악화되어 돌아왔으며 아버지가 세운 M바이오 병원에 잠시 근무했다가 병원이 문을 닫고 설립한 줄기세포 기업을 물려받았다고 하였다. 아버지의 뜻에 따라 S대학 경영학도와 결혼, 코스닥에 M바이오 벤처기업으로 등록하였다고 소상히 이야기해주었다.

거기까지는 나도 대략 인터넷에서 알고 있는 정보였다. 그런데 안 선배는 이야기를 더 이어갔다. 미래의학인 M바이오회사는 미래가 촉망되는 회사가 되었다고 하였다. M바이오회사의 연구 성과에 대해서도 회사 홈페이지 홍보내용보다 더 상세히 알고 있었다. 안 선배는 지금도 윤지와 연락을 주고받으며 여러 가지 정보를 공유하고 있다고 했다. 나는 안 선배를 배신하고 그녀를 가로채려 했던 10년 전 기억이 떠올라 시선을 다른 곳으로 피했다. 안 선배에게 더욱 비굴함 모욕감 같은 것을 느꼈다. 내가 안 선배한테 결혼했느냐고 물어보았더니 아직 미혼이라고 대답하였다. 앞으로도 결혼할 생각이 없고 차별받는 사람들, 가진 것 없고 이용만 당하는 사람들을 위해서 통과되지 못한 논문에서의 주장들을 현실에서 구현하겠다고 이야기했다. 안 선배와 나는 점심을 먹으면서 반주로 막걸리를 두 항아리째 마시고 있었다. 이야기가 벌써 3시간 이상 길어지고 있었다.

안 선배가 나한테 물었다.

"자네는 요즘 어떻게 지내나? 결혼은 했나?"

"예, 지금은 제약회사의 신약을 관리하는 팀에서 일하고 있습니다. 저야 집안 사정이 상당히 어렵습니다. 대학 때 학자금 대출 받은 것도 작년에야 다 갚았습니다. 결혼은 아직 생각이 없습니다."

"그래. 그럴 수도 있겠군. 결혼이야 백세시대에 늦으면 어떤가? 그래, 여자는 있고?"

나는 얼굴이 화끈거림을 느꼈다. 나는 이 자리를 빨리 모면하고 싶어졌다.

"여자, 아~직 없습니다. 그럴 주변머리도 안 되고요."

안 선배는 그 옛날을 기억할 것이고 나의 추한 행동을 윤지한테 들어서 잘 알고 있을 것이다. 그런 생각이 머리를 스치자 얼굴이 달아올랐다. 입안에 침이 마르고 혀가 말리는 것 같았다. 나의 치부를 알고 있을 것이다. 나의 속마음을 들킨 것 같아서 안 선배를 바로 쳐다보지 못하고 고개를 숙였다.

짧았지만 오랜 침묵이 흘렀다. 안 선배가 말했다.

"음, 그래……"

그는 성경 창세기 기록에 대하여 자신의 강한 실천 의지를 토로했다. 의술로는 이 세상을 바꿀 수 없으며, 의술은 단지 우월한 인간들의 노예에 대한 건강을 돌보는 일만큼이나 하잘 것 없는 일이라고 자신이 하고 있는 일을 폄하하였다. 안 선배는 나에게 자신이 하고 있는 일을 도와달라고 부탁했다.

10년만의 만남으로 할 이야기는 많았지만 시간이 짧았고 서로가 너무 오랜만이어서 화제도 한정되었다.

안 선배와 헤어지고 나서 원룸으로 돌아온 나는 지금까지 34년 동안 집안의 가난을 핑계로 수세적이며, 매사 수동적으로 나만을 위해 살아왔던 내 삶과, 세상의 빛으로 살아가고자 하는 안 선배 대비되는 인생 방식을 생각해 보았다.

나도 안 선배처럼 남을 위해서 살아야 한다는 생각을 했다. 그러기 위해서라도 돈을 많이 모으고 싶어졌다.

제5부

개미혁명

❝개미선장도 작전세력에 속고 있을 수 있습니다. 빛이 찬란할 때 어둠이 오고 있다는 사실을 아는 사람은 많지 않습니다. 빛과 어둠, 과연 빛만 있을까요? 세상에 빛이 있으면 어둠이 있습니다. 이제 하락을 생각해야 합니다. 상승? 언제까지요? 개미들이 계속 상승시킬 수 있습니까? 절대 불가능한 일이며 일어날 수 없는 일입니다. 작전에 걸려들기 전에 빨리 털고 나와야 합니다. 과도한 욕심은 과도한 대가를 치를 것입니다. 그것도 가난하고 힘없고 정보 없는 천민 개미투자자들이 그 피해를 전부 뒤집어쓸 것입니다. 과도한 욕망은 더 큰 불행을 부를 것입니다. 모두 정신을 차리고 욕심을 줄여야 합니다.❞

① 혁명의 시작

2011년 5월 16일. 안 선배가 개미혁명을 선언한 이후 M바이오 주는 상승과 하락을 반복했다.

5. 18. 주식 종가 33,000원/거래량 36,674주

5. 19. 주식 종가 32,000원/거래량 21,433주

5. 20. 주식 종가 32,100원/거래량 32,471주

5. 23. 주식 종가 31,500원/거래량 18,562주

2011년 6월 1일. 혁명위원회는 지역별 각 병단의 사령관과 참모장을 임명하고 각 병단 전사들을 연고지 별로 임명·발령하였다.

<서울병단 소속>

사령관 한줄기 빛, 참모장 솔로몬, 혁명전사 ***, **, *****, ***

<부산병단 소속>

, ***, ***, ***, ***, ***, ***, **, *****, ******, ***, ***

<경기병단 소속>

사령관 제갈공명, 참모장 달빛그림자, 혁명전사 ****, ***, ****

<충청병단 소속>

사령관 감사와 행복, 참모장 두겁, 혁명전사 **, *****, ***,**

 <전라병단 소속>

사령관 하늘소, 참모장 까도남, 혁명전사 ***, *, ***, ***, **, **

<경상병단 소속>

사령관 오륙도아줌마, 참모장 해운대, 혁명전사 ***, ***, **, **

<강원병단 소속>

, ***, ***, ***, **, **, *****, ***, ***, ***, **, *****

<제주병단 소속>

****, *****, ***, ***, ***, **, *****, ***, ***, ***, ***, ****

이상 1차 발령 총 1,675명. 전사들은 각 병단의 전투요원으로 즉각적으로 전투에 투입될 수 있도록 만반의 준비를 완료할 것.

－개미선장－

나는 하루 빨리 돈을 벌어 가난으로 불행해진 누님과 여동생을 돕고 싶었다. 그리고 안 선배처럼 불우한 이웃도 도와가며 살고 싶었다. 그러나 아직은 내 코가 석 자였다. 지금의 월급 가지고는 꿈도 꾸지 못할 처지였다. 경제적으로 어려운 시기에 다시 안 선배를 만나 새로운 목표와 희망의 싹이 보이기 시작하였다.

② 회사와 미녀

올해 초 우리 팀에 합류한 장서영과 나는 작은 일이 인연이 되어 가까워졌다. 팀장이 장서영에게 회사 업무를 익히는 데 함께 할 멘토로 나를 지정하였다. 장서영보다 나이가 한 살 적은 총각 사원이 한 명 있기는 하였으나 그는 회사 생활에 초보자여서 장서영의 업무 멘토는 자연히 내가 될 수밖에 없는 위치였다. 입사 시기도 내가 6년 전이었고 그녀는 4년차였으며, 직책도 평사원인 그녀에 비해 나는 대리였다. 다른 팀원들은 과장이나 선임연구원 또는 차장이고 팀장이다. 같은 팀원이 된 장서영은 팀 구조나 조직 서열상 나에게 의지하고 가깝게 지낼 수밖에 없었다. 무엇보다도 나와 그녀는 나이 차이가 6년이어서 선후배로 자연스러웠다. 그녀나 내 입장에서는 서로 편할 수밖에 없는 처지였다고 할 수 있다.

장서영과 내가 가깝게 된 계기는 우리 팀 사무실이 2층 3모듈에서 3층 3모듈로 이사를 가게 되었는데 팀원 전원이 토요일 출근해서 자신의 책상과 컴퓨터 등 사무집기를 개인적으로 옮기기로 결정되었었다. 그런데 내가 토요일 출근해서 내 책상을 옮기고 있는데 장서영으로부터 문자메시지가 왔다.

"이 대리님! 제가 지금 응급실에 와 있습니다. 제 아이가 감기로 열이 심해서요. 죄송하지만 제 책상과 집기류 좀 옮겨주셨으면 고맙겠습니다. 신세는 나중에 갚겠습니다."

그 후, 장서영은 감사 표시로 점심밥을 사게 되었고 나는 또 거기에 대한 답례로 저녁밥을 사면서 세상 돌아가는 이야기와 회사 이야기를 나누었는데 우리는 뭔가 코드가 맞는 사람 같았다. 내가 한때 강윤지와 빗나간 일방적 사랑으로 혼쭐이 난 이후로는 여자라면 우선 경기부터 하게 되었고, 여자에 대한 알레르기 반응이 생겼다. 그런데 장서영은 그런 생각이 전혀 들지가 않았다. 유부녀라 그랬는지 부하직원이라 그랬는지 편안했다.

오랫동안 잊고 있었던 이성에 대한 신비감이 되살아났다. 알 수 없는 매력이나 호기심도 다시 불을 질렀다. 그녀나 내가 차를 안 가져와 우연히 같이 퇴근 후 버스를 탈 때면 내 옆자리에 앉아 종종 집안 이야기도 털어놓았는데, 신랑이 휴일에 테니스만 치러 나가고 자신을 외롭게 한다는 불만을 조금씩 이야기하였다.

한편, 우리 팀의 20대 후반 총각과 30대 후반 유부남들도 팔등신 미녀에다 성격까지 좋은 그녀에게 환심을 사려고 애를 썼다. 사온 것이 분명한 연극표를 얻었다고 가지고 오는 등 총각, 유부남 할 것 없이 모든 팀원들은 기회만 엿보고 있었다. 팀 회식 후 노래방에 가면 남자팀원들은 그녀와 어깨동무를 하고 노래를 부르기도 하였다. 몇몇은 블루스를 추자고 졸랐다. 그녀는 그들의 호감을 싫어하지 않았고 호응했을 뿐만 아니라 본인도 즐기는 눈치였다. 그녀는 12시가 넘도록 술에 취한 팀원들이 모두 집에 갈 때까지 남아 있었다. 그녀는 여자로서 보호받으려 하지 않았으며 오히려 당당한 회사원으로 대해주기를 원하는 눈치였다.

"아주머니가 이래도 되나요? 집에 '소'는 누가 키우라고?"

내가 간혹 이렇게 농담을 할 때도 그녀의 대응은 매우 달랐다. 조직에 충실해야 한다며 회식 도중 중간에 남편 밥 차려준다고 도망가는 여자가 꼴불견 중 제일 꼴불견이라고도 하였다. 그녀가 생각하고 실천하는 직장 회식에 대한 나름대로의 예의 같은 것을 나에게 알려주어 나는 '남녀 동등시대가 도래한 게 맞구나' 하고 생각했다.

"애는 시어머니께서 봐주고 있어요. 저는 회사원이니까 회사에 충실해야죠. 회식도 업무의 연장인데…… 식사도 가끔 신랑이 차려요."

내가 보기에는 팀원들이 장서영을 가만 놔둘 것 같지 않은 분위기였다. 총각 사원인 내 후배나 선배인 유부남들이 속된 말로 꼬드기려고 혈안이 되어 있었다.

내 눈에 들어온 대부분의 팀원들은 장서영에게 대시하고 있었다. 업무 종료 시간이 가까워지면 장서영을 흠모하는 남자팀원들은 돌아가면서 분위기를 잡았다. 이렇게 우리 팀이 장서영이 오고부터 활기찬 모습으로 변했는데, 장서영이 좋다 하면 서너 명이 연극과 볼링장을 가고, 끝나면 맥주도 마시며 재미있게 지냈다. 볼링장에서 나와 호프집에 들렀다가 늦은 시간에 성인나이트로 몰려간 적도 한두 번이 아니었다. 이처럼 팀원들이 속이 들여다보이는 미끼를 던지자, 나도 장서영을 다른 팀원들에게 빼앗기고 싶지 않아 몸이 달아 있었고 항상 긴장되었다.

나는 퇴근하는 장서영의 미니스커트를 입은 엉덩이가 실룩거리는 섹시한 모습이나 열심히 컴퓨터를 두드리는 모습을 볼 때마다 '장서영 같은 여자라면 어떤 남자라도 반하지 않을까' 하는 생각을 하며 어떻게 해서든 장서영을 애인으로 삼아 강윤지한테 복수하고 싶어졌다. 장서영이 벗은 알몸을 상상해 보는 일 또한 즐거운 일 중의 하나였다. 그런 즐거운 상상에 빠져 팀장이 부르는 소리를 못 들어 야단맞은 적도 한두 번이 아니었다.

10여 년 전에 윤지한테 호되게 당한 이후로 여자라면 무섭고 거들떠보지도 않은 나였다. 아니 여자에게 질렸다고나 할까, 여자에게 대한 혐오증? 그러나 그러한 나의 모든 고정관념을 깨뜨려 버린 게 장서영이었다.

그녀를 보자 나는 두 가지 생각이 떠올랐다. 하나는, 나에게 못되게 군 여자, 그녀에 대한 남자로서의 처절한 복수를 하고 싶었다. 그래서 그녀가 보는 데서 질투 나도록 눈부신 장서영과 다정하게 팔짱을 끼다가 포옹도 하고 싶었다. 그러면 그녀는 나의 가치를 알아볼 것이고, 지난날을 후회하며 나를 홀대한 것을 후회스런 눈으로 볼 것이다. 또 하나는 사랑을 이룰 수 없는 유부녀라는 게 안타까움이었고 신경이 쓰였다. 결혼한 남의 여자를 탐낸다는 것이 얼마나 위험한 일인가! 그럼에도 불구하고 아름다움과 따뜻함을 모두 갖춘 장서영을 반드시 애인으로 삼고 싶었다.

윤지는 독하고 피곤한 여자다. 그녀는 남자에게 아무런 휴식도 줄 수 없는 여자다. 윤지가 지성 미인이라면, 장서영은 백치 미인이다. 그 백치미에 취하면 나는 세상의 모든 피로를 잊고, 아무리 힘든 일이라도 견뎌낼 것 같았다. 더구나 회사 안의 총각, 유부남 할 것 없이 그녀를 선망하고 있었으므로 이번만큼은 내가 들러리서지 않고 쟁취하고 싶었다. 윤지 한 여자를 사이에 두고 안 선배의 들러리가 되었던 10여 년 전과 같은 사랑의 '루저'가 되었던 날을 꼭 뒤집고 싶었다.

간절히 원하면 이루어진다고 했던가! 그렇게 기회만 엿보고 있던 어느 날, 팀장이 나와 장서영을 불러 특별 비밀업무를 지시했다.

"이장훈 대리, 자네와 장서영 사원에게 특별한 지시를 내릴 게 있네. 우리 회사와 다국적 제약사 존슨사가 다음달에 MOU를 체결하고 자폐성을 완화하는 H3C misnomer이라는 신약기술 이전 계약을 추진할 계획이네. 그러니까 자네는 그 신약개발이 얼마나 완성도에 가깝게 진행되고 있는지, 효과가 충분한지 비밀리에 정보를 캐내게. 나도 적극적으로 나설 테니까 장서영 씨도 이 대리를 도와주게. 알겠나?"

회사 돌아가는 일에 능구렁이가 다 되어 가는 나였다.

"예. 알겠습니다. 언제까지 하면 됩니까?"

"빠를수록 좋아. 30일 이내야. 그리고 하나 더, 이번 일이 성공하면 보상은 상당할 거야. 승진도 있고…… 그리고 장서영 사원은 이 대리를 적극 도와주게!"

장서영은 생뚱맞은 말로 대답을 하였다.

"팀장님, 그건 상대 회사의 기업비밀인데요?"

내가 옆에서 장서영의 옆구리를 툭 쳤다. 그러자 장서영이 알았다는 듯 고개를 숙였다.

"알겠습니다, 팀장님."

나와 장서영은 신약관리팀 회의실로 들어가 문을 안으로 걸어 잠그고 오늘 지시 건에 대하여 이야기했다.

장서영이 먼저 불만을 토로했다.

"이 대리님, 협력관계인 남의 회사 기업비밀 중에서 연구 중인 비밀을 빼내라니요. 그건 범죄 아닌가요?"

"우리 회사가 엉터리 효과 없는 신약기술을 막대한 돈으로 기술이전을 받는다면 우리 회사는 큰 피해를 입게 돼. 우리 회사가 손해를 보지 않으려면 연구가 어느 정도 단계까지 진행되었는지, 또 효과 검증이 잘 되어 가는지 극비리에 검증해야 하거든."

"선배님, 그래도 그건 영업 비밀인데, 연구 비밀을 절취하는 건데……"

나는 장서영을 설득해야만 했다.

"존슨사는 믿지만 아직 시장에서 효과 검증이 안 되어 있는 신약인 자폐성을 완화하는 H3C misnomer 신약을 어떻게 믿고 우리가 기술이전에 막대한 돈을 쓰겠어? 위험 부담 우리 회사도 줄여야지, 안 그래?"

"선배님, 그래도 저는 양심상……"

"후배, 사후 책임은 내가 질 거야. 이 약육강식의 세계에서 누굴 믿어."

나는 조금 더 강경하게 이야기했다.

"아무튼 회사를 위해서 미국과 캐나다 유럽 등지에 나가 있는 학교 선후배와 한국의 제약회사가 닿을 수 있는 선을 전부 동원해! 알았지? 모든 비용은 팀장에게 바로 결재 처리하고"

그날 나와 장서영은 떨떠름한 기분으로 회의실에서 나와 흩어졌지만 그 이튿날부터 우리는 미팅을 해가며 나름대로 최선을 다했다. 팀장 특별 지시를 밤을 새워가면서 추진한 대가로 나는 6개월 후 과장으로, 장서영은 1년 후 대리로의 승진 예고발령 통지서를 받았다.

그러던 어느 날, 장서영이 2층 총무과에 팀 예산자료를 제출하고 나오다 나와 마주쳤다. 복도에는 아무도 없었다. 나는 그녀가 들고 있는 결재서류 판을 대신 받아주는 척하면서 나의 왼손으로 그녀의 오른손을 슬그머니 잡았다. 그녀는 깜짝 놀라며 내 손을 뿌리쳤다. 주위에 사람이 있나 두리번거리더니 나를 빤히 쳐다보았다. 내 눈에서는 불똥이 튀는 것 같았다. 그녀가 내 눈을 뚫어지게 쳐다보았다.

그날 나는 그녀에게 양재동 이탈리아식당 '아테네'에서 저녁이나 간단히 하자고 메시지를 보냈다. 알았다는 메시지가 왔다. 내가 조금 일찍 퇴근해서 기다리자 조금 후 그녀는 예약된 좌석으로 왔다. 우리는 식사를 하면서 그동안 서로 도와준 것에 대해 이야기를 나누고 내가 손금을 봐준다며 그녀의 손을 잡았다 놓았다. 그녀는 싫지 않은 표정이었다.

그리고 며칠 후 '사내 봄 체육의 날' 행사가 열렸다. 양재 시민의 숲에서 사내 각 팀 대항 족구대회가 열리고 회사 체육행사는 3시쯤 끝났다. 그녀는 내 차가 있는 데로 오면서 말을 걸었다.

"선배님, 체육 행사도 일찍 끝났는데 우리 과천 현대미술관 구경 갈까요?"

나는 기다렸다는 듯이 그녀를 놀렸다.

"알았어요, 양재댁!"

그녀가 미소를 지었다.

미술관은 평일이어서 그런지 한산했다. 우리는 미술관 전시작품들을 둘러보고 야외전시장으로 발길을 옮겼다. 큰 조각상과 큰 조

형물이 전시된 야외전시장도 사람이 없기는 마찬가지였는데, 대학생으로 보이는 남녀 몇 쌍이 데이트를 즐기고 있었다. 나는 용기를 내어 장서영의 손을 잡았다. 그녀는 처음에는 손을 피하더니 내가 또 잡으려 하자 내 손을 뿌리치지 않았다.

미술관을 나오니 어둠이 밀려오고 있었다. 우리는 과천에 있는 부대찌개 집에서 식사를 주문하고 나는 소주에 맥주를 탄 소맥을 먹고 그녀는 맥주 한잔을 마셨다. 그리고 식당 옆 건물 노래방에 들어갔다. 노래방에서 캔 맥주 두 개를 시켰다. 그녀는 술을 좋아하지는 않았지만 맥주는 한두 잔씩 하는 편이었는데, 그날은 노래방에서 캔 맥주를 계속 시켜서 마셨다. 나와 그녀가 술에 취한 상태에서 노래를 번갈아가며 부르고 다시 노래를 고르는 사이 내가 그녀의 볼에 내 얼굴을 문지르고 입술을 대자 그녀가 맥주를 한 모금 먹더니 나에게 슬쩍 입에 대고는 자신의 입안에 있던 맥주를 내 입 안으로 넣었다. 엉겁결에 당한 키스는 나의 가슴을 뛰게 하였다. 윤지로부터 배신당한 후의 오랜만의 이성의 갈증도 한 몫 한 때문인 것 같았다.

며칠 후, 우리 팀원 중 나보다 두 살 위인 강기민 과장이 늦은 아이를 낳아 돌잔치를 한다고 초대장을 돌렸다. 팀장은 될 수 있으면 우리 팀이 한 가족이나 마찬가지라며 부부 동반으로 참석할 것을 권했다.

양재동 교육문화회관 11층에 강기민 과장 부부와 아들을 중심으로 그들의 친인척과 우리 팀원 중 결혼한 부부가 모두 참석하였다. 장서영이 나를 보자 함께 온 남편을 소개했다. 남편은 왜소한 편이었으나 스포츠를 좋아해서인지 강단 있게 생긴데다가 얼굴은 카이스트 박사답게 샤프한 인상을 풍겼다.

나는 내심 양심에 찔리는 게 있어서 표시나지 않도록 표정 관리를 하였다.

"반갑습니다. 이야기 많이 들었습니다."

내가 먼저 손을 내밀자, 그는 내 아래 위를 빠르게 훑어보았다.

"와이프한테 도움 많이 주신다는 이야기 들었습니다. 좋은 멘토가 되어 주십시오."

나는 얼른 강기민 부부 쪽으로 시선을 돌리며 자리를 피했다

그 후 우리는 각자 회사 일이 바빠 한동안 저녁에 만나지 못하고 지나갔다. 몇 주 후 어렵게 시간을 맞추어 저녁을 같이 하기로 하고 강남에서 만났다. 저녁을 먹으며 회사 이야기와 주변 이야기를 하였다. 나는 집안에 대한 이야기는 하지 않았지만 장서영이 어쩌다 불쑥 질문을 하면 나는 대답을 얼버무렸다.

"부모님은 잘 계시지요?".

"아, 시골에……"

그러면 장서영은 군이 더 묻지도, 알려고도 하지 않았다. 그날 장서영은 자신의 남편에 대한 불만을 노골적으로 털어 놓았다. 그

녀를 사랑했던 남편의 용서 못할 배신에 대해 울면서 나에게 하소연하였다.

그녀는 남편과 대학에서 만나 5년간 연애를 하고 결혼을 한 지는 4년이 지났다고 하였다. 그런데 남편이 회사 여직원과 밤 12시가 지난 시간에 사랑이니 죽음이니 뭐 그런 단어가 찍힌 문자메시지를 주고받은 사실을 알게 되었다. 그녀가 두 사람 사이를 추궁하자 남편은 '술에 취해서 딱 한 번 관계를 가졌다'고 실토하고는 '다시는 그런 짓을 하지 않겠다'고 다짐하며 용서해달라고 사정하여 이번만은 눈감아주겠다고 하였다.

그런데 여자의 직감이랄까? 그 후에도 왠지 남편의 행동이 미심쩍었다. 그래서 어느 날 밤, 남편이 술에 떨어져 잠든 시간에 남편 모르게 문자메시지를 확인해보니, 관계를 정리하겠다고 맹세한 후에도 남편과 그 여자는 메시지를 계속 주고받고 있었다. 그녀를 더욱 비참하게 한 것은, 남편은 장서영에게 무릎을 꿇고 용서해 달라고 한 이후에도 그 여자와 수차례에 걸쳐 잠자리를 같이 하고 임신까지 하여, 두 사람이 낙태 방법에 대하여 상의한 내용이 드러난 것이다. 그녀는 너무 놀라고 분해서 이혼하고 자살할 결심까지 했었다는 것이다.

마침내 장서영은 옆자리에 다른 손님들이 있는 것도 의식하지 않고 눈물을 훔치고 있었다. 듣기에도 민망하게 '남편과는 잠자리도 하기가 싫어졌다'고 하며 자신의 내밀한 이야기를 털어놓았다.

우리는 그날 많이 취한 상태로 노래방에 가서 함께 소리 지르며 노래를 불렀다. 연거푸 마신 맥주에 얼큰히 취하자 그녀의 얼굴이 더 가까이 보였다.

'먼 데서 바람 불어올 때는 보고 싶은 내 마음이 찾아간 줄 알아라 그리운 너의 입술'

나는 그녀의 팔을 낚아채서 키스를 하였다. 그녀는 놀란 눈으로 입술을 내게 맡겼다. 내 가슴에 닿은 그녀의 물컹한 가슴도 내버려 두고 싶지 않았다. 파진 블라우스에 손을 넣어 유방을 주물렀다. 그녀도 기다렸다는 듯 젖꼭지는 탱탱하게 서 있었고 이내 발을 움직여 조금씩 내 쪽으로 밀착해왔다. 우리는 힘껏 껴안았다. 터질 것 같은 사랑의 열정에 잠시 현기증이 나는 듯하여 소파에 앉아 다시 감미로운 키스를 하고, 목을 애무하고, 가슴에 얼굴을 묻었다. 그녀는 긴 숨을 몰아쉬었다. 여기서 멈출 수 없다는 생각에 내가 그녀의 꼭 조인 벨트를 풀려고 하자, 그녀는 두 손으로 벨트와 바지단추를 꼭 잡았다. 내가 세게 힘을 주어 바지 안으로 손을 넣었다. 내가 그녀의 그곳에 손을 넣고 키스를 퍼붓자 그녀가 크게 신음을 내뱉었다. 그곳은 젖어 있었다. 우리는 그날 모텔로 가서 서로를 탐닉했다. 그녀는 가쁜 숨을 몰아쉬며 몸을 달구었다. 양쪽 손을 엎더니 팽팽한 침대보를 움켜쥐었다. 다시 양손은 침대보를 끌어당겼다.

숨이 넘어가는 듯했다. 양쪽 침대에 붙어 있던 침대보가 끌려왔다. 그녀는 연거푸 신음소리를 쏟아냈다. 나는 무릎이 아픈 줄도 모르고 자꾸 그녀 안으로 더 안으로 끌려 들어가고 있었다. 나도 숨이 찼고 그녀는 그 숨까지 받아 허덕였다. 나는 더욱 그녀 안으로 다가가기 위해 힘을 주었다. 나는 그녀가 정말 숨이 넘어가는 것 같은 착각을 느꼈다. 나는 그녀의 세포가 알알이 환희로 돋아나 슬픔이 삭혀지기를 바랐다.

안 선배는 나에게 개미혁명이 시작되었으니 참여해서 혁명위원회 중책을 맡아달라고 간곡하게 부탁하는 메시지를 보내왔다. 급박하게 움직이는 개미혁명카페를 보면서 나는 유년시절을 생각했다.

어린 시절, 아버지는 농사로는 대대로 이어져 온 가난을 벗어나기가 불가능하다고 생각하고 큰돈을 벌려는 생각에 노름에 빠졌다. 겨울이면 노름방을 전전하였다. 더욱이 그 뚜렷한 기억이 새롭게 떠오른 것은 내가 아무리 회사에서 죽도록 노력해도 부자가 되기는 이미 글렀다는 것을 알았다. 어렸을 때 노름에 빠졌던 아버지가 이해되었다. 가난한 산골마을, 겨울만 되면 아버지는 노름에 나서고 어머니는 우리 집이 빚쟁이들에게 쫓겨 굶어죽게 되자, 매일 밤 노름방을 뒤져서 아버지를 찾아와 달라고 할머니와 나를 집밖으로 내쫓았다.

그런 유년시절의 기억들은 나도 결국은 가난하게 일생을 마치고

야 말린지도 모른다는 조급증과 불안감을 불러일으키고 있었다. 그래서 그때의 아버지처럼 지금의 나도 가난을 한방에 날릴 큰돈을 벌고 싶었다. 군대를 가고 사회생활을 해보니 개미혁명 안 선배의 인생철학에 공감도 갔다. 무엇보다도 나는 중산층으로 살고 싶고 내 불우한 형제인 누님과 여동생 그리고 가난한 친인척 더 나아가 내 주위의 돈이 없어 불행한 사람들을 돕고 싶었다. 그리고 그런 날들이 하루 빨리 왔으면 하고 절실하게 바라던 때였다.

나는 장서영을 국제회의실로 몰래 불러냈다. 이 회의실은 회장이 참석하는 비자금 확보를 위한 비상 임원회의나, 탈세를 위한 회계법인 간부와의 회동, 그리고 해외 다국적 제약회사와 대형 계약을 위한 미팅 때 사용하는 곳이었다. 회의 시설을 세팅하는 실무자인 나와 전략담당 상무 외에는 아무도 알 수 없는 이중의 비밀번호로 들어갈 수 있는 장소였다. 회의실에는 회장이 회의 참석자들의 발언과 일거수일투족, 말하자면 국세청 간부에게 얼마를 건네는지도 자세히 확인되는 광경을 몰래 지켜볼 수 있는 초정밀 몰래카메라가 설치되어 있었다. 더욱 중요한 것은 회장이 회장실이나 차량 이동 중에도 실시간으로 보고 들을 수 있는 최첨단의 도청장치도 설치되어 있었다. 또한 국제회의실 안에는 조그마한 5평 남짓한 방이 있었는데, 이 방은 회사의 세금 탈루나 비자금 마련 등의 회사 비밀회의 또는 국제계약에 참석한 우리 회사 측 임원이나 주요 인사가 극비리에 회장으로부터 내려오는 전화와 메시지를 전달해 주는 장소로, 임원 사이에서는 회장은 한 번도 근무한 적은 없지만 일명 회장님께서 계시는 '회장 그림자방'이라는 별칭이 붙어 있었다. 그 방에 들어가면 바로 앞에 회장이 있는 것처럼 공손해지며 회사와 회장에게 충성할 수밖에 없는 곳으로, 그곳은 회장님에 대한 복종과 경배 의식이 느껴졌다고들 이야기했다. 그런 만큼 이 방은 회사 내에서 회장과 몇 명의 임원 그리고 회의 시설을 준비하는 나 이외에는 극비의 장소였다.

나는 장서영이 오는 동안 회의실의 모든 도청장치와 몰래카메라의 기능을 정지시켰다. 이윽고 장서영이 오자 주식으로 큰돈도 벌고 불우한 이웃을 돕자고 제안하였다. 그리고 M바이오주가 개미혁명의 제1차 대상이 될 것이라는 귀띔도 잊지 않았다.

나는 그즈음 장서영과 둘이서 있을 때는 자연스럽게 말을 놓았고 그녀도 그것을 자연스럽게 받아들였다.

"선배! 주식은 작전 세력이나 큰돈을 벌 수 있을 텐데요?"

"그렇긴 하지만, 이건 특수한 경우야."

"선배, 저도 대학 때부터 주식은 조금씩 해보았지만 전부 반 토막 나거나 더한 것은 상폐(상장폐지)한 것도 있어요 그래서 주식하면 경기부터 나요."

"아~, 이건 달라! 회사 성장성도 완벽하고 특히 줄기세포로 미래 생명을 연장하는, 또한 내가 가끔 이야기한 수백억 재산가인 안광선 의사 선배가 개미혁명주로 지정할 계획을 가지고 있고……"

"저는 친정이 큰 부자는 아니지만 궁핍하게 살지는 않아요. 친정에서 융통할 수는 있어요. 하지만 돈을 벌 수가 있을지 ……."

"나를 믿으면 돼. 내가 끝까지 책임지고 손해나면 보상하지!"

"……."

장서영은 며칠을 생각하더니 개미혁명의 M바이오 주식을 3만 원 대에서 2백 주를 구매하였다. 나는 지난번 지니고 있었던 1백 주에서 추가로 2백 주를 구매하였다. 나와 장서영은 개미혁명군으로 등록하였다. 혁명위원회에서는 위원장 직속인 심리전처로 발령을 하였다. 나는 심리전처 단장으로, 장서영은 심리전처 비밀특수요원으로 임명되었다.

2011년 6월 18일. 혁명위원회는 주가 올리기 방법인 기존 보유 주식의 3% 매도와 2초 속사 전투방법에 대하여 게시판에 게시했다.

<3%룰>

자기 보유 주식의 3%를 적당한 시점에 매도하여 머리 올리기에 활용.

<2초 속사 명중시키는 방법>

1) 매수창을 연다.

2) 시장가를 클릭한다.

3) 1주를 선택.

4) 매수버튼을 클릭하면 확인창이 나온다.

5) 확인버튼 위에 마우스를 올려놓는다.

6) 현재가가 매수호가로 변할 때까지 기다린다.

7) 2초 안에 매수버튼의 확인버튼을 클릭한다.

8) 위 1번에서 7번까지의 요령으로 반복 사격한다.

<팁>

1) 현재가가 매도호가에 있을 때는 현재가가 매수호가로 내려올 때까지 참고 기다린다.

2) 호가가 급하게 변동될 수 있으므로 왼손을 자판 위에 올려놓고 오른손은 마우스로 매도를 누른 후 확인버튼에 대기하고 있다가 현재가가 매수호가로 변할 때 2초 안에 빠르게 누른다.

3) 한 주씩 연속 사는 것은 도움이 안 되고 실탄만 낭비하니 꼭 단발로 사격해야 한다.

4) 주가가 밑으로 내려갈 때만 위로 한 발씩 쏘면 된다.

2011년 6월 19일. 혁명위원회는 제1차 혁명위원회 투쟁 대상 종목으로 M바이오 주를 선택했다고 공지했다.

<M바이오 선정 이유서>

추천도 그냥 추천이 아니라 강력 추천합니다. 저, 개미선장의 모든 명예와 진심을 걸고 추천을 합니다. 저를 위해서가 아니라 혁명

을 위하여 또한 전사 여러분을 위하여 추천을 합니다. 현재 우리나라 주식 중 연 100조원 매출을 넘기는 곳은 삼성전자가 유일할 것입니다. 영업이익도 연 10조원이 넘는 곳은 삼성전자가 유일합니다. 그런데 앞으로 미래에 매출 100조원이 넘고 영업이익이 80조원이 넘을 회사가 우리나라에서 탄생하고, 그 꿈같은 회사가 바로 M바이오가 될 것이라는 내용을 오늘 여러분에게 알립니다.

M바이오는 제가 거의 10년 전부터 지켜본 종목입니다. 그동안 10년의 쓰디쓴 가시밭길의 행적을 잘 알고 있습니다. 이제 2011년, 그동안의 고생 끝에 결실을 맺는다는 것을 오늘 여러분에게 설명을 하는 글로 전개하겠습니다. (중략) 줄기세포 바이오 업체 중에서 현재까지도 이익을 내는 업체는 거의 없습니다. 그러나 M바이오는 현재도 흑자 기업이고, 1분기보다 2분기가 매출액이나 영업이익이 더 클 것입니다. 현재 100억원대 매출이었던 것이 이제 곧 100조원 매출에 80조원 영업이익으로 될 날이 오고 있습니다. 그 이유는 바로 MTS(퇴행성관절염 치료제)에 있습니다.

최근 전 세계에 가장 많은 병이 무엇인지 아십니까? 바로 관절염입니다. 흔히 관절염은 노인병이라고 하는데 현대병으로 몸무게와 비례해서 생기는 병입니다. 현대인은 비만해지면서 운동 부족으로 다리 관절에 연골 손상으로 걷기가 힘들어지는 병이 전 세계에서 가장 흔하고 많은 병입니다.

－개미선장－

혁명위원회 회원 수는 매일 백 명 이상씩 증가하고, 증가하는 회원들은 각 병단에 전투요원으로 증원 배치되었다.

2011년 6월 20일. 각 병단은 각자 위치에서 M바이오 주에 대한 전투 준비에 들어간다.

<위원회 전투명령 제1호>

1) 서울병단 예하 북부중대는 시초가를 장악하라.

2) 경기병단 예하 남부중대는 9시부터 9시 30분까지의 시간대를 공격하라.

3) 경기병단 예하 동부중대는 9시 30분에서 10시 사이를 방어하라.

4) 서울병단 예하 남부중대는 10시 이후의 시간대를 방어하라.

5)~9) (중략)

10) 서울병단 예하 중부중대는 오후 2시부터 종가까지 매도물량을 포격하라.

―개미선장―

<위원회 전투명령 제2호>

기타 전투에 참여하지 않은 병단과 병단 예하 부대들은 별도 명령이 있을 때까지 예비 동원령을 유지하며 비상 전투태세에 돌입한다.

―개미선장―

2011년 6월 21일. 그날의 주가는 33,750원, 거래량 405,294주로 전날에 비하여 상한가로 마감하면서 거래량은 평일 평균 거래량 4만 주의 10배에 달했다.

<위원회 전투명령 제1호>

기무사령부는 혁명카페 내에서 작전을 펼치는 반혁명세력을 색출하라. 정보사령부는 혁명위원회 전투 전략 등 작전이 주가를 하락시키려는 적대적 공매도세력과 작전세력들에게 노출되지 않도록 이중의 보안정책을 세울 것.

　　　　　　　　　　　　　　　　　　　　　　　　　　　－개미선장－

<위원회 전투명령 제2호>

전투명령은 적들이 알아채지 못하도록 암호화된 명령이 시달될 것이며 각 병단은 암호를 해독 작전명령을 수행할 것. 서울병단 예하 4개 중대는 오전전투에 투입되며 기타 병단들은 주가가 밀리는 것을 보아서 전투지원 명령을 시달한 것이므로 전투준비에 만전을 기할 것.

　　　　　　　　　　　　　　　　　　　　　　　　　　　－개미선장－

6. 21. 종가 33,750원/거래량 288,635주

6. 24. 종가 42,050원/거래량 816,836주

(중략)

7. 01. 종가 49,300원/ 거래량 891,960주

7. 29. 종가 83,700원/ 거래량 942,441주

2011년 8월 1일. 혁명위원회는 혁명전투를 효율적으로 지원하기 위하여 통합 해외병단을 미국과 중국·아시아·유럽권역 등 4개 병단으로 나누고 2개 특수 공격형 부대를 창설하였다.

<창설1. 미사일병단 소속>

병단장 새벽녘, 참모장 빛과 그림자

혁명전사 *****, **, **, **, *****, *****, ****, ******, ***, ****, ***, *****, ***, ***, ***, ****, ****, ***, ***, ***, *****, **, *****, **, ***, ****, * ······ 이상 45명

<창설2. 박격포병단 소속>

병단장 명동 나그네, 참모장 여의도 광장

혁명전사 **, ***, ***, ***, **, *****, *******, *****, ***, **, ****, **, ***, ****, ***, ***, ****, **, ****, *****, **, ***, ****, **, **** ······ 이상 39명

회원 수는 4천 명을 넘어서고 있었다.

<위원회 전투 예비명령 제12호>

미사일병단 전사들은 실탄 각 330주 이상으로 무장하며 매도세를 확실하게 죽일 수 있는 화력을 보유할 것. 또한 박격포병단 전사들은 실탄 110주 이상으로 무장하며 집중적이면서도 효과적인 화력을 보유할 것.

－개미선장－

2011년 8월 초순, 주가의 폭등과 막강한 화력을 가진 전사들의 합류가 계속되자 혁명 전사들은 열광하였으며, 그들의 사기는 하늘을 찌를 듯했다.

나는 매일 구름 위를 걷고 있다는 느낌이었다. 꿈을 꾸고 있는 것은 아닌가 하는 의문이 들 정도였다. 세상 모든 게 아름다워 보였다. 회사 주위의 오래된 건물이며 심지어는 다시 지으려고 부수고 있는 건물에서 나와 있는 수십 년이 지난 콘크리트더미의 볼썽사나웠던 철근도 저명한 조각가의 미술작품처럼 아름다웠으며, 더욱 우스운 것은 돈이 생기자 미움도 사라졌다. 나에게 국제회의실 관리를 제대로 못한다고 핀잔을 주었던 시설관리부 부장에 대한 미움도 눈 녹듯이 사라졌다.

겨우 두 달 사이에 2.5배가 뛰어오른 주가에 고무되어 거부(巨富)가 된 느낌이었다. 장서영과 나는 만나면 서로의 얼굴을 보면서 입을 다문 채 실실 웃고 다녔다. 아마 그때 다른 사람들이 나와 장서영을 보았다면 두 사람이 실성한 것이 아닌가 하고 오해를 했을 것 같다.

그즈음 나와 장서영이 공적업무인 존슨사 개발신약인 자폐성을 완화하는 H3C misnomer 개발정보 건으로 비밀회동이 잦아진 데 이어 비밀스런 주식 건으로 회사에서 두 사람이 자주 만나는 것을 본 회사 내 분위기가 의혹의 눈초리로 바꾸어지고 있다는 것을 피부로 느낄 때였다.

어느 날, 나와 장서영이 회사 24층 스카이라운지 휴게실에 칸막이가 있는 곳에서 신약 이야기와 주식 이야기를 하면서 차를 마시고 있는데 우리를 알아보지 못한 우리 신약관리팀과 복도 사이 마주보는 사무실에 있는 기획전략팀 여직원 두 명이 우리가 있는 줄 모르고 소곤거리고 있었다.

"소문 들었니? 우리 팀 앞에 있는 사무실 신약관리팀 이장훈 대리하고 장서영이 팔짱 끼고 가는 것을 봤다는 소문이 자자하던데?"

"어? 그 소문, 나도 들었어! 두 사람이 사원들 눈을 피해 다니면서 차도 자주 마시고 무슨 이야기를 하는지 실실거리고 다닌다고 말이 많던데……"

"참 꼴불견이야. 회사 지하주차장 차 안에서 부둥켜안고 키스하는 것도 보았다던데? 확인된 사실은 아니지만!"

그들은 우리 두 사람에 대한 이야기로 신이 난 듯했다. 처음 이야기를 꺼낸 여직원이 한 술 더 떴다.

"그러게 말이야. 바람이 나려면 총각처녀가 나야 하는데, 총각하고 유부녀가 바람이 나서 회사 분위기를 막장으로 끌고 가네. 참, 어이가 없어. 안 그래?"

"장서영이 역시 같잖아. 그 여자가 꼬드긴 것 같아. 그 여자 보통이 아니라던데… 몸매, 여자가 봐도 죽여주잖아."

내가 자리에서 일어나며 장서영을 보고 웃자 그녀도 따라 일어났다.

"되게 할 일 없는 푼수덩어리들, 아주 웃기는 짬뽕들이군! 뭘 알고 얘길 해야! 우리는 지금 회사일인 신약개발정보 파악을 위해 비밀회동을 하는 것뿐인데. 하하하, 안 그래?"

장서영이 받았다.

"우리는 지금 주식 가지고 혁명을 일으키고 갑부가 되어 가는데, 진짜 알면 뒤집어지겠네요? 질투가 나나 보네요. 바람 좋아하네, 짚어도 한참 잘못 짚었네요!"

나와 장서영은 빚을 얻어, 각각 주식 100주를 8~9만 원대에 속사에 참여하는 방식으로 추가로 매수하였다.

③ 전투 대형으로

2011년 8월 9일, 뉴욕증시 하락 영향으로 전날인 8일에 비하여 6천원 하락한 66,100원에 시초가 형성되었다. 그날은 선장이 오전에 급한 일로 진두 지휘권을 혁명위원회 제2인자인 충청병단장 '감사와 행복'에게 맡겼다.

전투는 그야말로 한 치 앞을 가늠하기 어려운 혼전에 혼전을 거듭했다.

<위원회 오전전투 긴급명령 제1호>

1) 서울병단 예하 서부중대는 10시까지 하락기조를 상승기조로 바꿀 것.

2) 경상병단 예하 2개 중대와 전라병단 예하 2개 중대, 제수병난은 11시까지 집중적으로 포격하라.

3) 박격포병단은 오전 12시까지 지원사격에 들어간다.

　　　　　　　　　　　　　－혁명위원회 부위원장 감사와 행복－

주식의 고수라는 감사와 행복이 이끄는 혁명위원회는 무차별로 쏟아지는 공매도세력의 매도세를 막기에는 역부족이었다. 오전장이 61,500원까지 밀렸다.

오후 1시, 오후장이 시작되자 개미선장이 오전 용무를 마치고 다시 최전선에 뛰어들었다. 공매도세력들은 오후에 들어서도 수십만 주의 매도 폭탄을 쏟아내며 주가 하락을 강하게 밀어붙이고 있었다.

매도물량이 우박처럼 쏟아지는 가운데 선장의 전투명령이 하달되었다.

<위원회 오후전투 긴급명령 제2호>

1) 서울병단 예하 4개 중대, 경기병단 예하 4개 중대는 2시까지 방어선을 펼 것.

2) 2시부터 3시까지 미사일병단장은 미사일병단전사 30%를 우선 투입하라.

3) 기타 병단들은 전체적 전황이 불리하니 화력 낭비를 최소화하고 예비 전투태세에 들어간다.

－개미선장－

장이 하락 마감하면서, 선장은 부랴부랴 특별 긴급명령을 하달했다.

<위원회 특별명령 제3호>

심리전처는 혁명 전사들이 동요하지 않도록 심리전 활동을 적극적으로 펼칠 것.

－개미선장－

패한 전투였다. 다른 혁명 전사들은 이날의 전투를 어떻게 보았는지 모르겠지만 선장은 역시 노련하며 전술전략에 뛰어난 대가였다. 이날 선장이 오판하고 밀어붙여서라도 주가상승을 도모하려 했다면 우리 혁명위원회는 재기불능 상태가 될 뻔하였다. 나는 감히 그날의 전투를 주식의 지존이 시범을 보인 빛나는 전투였다고 명명 짓는데 손색이 없는 전투였다고 생각하였다.

이날 전투는 거래량 1백 6십만 주. 전날 종가 대비 6천원 하락하며 마감하였다. 나는 이날의 전투를 보면서 역시 안 선배는 보통 개미들이 아닌 주식 무림의 지존이 분명하다는 생각이 들었다. 따라서 이날 전투를 뒤돌아보면서 개미혁명은 반드시 성공할 것이라는 확신을 얻었다.

이날 오후에 혁명위원장 명의의 특별명령 제4호가 시달되고 즉각 시행되었다.

<위원회 특별명령 제4호>

1) 오늘의 노고를 치하하기 위해 혁명위원회 위원장은 1인당 2만

원의 회식비를 각 혁명전사 계좌로 오후 5시 안으로 입금할 것임.

2) 피 흘린 오늘의 전투를 기념하기 위해서 1항의 자금으로 거리가 가까운 혁명전사들 끼리 번개미팅 회식을 하며 다음을 기약할 것.

3) 혁명위원회 본부 전략전투상황실, 기무사, 정보사, 심리전처와 각 병단의 본부는 치밀한 전략을 세울 것.

－개미선장－

나와 장서영은 퇴근 후 2만원씩 돈을 내어 저녁식사를 하며 심리전 활동에 대한 아이디어를 논의했다.

2011년 8월 10일. 3초 속사에 참여했던 나는 내 본연의 임무인 본격적인 심리전 활동을 시작하기 위해 게시판에 개미혁명 전사들의 심리를 북돋우는 글을 게재하였다.

<위원회 심리전처>

주식 인생에 M바이오 같이 미래가치가 터질 듯한 주식을 처음으로 접하는 행운을 얻어서 감격하였습니다. 이 주식은 대한민국의 미래입니다. 우리나라가 1인당 국민소득 3만 불, 6만 불, 9만 불을 향해서 가는데 큰 역할을 할 주식이 바로 이 주식입니다. 주당 10만원, 30만원 하는 그런 주식이 아닙니다. 1년 내에 최소 100만원,

5년 내에 1000만원 반드시 갑니다. M바이오를 공부할수록 진주를 발견했다는 점에 감격하였고, M바이오가 대한민국 기업이라는 것이 정말 자랑스럽습니다.

-단장 창조-

2011년 8월, 윤지는 M일보에 자신이 하고 있는 줄기세포 연구 사업과 관련된 글을 특별기고 형태로 게재하였다.

『저는 줄기세포로 세상을 바꾸고자 합니다.

첫 번째, 저는 의학도인 의사로 출발하였지만 연구자 겸 경영인으로 전 세계 인류의 꿈인 인간수명 2백년 시대를 열겠습니다. 25억년의 긴 생을 살아가고 있는 해파리는 자신의 세포가 죽으면 새로운 세포로 대체하면서 지구역사 50억년 중 멸하지 않고 현재까지도 삶을 유지하는 유일한 생물입니다. 우리 인간도 그렇게 생명 연장이 가능합니다. 해답은 바로 줄기세포를 이용한 새로운 삶입니다. 즉, 피부나 장기 한 부분이 노후화되면 바로 새로운 줄기세포로 대체가 가능한 것입니다. 이것은 꿈이 아니라 현실로 다가왔으며 저는 10년 이내에 이 꿈을 실현할 것입니다.

두 번째는, 종교에 관계없이 가난 때문에 병들어 고통 받는 사람들을 구원하는 것입니다. 그들을 줄기세포로 행복하게 해주고 싶습니다.

세 번째는, 저희 회사는 줄기세포를 이용한 퇴행성관절염 완치제 등의 매출이 폭발적으로 증가하면서 주가가 J커브곡선을 그릴 때가 올 것입니다. 세계에서 제일 비싼 주식이 되지 말라는 법이 어디 있겠습니까? 주당 수억원도 가능합니다. (하략)』

2011년 8월 중순, 선장의 지시를 받은 전라병단은 오프라인 남(南)전라지역 모임을 공지하였다.

나는 장서영과 같이 모임 장소인 무등식당이 있는 광주로 내려갔다.

주가가 2만 8천원에서 10만원 가까이 올라선 가운데 회원들은 재벌이 된 것 같은 착각에 빠진 듯했다. 장차 재벌이 될 가능성을 본 것처럼 들떠 있었다.

회의는 개미선장이 지정한 50대 초반으로 보이는 '감사와 행복'의 사회로 시작되었다. 개인 사정으로 참석하지 못한 간부를 제외하고 각 지역병단사령관과 참모장이 소개되었다.

감사와 행복은 자신의 직업은 용접공이며, 주식 경력 25년차라고 소개하였다. 그리고 서울병단장 '한줄기 빛'을 40대 후반의 증권사 근무 경력 15년, 개인 주식 경력 20년이라고 소개하였는데, 인상에 남는 것은 얼굴이 둥글고 눈이 부리부리하였다.

이날 내가 알고 있는 안 선배 친구인 서울병단 참모장 솔로몬은 나타나지 않았다. 연이어서 참석한 간부들이 소개되었으나 선장은 나타나지 않았다. '감사와 행복'은 선장이 참석하지 않은 이유로 공매도 세력과, 주가 작전을 펼치는 세력에 방해가 되는 제1순위 인물로 선장을 꼽고 있으며, 선장에게 위해를 가하려는 정보가 혁명위원회 정보사에 입수되어 오늘 나타나지 않았으며, 대신 선장이 원양어선을 타고 있을 때 찍은 사진을 카페에 올렸다고 이야기했다.

회의에 참석한 전사들은 웅성거리며 선장의 안위를 걱정하였다. 그들은 선장이 나타나지 않은 것이 오히려 다행스럽다는 표정이었고, 선장의 안전을 위하여 선장을 경호하는 경호대를 만들어야 한다는 이야기까지 거론되었다.

전사들은 휴대폰으로 카페에 들어가서 원양어선 시절에 찍은 선장의 모습을 보면서 행복한 미소를 짓고 왁자지껄 떠들었다. 이 모두가 하늘이 내린 기회인 양 기뻐했다. 그들의 얼굴에는 웃음과 미소가 그치지 않았으며, 진정으로 행복해 보였다. 첫 모임임에도 오랜 동지인 듯 친밀감을 나타내면서 연신 술을 권하며 원샷을 외쳐댔다. 모임은 흥분으로 시작해서 흥분으로 끝났다.

그날 중요한 이야기는 선장을 대신해서 혁명위원회 서열 2인자로 통하는 충청병단의 병단장 '감사와 행복'이 선장의 당부사항을 전달했다. 선장은 M바이오 주 국민주 갖기 운동을 적극적으로 펼칠 것을 제창하였다. 참석자들은 만장일치로 찬성을 표시하며 박수를 쳤다.

다른 사람들 앞에서 자연스럽게 부부 행세를 한 나와 장서영은 콘도식 모텔에 방을 잡고, 서로의 옷을 벗기고 굶주린 야수처럼 서로의 몸을 탐하다가 이튿날 늦은 아침에 서울로 올라왔다.

2011년 8월 하순, 한동안 조정기를 거친 주가는 다시 뛰어가기 시작했다. 주가는 한때 10만원선을 터치하기도 했다.

나는 안 선배와 협의를 한 끝에 심리전 메시지 글을 게시판에 올렸다.

<위원회 심리전처>
혁명위원회 오프라인 전국대회 개최 예고
• 시기 : 주가가 30만원 돌파 시 7일 이내
• 장소 : 잠정적으로 잠실체조경기장
• 숙소 : 신라호텔 등 5곳
• 주요 참석인사 : M바이오 강윤지 대표, 혁명위원회 의장 개미 선장, 혁명가족 및 주요 주주
• 기타 세부사항 : 30만원 돌파 시 결정 공지할 것임.

－창조－

전사들은 한껏 들떠 있었다.
그 후 오프라인 지역별 모임은 전주·청주·부산 등으로 옮겨 다

니면서 매주 토요일마다 개최되었고 전국 모임에는 반드시 선장과 강윤지 대표가 참석할 것이라고 공지하였다.

나와 장서영은 개미혁명의 심리전을 위하여 자주 만났다. 주가가 10만원선을 돌파하자 벌써 재벌이 된 기분이 들어서인지 저녁에 자주 먹었던 삼겹살과 소주가 맛이 없어졌다. 그래서 우리는 양재동과 강남의 이탈리아 레스토랑에서 만나 스테이크를 먹고 고급 와인을 마셨다.

2011년 9월 16일, 혁명위원회는 어제 뉴욕증시의 폭등세가 국내 증시에 긍정적인 영향을 줄 것을 감안하였는지 아니면 내일에 있을 남경상지역 모임을 의식하였는지 시초가부터 결전 모드로 들어 갔다. 전날 종가는 88,000원이었다.

<위원회 전투명령 제1호>

1) 8시 30분부터 박격포병단, 총 4만 주의 매수물량을 시초가 100,000원에 쏟아 부을 것.

2) 서울병단 예하 6개 중대는 오전 9시부터 12시까지 100,000원을 집중 공격할 것.

3. 기타 모든 병단들은 즉각적으로 전투에 들어갈 수 있도록 전투 예비태세에 들어갈 것.

―개미선장―

시초가는 전날보다 9천원 오른 97,000원이 형성되었고 주가는 춤을 추더니 94,000원까지 내려갔다. 오전에 상승기조에서 점심시간에 하락기조로 꺾이자, 혁명위원회는 전투명령 제2호를 즉각 시달했다.

<위원회 긴급 전투명령 제2호>

1) 1시부터 2시까지 경기병단 예하 4개 중대와 충청병단 예하 2개 중대 그리고 경상병단 예하 1개 중대는 고지 101,000원을 점령할 것.

2) 2시부터 3시까지 미국을 비롯한 해외병단 소속 전사들은 모두 전투에 참가하라.

3) 3시 종가에 미사일병단은 총 5만여 주로 99,000원 이하의 하락을 방지하라.

4) 기무사령부와 정보사령부는 실제 전투 참여 사실과 각 병단의 중대에서 발사하는 전사별 총알 수를 감시 기록하여 전투명령을 어기거나 허위로 전투에 참여하는 안티 전사들을 빠짐없이 색출하라.

―개미선장―

나는 선장의 신출귀몰하는 전략에 혀를 내두르며 안 선배가 이루려는 개미혁명은 반드시 성공할 것이라는 확신을 더욱 굳히게 되었다. 이날 종가는 전일대비 10,100원이 오른 99,000원에 마감하였고 혁명 전사들의 사기는 하늘을 찔렀다.

2011년 9월 17일 토요일, 남경상지역 진해 모임에 참석하기 위해 나와 장서영은 길을 떠났다.

내가 차를 운전하고 옆 좌석에 장서영을 태우고 출발한 지 30분 정도가 지났을까, 그녀가 나도 들을 수 있게 남편과 '한뼘통화(스피커폰)'를 하였다.

"어제 회사일로 너무 바빠 정신없어 이야기한다는 것을 깜빡 했어요. 오늘 진해에서 국내 제약회사들과 국내 진출 다국적 회사와의 공동 마케팅 세미나가 있어서 지금 멘토인 이장훈 대리님 차를 타고 내려가고 있어요."

이에 그녀의 남편이 약간 신경질적인 반응을 보였다.

"그러면 미리 이야기를 했어야지! 애가 엄마 언제 오냐고 계속 보채고 있는데…"

"자기야, 미안해요. 내일 새벽에 일찍 올게요. 어머님은요?"

그녀의 남편이 시어머니를 바꾸어 주었다.

"얘야, 애가 투정이 심해졌어. 엄마타령만 하고 있어."

"네, 어머니. 죄송해요."

장서영이 통화가 끝나고도 찜찜한 마음에서인지 전화기를 바로 끄질 않고 있는데 저쪽에서 시어머니가 남편한테 하는 소리가 들려왔다.

"네 처 그냥 내버려두면 안 되겠다. 신경 써서 단속 좀 해라."

"……."

참여 인원은 90여 명. 오프라인 최초 모임에서는 1인당 회비를 3만원씩 걷어 주로 삼겹살집에서 모였었는데 주가가 하루하루 뛰어오르자 회비를 5만원씩으로 올리고 모임장소도 횟집으로 바꾸었다. 사회를 맡은 감사와 행복은 같은 교회 집사인 자기 아내도 참석시켰다. 감사와 행복이 소개한 그의 아내는 40대 중반으로, 신혼여행도 못갈 정도로 경제적으로 많은 고생을 겪었다고 하였으나 인상은 아주 후덕해 보였다. 그녀가 시루떡을 큰 함철에 찐 그대로 회원들과 마루 끝에서 가져오자 감사와 행복이 다 같이 기도할 것을 제의하였다.

종교가 없는 나와 장서영은 물론이려니와 불교신자라고 소개했던 회원들까지도 기꺼이 참여하였다.

"하나님, 이 모임을 어여쁘게 여기사 여기 모인 혁명전사 가족모두와 여러 가지 사유로 참석하지 못한 혁명전사 가족들의 작은 소망이 이루어지기를 간곡하게 비옵나이다."

모두가 큰소리로 합창하였다.

"아멘!"

감사와 행복의 아내가 시루떡을 잘라서 접시에 담아 네 명에 두 접시씩 나누어주자 분위기는 더욱 화기애애해졌다. 이어서 식사와 함께 회의가 시작되었다. 나와 장서영이 같은 테이블에 앉아 옆 사람에게도 생선회를 들 것을 권해가며 회를 먹는데 귀에 거슬리는 소리가 들렸다. 바로 옆 테이블에서 식사 중인, 마음 약한 듯한 30대 초반으로 보이는 남자회원의 우려 섞인 작은 목소리였다.

"이 정도면 너무 올라간 거 아닌가요?"

마주앉은 50대 중반 아주머니가 말을 받았다.

"산이 높으면 계곡이 깊은데……"

그러자 앞에 앉은 남편인 듯한 50대 후반의 사람이 동의하는 표정을 지으며 맞장구를 쳤다.

"한번은 출렁일 것 같으니까, 빠져나왔다가 다시 들어가는 것도 한 방법일 것 같습니다."

네 명 중 한 마디도 안 하던 등산복을 입은 배짱 없어 보이는 듯한 40대 남자가 말했다.

"방법이 없을까요?"

네 사람은 서로 얼굴을 쳐다보면서 전화번호와 메일을 교환하는 듯했다.

내가 그 사람들을 유심히 쳐다보고 있는데, 식당 입구 쪽에서 키가 큰 사람이 급히 들어오고 있었다. 나는 시선을 식당 입구 쪽으로 돌렸다. 모자와 선글라스를 쓰고 있어서 처음에는 회의시간에 늦은 회원일 테지 하고 대수롭지 않게 생각했다. 그런데 조금 자세히 보니 키와 체구 모두가 안 선배였다. 나는 시선을 빨리 안 선배에게서 다른 쪽으로 돌리며 모른 척했다. 안 선배도 나에게 관심이 없다는 듯이 아는 척을 하지 않았다. 안 선배는 회식 장소에 모인 사람들을 한동안 둘러보더니 남아 있던 구석진 테이블로 가서 앉았다.

내가 장서영한테 손짓으로 가리키며 속삭였다.

"저기 선글라스 쓴 사람이 안 선배야."

장서영도 그쪽을 쳐다보았다.

"……키도 크고 영화배우 같아요. 대단한 호남인 것 같은데요?"

"어, 맞아. 선글라스를 썼으니 호남인 것 같지만 선글라스를 벗으면 더 미남이야. 그런데 아는 척하지 말고, 조심!"

그러자 장서영도 웃으며 오른쪽 검지를 자신의 입술에 대었다. 그리고는 손가락으로 내 귀를 자신의 입 가까이 대라고 제스처를 취했다. 내가 테이블 건너편에서 모서리 쪽으로 자세를 틀어 장서영 쪽으로 자리를 조금 옮기고 귀를 가까이 대자 장서영이 소곤거렸다.

"선배, 옆에 네 사람 말이에요. 주가가 많이 올랐다고 단타치자고 하는 사람들……"

"어, 조금 전 매도 후 다시 들어가자고 한 사람들?"

"네. 그 사람들 그렇게 하면 안 되잖아요. 혁명위원회 금지 사항인데, 기무사에 고발해야겠죠? 다른 사람들에게 피해가 안 가게요."

"아니, 뭐 심장이 약한 개미들도 있을 테니까 그냥 놔둬야지."

나는 그쯤에서 옆 테이블 사람들이 눈치 채지 못하게 내 손을 장서영의 입에 댔다.

사회를 맡은 감사와 행복은 안 선배인 개미선장을 슬쩍 보고 눈인사를 하더니만 시선을 다른 곳으로 빠르게 돌렸다. 모임은 주가 폭등만큼이나 그 열기가 뜨거웠다. 모임이 후끈 달아오르고 사회자인 감사와 행복이 일어서서 선장의 특별 지시사항을 전달하였다.

"우리가 전투에 들어간 M바이오 주식은 개미혁명의 꿈을 이루는 첫 번째 대상입니다. 이제 조금 오르고 있지만 시작에 불과합니다. 혁명 첫날부터 여러 번에 걸쳐서 이야기하였습니다. 어떤 경우에도 이 주식은 장타를 원칙으로 합니다. 자신만의 이익을 위하여 얄팍하게 일시적인 빠져나오기나 단타를 하면 혁명전사 가족들이나 개인투자자 모두를 불행으로 몰고 갈 것 입니다."

감사와 행복은 그 사이 다른 테이블에서 밀고했는지 내가 장서영과 앉아 있던 옆 테이블의 네 사람을 보며 불쾌한 표정으로 한동안 시선을 주었고, 그들은 죄를 지은 양 시선을 피하며 입을 다물었다. 감사와 행복은 개미선장이 보내준 비밀정보라며, 전사들에게 다음과 같은 설명을 하였다.

"M바이오사가 줄기세포를 이용한 퇴행성관절염치료제 MTS를 식품의약품안전처에서 시행하는 1차와 2차 임상실험을 성공리에 마치고 올해 말이나 내년 초에 식약청 승인이 나면 바로 시판에 들어갈 것입니다. 우리 혁명 전사들에게 더욱 놀라운 사실을 말씀드리겠습니다. M바이오사는 세계가 깜짝 놀랄, 세계를 제패할 치매

치료제 신약을 비밀리에 개발 중에 있습니다. 상용화할 날도 몇 년 안 남았다는 사실입니다."

전사들의 기쁨은 이루 말할 수가 없었다. 모두가 대박 꿈을 꾸고 있는 표정이었다. 그들은 들떠 있었다. 자신들의 가까운 이웃에 빨리 전달해서 한 주라도 더 확보해야 한다고 떠들어대고 흥분하였다. 참여하고 있는 전사들은 즉석에서 가족형제 친인척과 지인들에게 전화를 걸고 난리를 피웠다. 그들은 전화 말미에 전화 받는 상대방에게 절대 비밀로 할 것을 약속받기도 하였다. 오후 5시부터 5시간에 걸친 저녁식사와 회의가 끝나자 장서영과 나도 날아갈 듯한 기분이었다.

우리는 기쁨에 아우성치는 현장에서 빠져나왔다.

우리가 3만원대에서 9만원대에 산 주식이 최소 50만원은 돌파할 것이라는 전망이 들자 돈벼락을 맞은 기분으로 포장마차로 자리를 옮겼다. 우리가 만취 상태가 되어 호텔로 돌아온 시간은 새벽 2시였다.

방에 들어오자 누가 먼저랄 것도 없이 우리는 서로 부둥켜안고 진한 키스를 나누었다. 그리고 한 몸이 되어 뒹굴다가 꿈나라로 떨어져 갔다.

새벽 6시, 장서영의 휴대폰이 요란스럽게 울렸다. 잠결에 받아든 휴대폰에는 그녀 남편의 긴박한 목소리가 들렸다. 아들이 장이 꼬여 어제 저녁 11시부터 계속 전화를 했는데 전화를 받지 않았다며,

아들이 40도까지 열이 올라서 지금 응급실에 있으니 빨리 올라오라는 것이었다. 우리는 부랴부랴 일어나 세수도 제대로 하지 않은 채 곧장 서울로 차를 몰았다.

M바이오사 주가는 9월 1일 94,400원에서 9월 22일 114,500원까지 치솟았다. 9월 22일 M바이오사는 자본시설 확충을 이유로 670만 기존 주식 수에 대하여 10% 유상증자를 공시했다. 9월 중하순 애널리스트들은 연일 TV에 나와 M바이오를 강력 추천했다. 9월 30일에는 SO증권 리포트 내용 중 M바이오 MTS의 미래 예상실적이 발표되었다.

－2012년 MTS 매출 1,495억원, M바이오 영업이익 624억원. 2015년 MTS매출 5,980억원, M바이오 영업이익 2,497억원/ 참고 : MTS 판매가(보험가)는 650만원으로 가정. 국내 관절염 환자는 인공관절 치환술 적용이 되지 않는 40세~65세 환자를 의미. 로열티는 동해제약 순 매출액의 7.5%로 가정해서 도출. M바이오 영업이익은 로열티를 포함.

－SO증권 리서치센터－」

혁명 전사들은 열광하였으나 바른말 잘하는 솔로몬은 지금까지의 개미선장 행태에 대하여 비판적이며 우려스러운 글을 남겼다. 그러나 SO증권 리서치 글에 가려져 큰 주목을 받지는 못했다.

<솔로몬>

개미선장도 작전세력에 속고 있을 수 있습니다. 참으로 우려스러운 상황입니다. 빛이 찬란할 때 어둠이 오고 있다는 사실을 아는 사람은 많지 않습니다. 빛과 어둠, 과연 빛만 있을까요? 절대적으로 위험한 발상이며 이 주식 상승기조 오래 못갈 것입니다. 세상에 빛이 있으면 어둠이 있습니다. 이제 하락을 생각해야 합니다. 상승? 언제까지요? 개미들이 계속 상승시킬 수 있습니까? 절대 불가능한 일이며 일어날 수 없는…… (중략)

작전에 걸려들기 전에 빨리 털고 나와야 합니다. 과도한 욕심은 과도한 대가를 치를 것입니다. 그것도 가난하고 힘없고 정보 없는 천민 개미투자자들이 그 피해를 전부 뒤집어쓸 것입니다. 과도한 욕망은 더 큰 불행을 부를 것입니다. 모두 정신을 차리고 욕심을 줄여야 합니다.

나는 솔로몬의 글을 보면서 그동안의 베일에 싸였던 안 선배의 행적이 궁금해졌다.

명의에다 의인으로 소문나고 거기에 주식까지 하는 안 선배가 처음으로 의심이 갔다. 엉겁결에 안 선배 권유로 멋모르게 뛰어들었으나 주가가 올라갈수록 기분은 좋았다. 그러나 어딘가 모르게 불안하고 석연찮은 9년간의 행적 중 원양어선 기간을 제외하고 6년간 무엇을 한 것인가? 그리고 의사를 안 하겠다는 것은 이해가

가지만 왜 주식을 하게 되었는지, 지난 행적들이 궁금해졌다.

안 선배를 다시 찾아가 과묵한 성격의 안 선배에게 꼬치꼬치 물을 계제도 되지 않았다. 이런저런 생각을 하고 있었다. 그런데 마침 지난 5월초 안 선배 진료 대기자 중에 안 선배를 잘 안다는 50대 노숙자가 생각이 났다.

그래, 내가 왜 그 생각을 못했지? 안 선배를 의심하는 것은 아니지만 평소 인간동위론을 외치긴 하였다. 인간동위론이 반드시 주식으로 해야 할 것인가에 의문이 더욱 커져갔다.

늦여름 추석을 앞둔 9월 새벽에 성남 모란역으로 향했다. 근처 노숙자들이 기거하는 지하철역과 그들이 일거리를 구하는 인력시장을 찾아갔다. 비가 부슬부슬 오고 있었는데 새벽 5시 우산도 없이 비를 맞으며 삼삼오오 모여 잡담을 나누고 있었다. 오십대 인부로 보이는 사람이 이야기했다.

"부동산 경기가 얼어붙었는데 무슨 일감이 있겠어? 그리고 오늘은 비가 와서……."

옆에 모여 있던 사람들이 이구동성 푸념을 했다.

"경기도 안 좋은데 비까지 오고……."

그날 인력시장은 부슬비가 내리는데도 불구하고 백 명 이상 모여들었는데 비가 와서인지 일자리를 잡은 사람은 이십여 명도 채안 되는 것 같았다. 나머지 일을 구하지 못한 사람들은 빈손으로 뿔뿔이 흩어졌다. 나는 그때 그 노숙자도 여기에서 일을 구하리라고 생각하고 왔다. 그러나 비가 내려서인지 아니면 다른 사정이 있어서인지 그때 본 그와 같은 인상을 찾는 데는 실패했다.

추석이 지나고 며칠 후, 출장일이 일찍 끝난 늦은 오후에 노숙자들이 모여 있을 법한 모란시장을 찾아갔다. 그날은 장날이 아니라 시장은 한산했다. 몇 명의 할머니와 아주머니들이 채소와 닭고기 그리고 개고기를 부위별로 팔고 있었다. 나는 그날도 큰 기대를 갖지 않고 시장 옆에 즐비한 국밥집을 기웃거렸다. 국밥집에는 새벽 인력시장에서 돌아온 듯한 사람들이 오가고 있었다. 몇몇 식당에서는 페인트가 묻었거나 흙이 묻은 옷차림의 서너 명씩이 이른 저녁 밥을 먹고 있었다. 그런데 바로 앞 식당에서 인력시장 근로자들이 하루 일당을 나누다가 다툼을 하는지 만 원짜리 지폐가 뿌려지고, 싸움을 말리던 사람이 뺨을 얻어맞고 국밥집 문을 쾅 닫고 뛰쳐나오고 있었다.

나는 그가 분명 안 선배를 누구보다도 잘 안다고 한 그 사람이 맞는 것 같아 뒤를 쫓아갔다.

"아저씨 말씀 좀……"

그가 흠칫 놀라며 걸음을 멈췄다.

"나 말인가? 나는 자네 모르는데."

"아, 전에 제일병원 안 의사 내과에서 뵌 기억이 있어서요."

"그래? 그런데 무슨 일로?"

그는 퉁명스럽게 귀찮다는 듯이 대꾸하였다.

"다름 아니라, 안 의사가 이 지역에서 좋은 일을 많이 한다는 이야기를 병원에서 들었습니다."

나는 공하원이라는 사람을 데리고 허름한 간판이 달려 있는 30년 보신탕집으로 자리를 옮겨 이야기를 이어갔다.

그는 경계를 풀지 않았다.

결국 나는 안 선배의 미담이나 영웅담을 언론사나 정부에 알려서 귀감이 되고자 한다고 둘러대고 안심을 시켰다. 그래도 나를 못 미더워 하였다. 나는 할 수 없이 사실을 털어 놓았다. 안 의사 후배인데 그 선배가 워낙 과묵하고 내성적이어서 자기 자랑은 안하려는 사람이어서 부득이 안 선배의 선행을 잘 아는 사람을 만나고 싶었다고 했다.

나는 9년 전에는 안 선배 집에도 놀러갔으며, 그의 부모님과 학교 등 내가 알고 있는 사실을 말하였다. 또한 논문 때문에 원양어선을 3년간 타게 됐었다는 이야기도 하였다. 수육과 막걸리가 들어오자 그가 입을 열었다.

그는 조금 전 인부들 다툼에 한 마디 끼어들었다가 본전도 못 차리고 쫓겨난 억울함이라도 풀려 하는지 막걸리 몇 잔이 들어가자 묻지도 않은 이야기까지 술술 털어 놓았다.

"그러니까 6년 전이지, 그 친구를 만나게 된 게. 한여름이었어. 노숙을 경험해보고 싶다고 하더라고 매일이 아니고 가끔씩 말이야. 나야 매일 노숙이 편한 사람이었는데 그 친구 지하철역 근처에서 나와 같이 노숙하면서 어려운 사람들을 보살피는 시늉을 하더군. 처음에 나는 영 아니다 싶었어. 왜냐하면 얼굴이나 복장에서 귀티가 나는 게 보통 부유한 집안에서 자란 게 아니란 것이 표시가 나더라고. 그 뭐냐, 얼굴도 하얗고 먹는 거 자주 체하고 옷도 내가 알고 있는 최고급 브랜드, 뭐 그게 하루아침에 노숙자가 되는 게 아니거든.”

"저는 처음 듣는 이야기인데요. 안 선배가 노숙자 생활을요?”

"하기는 젊은 노숙자, 이를테면 이 시대 어려운 이들과 아픔을 같이 하겠다는 의인 흉내를 내려는 젊은이들이 간혹 있지. 근데 그런 친구들은 대개 한두 달 하고 이 핑계 저 핑계 대고 사라져 버리지.”

"그러면 안 선배는 어땠어요?”

"그 친구도 아마 그런 류의 인간이겠거니 생각했는데, 그게 아니더군. 처음에는 못 견뎌 하고 힘들어 했어. 그래서 몇 달 못가 도망가겠거니 했는데……”

나는 막걸리를 따라주면서도 몸이 달았다.

"예, 한잔 더 하시지요. 그래서요?”

"그 친구가 왜 그랬는지 지금도 수수께끼인데, 처음에는 원룸을 얻어 노숙한답시고 남한산성 가는 곳 꼭대기 달동네를 왔다 갔다 했었지. 몇 달이 지나자 평일에는 취직을 하였는지 토요일 오후부터 노숙자들과 함께 살고 어려운 사람들을 찾아다니더라고 한마디로 이해할 수 없는 행동이었어. 그리고 그때 내가 달동네 소개를 해주고 어디 취직했냐고 물어보니까 마지못해서 여기 성남 제일병원에 의사로 취직되었다더군. 내가 놀랐지. 의사 하면서 어려운 사람을 돕는다? 그 친구 의사 봉급 가지고 차도 다니지 못하는 달동네 닭장 같은 방을 찾아다니면서 조용히 의인 흉내를 내더군. 나와 같이 다니자 해서 다녔는데 처음에는 미친놈 다 있네, 얼마 안 가서 그만두겠지, 젊으니까 한때 그럴 수도 있겠지 하였어."

"정말 대단하네요."

"겨울이 지나고 이 친구가 원룸에서 나와서 한 달에 2십만 원에 아침하고 저녁식사를 해결하는 고시원으로 옮기고 토요일 저녁과 일요일 저녁은 우리 노숙자들과 함께 했지."

나는 내가 몰랐던 안 선배 행적에 점점 빠져들어 갔다.

"노숙하면서 들은 이 친구 이야기 정말 박식하더군. 아마 내가 지방대 다니다 중퇴해서 그랬는지 그 친구가 의사라서 그랬는지는 모르지만 TV에 나오는 명사들보다 더 유식하고 아는 게 정말 많더군. 그 뭐야 종교 쪽 이야기가 나오면 이 친구 박사 위의 박사야. 내 평생 그 친구만큼 많이 아는 사람을 대한 적이 없어. 나도 큰 교회나 도심 절 법회에 가서 설교를 가끔 들었는데 그 친구 하고는 비교가 안 되더군. 그러니 이 근처 그 친구를 아는 사람들은 뭐 교주나 다름없었지. 그런데 이상한 것은 그 친구가 박식하지만 가난한 사람을 돕는 게 자신의 분수 이상이라고 생각했었어. 왜냐하면 여기 종합병원이래야 큰 규모가 아니고 가난한 사람들 위주의 내과와 교통사고환자들이 대부분이거든. 병원에서 월급 받아야 천만 원 미만일 텐데 한 달에 3천만 원 이상 쓰고 살았지. 여기는 독거노인과 새벽에 나가 하루 벌어 하루 먹고사는 인력시장 노동자들, 그리고 소년소녀가장이 대부분이고 거기에다 경륜장에서 사기를 당한 사람들이 와서 살아가는 달동네야. 그 친구 내가 대충 짐작하기로는 한 달에 아마 못 써도 3천만 원에서 많으면 일억 원은 쓰고 살았던 거 같아. 그 친구 자신에게는 만원 한 장도 안 쓰는 거 같았는데, 독거노인 대략 20여명 병원비 일부에다 수십 명에 달하는 소년소녀가장 생활비만 해도 얼마인가? 거기에다 매달 혼자 살다 연고자 없이 죽어가는 사람 장례비까지 쓰자면 한도 끝도 없지."

그의 눈가에 눈물이 글썽거렸다.

"한번은 말이야, 간질환 희귀병을 앓고 있는 아내의 엄청난 병원비를 못 갚아서 경륜에 손을 대서 많은 빚을 지고 자살한 가장의 가족이 있었는데 그 가족들 고아원에 버려진 어린 자매와 병원에 있는 아내를 달동네에 이천만원짜리 방을 얻어 함께 살게 하고 희귀병 아내 병원비와 생활비를 꼬박꼬박 주고…… 그게 금방 끝날 일도 아니고 한두 푼이겠는가?"

그는 눈물을 닦으면서 격정을 누르는 것 같았다.

"그런 사람들이 하나 둘인가, 주위에 수만 명이 그런 사람들이지…… 환자들이 줄을 섰다고 해도 아마 의사 월급 가지고는 턱도 없는 일이지. 오죽했으면 내가 일억 원을 빌려주었겠나.”

나는 또다시 놀랐다 노숙자인 이 분이 어떻게 그 큰돈을 빌려줄 수 있을까 생각하니 존경스럽기까지 했다.

“아니, 아저씨도 노숙자이신데 어떻게 그렇게 큰돈을……”

“나도 한때 자영업 그러니까 건재상을 여러 번 하다 들어먹고 거지가 되어 노숙을 하였는데 나도 몰랐는데 아버지가 돌아가시면서 유산을 많이 남기셨어. 그래서 사업하다가 말아먹느니 그냥 편하게 살려고 은행에 예금하고 바람처럼 왔다 갔다 하면서 찜질방도 다니고 노숙도 하면서 편하게 살기로 했지. 나중에야 돌려받기는 하였네만.”

“아, 그러셨군요 그 선배 부자지만 돈이 어디서 그렇게 많이 나왔다고 해요?”

“맞아, 그 이야기를 하고 있었지? 그 친구 집이 아주 부자더군. 내가 슬쩍 물어봤지, 그 많은 돈이 어디서 나오느냐고 의사 봉급 가지고는 어림도 없는 돈 씀씀이인데 로또 당첨되었냐고 말이야. 돈을 쌓아 놓았어도 계속 그럴 수가 없잖아?”

내가 맞장구를 쳤다

“그러게요 그 많은 돈이 어디서……”

“그 친구 아버지가 그랬다더군. 원양어선 타서 남은 다리 분질러 지지 말고 사회사업 하라고 그런데 오히려 나한테 자기 아버지가 사람을 보내서 뒷조사를 하면 불우한 이웃을 돕기 위해서 여러 가지 일을 한다고 이야기해 달라는 거야. 참 이해할 수 없는 친구였지."

공하원은 눈물을 훔치고 이제 자신의 이야기에 자신이 빠져 들고 있었다.

"난 세상에 저런 사람도 다 있구나 했어. 하기는 세상에는 별의별 사람들이 다 있으니까."

"그러면 안 의사 아버지가 사람을 보내 확인했나요?"

"그럼. 나도 만났고 나 말고 다른 노숙자와 달동네까지 가서 묻고 다니고 확인까지 했다던데."

"그렇군요."

"그리고 그 친구 나도 가끔 내과 찾아갔었는데 환자나 노숙자, 인력시장 나가는 사람들, 달동네까지 그 친구 모르면 간첩일걸."

나는 조금은 안도했다 안 선배가 큰 빚을 지고 혹시 주식 사기를 치려고 한 것은 전혀 아니었으니까.

"그 친구 집안도 부유하고 학벌도 좋으니까 한 일 년 의인 행세를 하다가 나중에 시장이나 국회의원 나오겠거니 생각했었는데 내 생각이 틀렸어. 그 친구 일 년 동안은 아버지 때문에 억지로 하는 눈치더니 이 년째부터는 아주 달라지더군. 진짜로 달려들었어. 이 친구 3년째 들어가더니 아예 발 벗고 나서는 거야. 처음에 원룸에서 거주하면서 토요일만 노숙을 하더니 그다음에는 조그만 방을 하나 얻어서 노숙을 병행하고 그다음은 싸구려 고시원으로 옮기고 노숙을 병행하더라고. 3년 지나고 어땠는지 아나?"

나도 궁금하던 찰나였기에 침을 꼴깍 삼켰다.

"어땠는데요?"

"아예 달동네 쪽방을 얻고 들어앉았더군. 그리고 말이야, 컴퓨터를 몇 대 들여 놓았어."

"컴퓨터는 한 대도 아니고 왜 그렇게……"

"글쎄, 워낙 자신에게는 투자를 안 하는 친구라 검소하니까 쓰고 있는 컴퓨터가 고장 나서 고물 컴퓨터 몇 대 들여놓았거니 생각했지. 그리고 그 친구 얼핏 보니까 주식 공부를 하더라고."

"주식이요?"

"그래, 주식그래프를 연구하더군. 그리고 말이야, 토요일 오후부터 일요일에는 치매환자의 똥을 치우는 것은 물론이고 독거노인 빨래도 해주고 소년소년 가장 돌보는 일이며 바쁘게 지냈지. 나는 이번에도 그러다 말겠지 하였어. 그런데 오히려 아버지 감시가 풀어질 때쯤에서 아주 본격적으로 뛰어들었는데 그 친구 재미 들린 듯 아니 자기가 마치 예수나 부처라도 된 듯이 하더라고."

"아, 그랬군요. 그럼 소문이 많이 났을 테고 언론사에서……"

"그래, 맞아. 소문 듣고 언론사에서 진치고 있었는데 절대 안 만나주더군. 아마 작년에 얼굴은 안 나오고 의인이라고 미담 소갠가 있었을걸."

나는 또 하나 궁금한 것을 이야기했다.

"아저씨는 안 의사와 개인적인 관계는 없었습니까?"

공하원은 갑작스러운 내 질문에 흠칫 놀란 표정을 지었다.

"내가 그 친구한테 어떻게 그런 좋은 일을 계속 아버지 돈만으로는 힘들지 않겠느냐 하고 관심을 나타냈더니 그게 아마 작년이었지? 그랬는데 그 친구 한술 더 떠서 이제 시작이라더군. 그리고 오히려 나한테 왜 무위도식 사냐고 묻더군."

"그래서요?"

"나는 역마살이 끼어서 그런지 결혼도 안 하고 고향을 떠나서 지방에서 자영업을 한다고 떠돌이 하다가 알거지가 되었는데, 아버지가 돌아가시면서 십억 가까운 돈을 유산으로 남겨 놓았다고 했지. 내가 사업한다고 또 까먹을까봐 돈은 안전하게 은행에 예금해 놓고 이자 가지고 쓴다고 이야기했지. 이자가 넉넉하지는 않지만 찜질방에서도 자고 노숙도 하면서 자유롭게 살고, 떠나고 싶을 때 떠나고 돌아오고 싶으면 돌아오곤 하였지. 물론 여기는 내 고향 같기도 하지. 친구도 많고…… 근데 이 친구가 내 주머니 사정을 알아차렸나 봐."

"예? 무슨 말씀이세요? 어떻게 사정을 알아요?"

"작년에도 1억을 빌려달라는 거야. 2개월 후에 갚는다고."

"그래서요?"

"빌려주었지. 한 오년간 지켜보았는데 그 친구 아버지가 큰 부자이고 본인이 의사인데 안심했지. 그리고 한 달에 1억 이상 쓰는 것을 보았으니까 믿음이 갔지. 더욱이 그 친구 하는 일이 어려운 사람들을 위한 사업을 하니까."

나는 다시 물었다.

"그 후는요?"

"올해 3월 나한테 자기처럼 의미 있는 일에 투자도 하고 큰돈을 벌고 쓰라는 거야. 사람들이야 누구든지 불행한 이웃이 있으면 돕고 싶은 게 인지상정 아니겠어? 나도 허구한 날 불쌍한 사람들이 지천에 깔려있다는 것을 알고 또 안 의사가 어렵고 하기 힘든 일을 한다는 것을 알고 있었으니까. 나도 사실은 안 의사가 무척 존경스러웠거든. 그 친구가 한 가지 제안을 하더군. 10억 이자만 가지고는 100살까지 평생을 먹고 살기 힘들 테니 개미혁명 거기에 투자하라더군. 난 처음에 거절했는데 그때 2만 8천원 가던 주식이 올해 8월 9만원 하더군 나도 눈이 뒤집히고 배가 아프더군. 그래서 나는 14만원에 샀다네."

나는 깜짝 놀랐다. 아니 노숙자들 돈까지 주식투자를 권했다? 공하원은 더욱 놀라운 사실을 이야기했다.

"그리고 말이야, 안 의사 애인이 있는 거 같던데 언젠가 평일인데 말끔히 차려입고 중국집에서 어떤 키가 크고 탤런트 같은 여자와 나와서 모텔로 들어가는 걸 내가 직접 보았어."

나는 심장이 뛰고 있었다.

"네, 정말이에요? 그래 그게 언제쯤인가요?"

"아마 그게 올해 초여름이었지. 두 사람이 보통사이가 아닌 것 같더군. 두 사람이 아주 자연스럽게 식당에서 나와서 같이 모텔로 걸어가던데, 그 여자가 뒤를 한번 돌아보더니 말이야."

나는 정신을 잃을 뻔했다.

깜짝 놀라며 윤지의 얼굴과 키, 몸무게를 이야기했더니 오히려 공하원이 놀라는 눈치였다.

"아니, 자네가 어떻게 그 여자를……"

나는 시치미를 떼고 둘러댔다.

"저도 아는, 그러니까 안 의사 대학 후배인 것 같습니다."

2011년 10월 5일, 유상증자 주당 발행 가격이 2개월 평균가 70%에 가중치를 넣고 빼서 76,800원으로 결정되었다. 그 후에도 주가는 연일 폭등을 거듭했다.

2011년 10월 17일, 시초가가 전주 금요일 마감종가인 188,000원에 비하여 4,000원 오른 192,000원으로 표시창에 떴다. 개미선장은 경기병단과 충청병단을 우선 투입시켰다. 그러나 오전 10시 30분 주가는 189,800원까지 밀리고 있었다. 시황은 계속되는 외인과 기관의 대차, 대주 공매도 공세에 불리하게 돌아갔고 또한 시시각각 등락을 거듭하며 급박하게 돌아갔다.

선장은 긴급 전투명령을 하달했다.

<위원회 긴급 전투명령 제3호>

1) 금일 목표는 상한가인 216,200원을 설정한다.

2) 경기병단의 예하 모든 중대는 2초 속사 방식으로 12시까지 더 이상의 하락 상황을 막을 것.

3) 서울병단 예하 4개 중대는 1시 30분까지 2초 속사 방식으로 200,000원까지 상승기조로 바꿀 것.

4) 박격포병단은 2시까지 210,000원선에 총 3만 주의 화력을 집중할 것.

5) 미사일 병단의 모든 전사들은 3시 종가에 상한가 216,2000원에 총 5만 주 이상의 매수 폭탄을 투하할 것.

6) 기타 병단과 특수전 부대들은 별도 명령이 시달될 때까지 전투 예비태세에 들어갈 것.

7) 심리전처는 심리전 강도를 더욱 높게 추진할 것.

－개미선장－

이날 주가는 470,867주 거래에 상한가인 216,200원에 마감하였다. 전투 상황은 혁명전사 6천여 명 대부분 전투에 참여하였다. 개인투자자들과 공매도 세력 그리고 외국인과 국내 기관투자자 작전 세력까지 모두가 숨을 죽이고 지켜보았다. 나는 이날 전투를 점심도 거른 채 목이 타고 혀가 말라가는 조바심에 물만 마시고 지켜보았다. 전투는 개미혁명 역사에 기록될 전설적인 전투였다.

전투가 끝난 후 전사들과 여의도와 명동의 증권가에서는 위대한 혁명지도자의 '영웅적 전투'라고 이름 지었다. 이날의 전투는 훗날 두고두고 신화가 되었다.

나와 장서영은 선장의 특별명령 이행을 위한 심리전 강화 대책에 착수했다. 우리는 심리전을 어떻게 구사할 것인가를 논의하기 위해 퇴근 후, 내가 관리하고 있는 국제회의실에 2중으로 된 비밀 번호를 입력하고 들어갔다. 모든 카메라와 도청장치를 끄고 대회의실 안 별도의 방으로 들어갔다. 책상 위 조그만 탁상용 전등만을 켰다. 상대편 얼굴이 거의 안 보일 정도로 밝기를 줄이고 심리전 대책을 논의했다. 회장 지시를 받기 위한 조그만 책상만 있고, 양탄자가 깔린 국제회의실 안에 있는 회장 비밀의 방에 들어가 좌석에 앉았다. 서로의 얼굴이 희미하게 보였다.

여러 가지 강화 대책을 의논했다. 강한 심리전으로 혁명 전사들을 흩어지지 않게 해야 한다고 의견을 모았다. 주가를 우상향을 지속시키기 위하여 혁명위원회 전국 오프라인 모임은 당초 30만원에서 50만원 돌파 시로 하는 게 좋다는 데에 의견 접근을 보았다.

심리전 대책이 마무리되자 나와 장서영은 이마를 맞대고 웃었다. 또다시 아래로부터 찌릿한 전기가 확 올라온다. 두 손으로 장서영의 얼굴을 더듬어 입을 맞추었다. 내가 바지를 벗고 '내가 유부녀한테 이러면 안 되는데, 안 되는데' 하면서 나쁜 남자가 되어버린 나는 아무런 양심의 가책도 없이 장서영을 소회의실 안 양탄자 바닥에 눕히고 올라탔다. 스웨터를 올리고 그녀의 혁대를 풀고 바지 단추를 풀었다. 내가 혀로 젖꼭지를 빨고 배꼽과 그 아래로 혀를 움직여가자 그녀가 몸을 떨었다. 손으로 발목에 걸린 바지와 팬티를 벗겼다. 그녀는 다리를 벌리고 꼬아서 내 얼굴과 머리를 감싸 안았다. 내가 그녀의 배 위에 올라타 깊숙이 그녀의 몸으로 들어갔다. 아주 길게 그리고 다시 깊게 들어갔다. 그녀의 긴 호흡이 느껴지고 내가 흥분되어 몸을 꽉 차게 밀어 넣자 장서영의 읍읍 하는 신음소리가 새어나와 큰 회의실에 울리는 듯했다. 그때 국제회의실 밖 복도에서 당직 순찰인지 다른 직원인지 회의실 문을 '쾅쾅쾅!' 두드리는 소리가 들렸다. 우리는 책상 위 조그만 전등까지 꺼버리고 불안에 떨면서 바지를 챙겨 입고 부둥켜안은 채 조용히 있었다. 나는 장서영에게 귓속말로 안심시켰다.

"안심해도 돼. 국제회의실 비밀번호는 나와 전략기획 담당 조 상무만 알고 있으니까 아무도 이 회의실을 열 수가 없어."

한참 후, 회의실 밖은 조용해졌으며 회의실 안은 다시 깊은 적막에 휩싸였다.

장서영은 일시 중단되었던 욕정을 이기지 못한 듯 나를 양탄자에 쓰러뜨리고 내 바지를 내리고 배 위로 올라왔다. '아~' 하는 신음이 나도 모르게 나왔다. 그러자 장서영의 보드라운 손이 내 입을 민첩하게 막았다. 내 얼굴에 장서영의 뜨거운 입김이 쏟아졌다. 내몸 일부가 그녀의 몸으로 빨려들어 갔다. 그녀가 내 위에서 앉은 자세에서 늘어진 머리를 뒤로 젖히고 엉덩이를 상하로 작게 또는 크게 움직였다. 그녀가 또다시 흡흡 하는 신음을 냈다. 신음은 큰 회의실에 울려 퍼졌다. 또다시 뜨거운 그녀의 입김이 내 얼굴에 쏟아졌다. 황홀하고 꿈만 같았다. 나는 잠시 생각했다. '내가 조금만 더 장서영을 일찍 만났더라면 우린 당당한 부부가 되지 않았을까? 이런 사랑이 언제까지 지속될 수 있을까?'

나는 앉은 자세로 그녀를 힘껏 끌어안았다.

다음날 나는 전국모임 개최일시 의견을 게시판에 게시했다.

<위원회 심리전처>

혁명위원회 개미선장님과 M바이오 강 대표님을 모시고 예정된 혁명전사 전국모임은 30만원대 보다는 50만원대에 진입할 때 해야 합니다. 주가가 현재 추세대로 치솟으면 30만원대는 너무 빠르게 12월 전에 진입할 것이 분명하기 때문입니다. 12월 중 50만원대 진입 시, 연말 송년회 분위기도 낼 겸 최대 수익률에 도전할 때 개최해야 한다고 저는 강력히 주장합니다.

• 장소 : 잠실체조경기장
• 숙소 : 신라호텔 등 5곳 사전 예약
• 동의하시는 분은 추천 꾹! 눌러주세요.

－창조－

2011년 10월 18일, 주가는 241,700원까지 치고 올라갔다.

M바이오는 시총 1조 6천억 원으로 5월 코스닥 시총 70위에서 코스닥 시총 4위까지 뛰어올라갔다.

바이오 시밀러를 만드는 줄기세포기업 셀트리온이 4조원대로 1위, 서울반도체가 2위, 3위는 CJ오쇼핑, 그리고 M바이오는 4위에 등극하였고 2위와 3위에 랭크될 날도 얼마 남지 않았다고 혁명위원회 자유토론방은 온통 흥분의 도가니였다. 그러나 그것도 잠시 2011년 10월 19일부터 3일간 강윤지 대표는 일 평균 90만~100만 주 거래에서 평균가 21만원대에서 11만 주를 매각 본인 지분 총 8% 지분 중 1.6%를 매각하여 230억 원을 확보했다. 그 후, 주가는 폭락을 거듭했다.

혁명위원회는 소용돌이에 빠져들었다. 개미전사들의 불만이 토론방에 쏟아졌다. 그러나 선장은 게시판에 나서서 강 대표를 옹호했다. 줄기세포병원 설립에 필요한 자금 마련이나 그 동안의 연구에 들어간 빚을 갚기 위한 부분 매도이니, 미래를 위해 어쩔 수 없는 선택이라고 두둔하였다. 오히려 이번 주식매도 하락 이유인 줄기세포병원 설립자금 마련은 100년 앞을 내다보는 현명한 선택이라고 하였다.

④ 심리전

나는 화가 잔뜩 난 개미들을 달래기 위해 게시판에 글을 올렸다.

2011. 10. 23. <위원회 심리전처>

화요일과 수요일, 목요일 3백만 주 거래에서 수많은 개미들이 초
죽음을 당하였습니다. 함선을 이끌고 가는 선장님과 강성 주주를
대신하여 머리 숙여 사죄를 올리며 무한 책임을 느낍니다. 하지만
우리는 동료 전사들의 시체를 뒤로 한 채로 다시 목표를 향하여 떠
나야만 합니다. 그 이유는 첫째, 살아남은 5천 2백여 혁명 전사들과
3백만 주 거래에 끼어든 순박하고 불쌍한 일반 개미들을 위해서입
니다. 둘째는, 2011년 개미혁명 전국모임 개최를 해야 하는 목표 50
만원 돌파를 기념하는 전국 모임은 단순한 의미를 갖는 것이 아닙
니다.

혁명위원회 위원장이신 개미선장님과 10년 이내 대한민국 두 번
째 노벨상 수상 예상자인 세계적 슈퍼스타 M바이오 강윤지 대표

를 모시고 주식 무림의 고수와 M바이오로 성공한 또는 성공할 영광의 전사들이 모여 2단계 100만원, 200만원, 500만원 달성을 위한 출사표와 전략을 논하는 뜻 깊은 자리입니다. 우리는 또다시 신화를 창조하러 길을 나서야 합니다.

―창조―

2011년 10월 24일, 강 대표 매도 사건으로 주가가 대폭락하자 혁명위원회 내에서도 살벌하고 흉흉한 분위기가 감지되었다. 혁명 전사들이 사분오열할 기미가 보였다. 나와 장서영도 두려움에 떨었다.

나는 안 선배에게 급하게 메시지를 전달했다.

"안 선배, 큰일 났습니다."

"나도 알고 있네."

"안 선배, 강 대표 매도 사건으로 혁명위원회가 분열하고 있으며 5백여 전사들이 탈퇴하였고 남아있는 전사들이 놀라서 투매에 가담하고 있습니다."

"우려스러운 상황인 것은 맞네."

"뭔가 대책을 세워야……"

"그렇지 않아도 내가 윤지와 남편 홍 사장과 주가 하락을 막을 수 있는 방어 대책을 논의 중이라네."

"아, 그렇습니까? 동요가 워낙 심해서 빠른 대책이……?"

"조만간 대책이 나올 거야. 내가 보아도 심상치 않고 워낙 다급하니까."

2011년 10월 25일. 마침내 혁명위원회는 대책을 내놓았다.

<혁명위원회 명령 제1호>

혁명위원회 산하에 대규모 게릴라작전을 수행하는 4개의 특수전병단 사령부(이하 특전병단)를 다음과 같이 창설 운영한다.

1) 창설부대 명은 명동특전병단, 강남특전병단, 여의도특전병단, 부산서면특전병단으로 한다.

2) 병단장 임명은 다음과 같다.

명동병단장 광화문호랑이, 강남병단장 황금박쥐, 여의도병단장 무림저격수, 부산서면병단장 바다해일.

3) 상기 1항의 4개 특전병단은 주가방어를 위해 특수전 목적으로 창설하며 대규모 화력을 보유한다.

4) 4개 특전병단들은 상호 연계전략과 전술을 펼치고, 필요할 경우 국내 주가 작전세력과도 사안별로 협력할 것.

ㅡ개미선장ㅡ

그 후 폭발 직전이던 혁명 전사들의 동요는 대규모 특전병단 창설을 기점으로 안정을 되찾아갔다.

2011. 10. 25. 밤 <솔로몬>

기술적 반등에 대하여 이미 배는 떠났으며 이 시기 가장 중요한 맥점은 기술적 반등 시기의 예측입니다. 개미선장이 이 종목을 추천한 후, 추천 당시보다 5배 이상 오른 가격대가 된 점은 개미선장의 추천 시기는 적절하였다고 봅니다. 그러나 지난 과거를 살펴보아야 합니다. 개미선장이 이 종목을 추천하기 전 코스닥 여러 종목을 추천했다가 박살났습니다. 개미선장은 그 후 공부라는 명목으로 포털 증권토론방에 글을 올리면서 예상치 못한 조회 수와 엄청난 추천 수를 연일 갈아치우면서 정작 본인이 추천한 코스닥 종목들은 맥을 못 추고 하락에 하락을 거듭하였습니다. 이런 그에게는 돌파구가 필요했던 것 같습니다. 그 돌파구가 M바이오 종목이었습니다. 개미선장은 아마 10만주 정도 가지고 있었던 듯합니다.

그러나 한 가지 명심해야 할 부분이 있습니다. 주식 잘하는 사람은 남들에게 절대로 주식 사라고 하지 않습니다. 명분이야 어려운 천민 돕기 위한 개미혁명입니다. 본인이 주식의 신이라면서 본인이 주식해서 떼돈 벌어서 어려운 사람 나누어 주면 간단히 문제가 해결되는 것입니다. 상식적으로 안 그렇습니까? 무슨 이야기인가 하면, 개미선장은 허울 좋은 영웅심리 이름값에 창세기 운운하고 인간동위론 제창자로서의 공명심에 신경을 쓰지 않았나 하는 의구심이 드는 것이지요. 그의 장중 발언으로 보아서도 말입니다. 아니면 또 한 가지는, 제가 짐작하는 바이지만 소문에 의하면 개미선장이 청년시절 가지고 있던 강 대표에 대한 연분의 미련에서 못 벗어난 것 같습니다. 그래서 옛날 애인 회사 M바이오를 과대하게 삼성전자 급으로 포장하지 않았나 하는 의구심이 들고 있습니다. 아이러니한 이야기지만 그도 자신도 모르게 작전하는 세력들에게 놀아났을 수 있습니다.

또 하나의 가정은, 아주 미미한 확률이지만 그가 작전세력들의 꼬임에 휘말려서 빼도 박도 못할 지경에 이르렀을 수도 있다는 점입니다. 즉 재주는 곰 개인, 여기서는 혁명전사 운운이 부리고, 선전은 약장사 개미선장이 하고, 돈은 왕 서방인 작전세력과 짜고 치는 경영주와 임원들이 가져가고 있지 않는가 하는 의구심이 듭니다. 검증도 안 된 M바이오가 3만원대에서 10~12만원대까지 폭등하였습니다. 그 폭등 선상에서 성공적으로 유상증자를 하였으며, 또 강 대표가 본인 주식을 고점매도로 수백억 원을 현금화하였습니다. 그리고 임원들도 현금화하였습니다. 개미선장은 MTS 재료로 50만원, 100만원을 외쳤습니다. 이는 무언가 석연찮은 인과관계가 있지 않은가 의심이 됩니다. 또한 강 대표가 21만원에 3일간 300만 주 거래량이 터진 상태에서 11만 주를 매각한 것은 거의 주식의 신이나 내부자 정보가 없으면 불가능한 것입니다. 예컨대, 그날 이후 주가가 맥을 못 추고 있다는 점은 결국 주포와 강 대표가 같은 날 같은 시간에 털었을 가능성을 제기해도 좋을 법 합니다.

강조드릴 점은, 향후 이 종목은 개인투자자들을 지치게 만들 공산이 그 어느 때보다 농후합니다. 지속적인 거래량 감소와 함께 추세가 하락할 가능성에 한 표를 던집니다. 찬티가 많아야 주가가 오른다는 이상한 식의 논리는 허구임을 분명히 밝힙니다.

2011년 10월 28일, 특전병단 창설을 기점으로 안정을 찾아가던 주가가 전일인 27일은 −12.07% 18,900원 하락하였다. 그런데 장이 끝나고 이상한 소문이 돌기 시작하였다.

실적에 비해 비정상적인 높은 주가를 끌어내려야 한다는 괴소문이 퍼졌다. 서울과 지방 증권가에는 공매도, 대차세력들의 하락을 위한 대대적인 물량공세가 있을 것이라는 '찌라시'가 살포되었고 그것을 교묘하게 이용하는 세력들에 의하여 악소문은 퍼져나갔다.

혁명 전사들은 두려움과 불안에 떨고 있었다. 일부 병단에서는 투매하는 양상까지 벌어졌다.

선장은 28일 아침 8시 긴급 전투명령을 하달했다.

<위원회 전투명령 제1호>

1) 오전 10시까지 모든 사격을 중지할 것.

2) 오전 10시부터 12시까지 전라병단 예하 2개 중대에 한하여 매수공세에 가담할 것.

−개미선장−

선장은 주가가 전일대비 5천원 하락한 135,000원으로 내려오자, 전투명령 제2호를 발령했다.

<위원회 전투명령 제2호>

1) 1시부터 2시까지 명동특전병단과 여의도특전병단은 128,200원선까지 치고 빠지면서 하락을 용인할 것.

2) 2시 이후 강남특전병단과 부산서면특전병단은 150,000원 고지에 집중 포격할 것.

3) 서울병단 예하 모든 중대, 경기병단 예하 모든 중대는 3시 종가에 2초 속사 화력을 집중할 것.

4) 정보사령부와 기무사령부는 각 지역병단과 특전병단에서 발사되는 실탄이 실제 발사하는지 확인할 것이며 또한 목표물에 명중되는지도 보고할 것.

─개미선장─

이날 공매도와 대차를 위한 기관, 외인, 작전세력의 매도공세는 혁명위원회의 엄청난 매수공세와 맞물려 대량거래를 유발하면서 일일 사상 최대 거래량인 1,810,000주가 거래되었다. 전일 대비 4,800원 상승한 142,500원에 마감하는 혁명 역사상 최대 규모의 대접전과 치열한 전투가 마감되었다.

그러나 이날의 작지 않은 성과에도 불구하고 혁명위원회의 그 많던 실탄도, 전사들의 드높던 사기도 서서히 바닥을 드러내기 시작했다.

그해 11월 윤지가 10월 19일 고점매도를 친 후 불안에 떨던 나는 성남 노숙자 공하원과 통화하고 그를 만나기 위해 모란역을 찾았다. 나는 그때 공하원에게 안 선배에게 얼마를 투자했으며 혹시 안 선배가 고점매도를 시키지 않았는지 궁금했고 확인하고 싶었다. 만약에 그에게 주식매각을 하라고 했다면 아마 윤지와 안 선배가 공하원 등 몇 명과 짜고 주식을 한 게 아닌가 하는 의구심 때문이었다.

그런데 약속 장소로 가기 위해 횡단보도 앞에서 신호를 기다리고 있는데, 건물 건너편에서 안 선배와 윤지가 커피숍으로 향하고 있는 모습이 눈에 들어왔다.

나는 눈에 불길이 치솟는 것 같았다. 전에 공하원에게 두 사람이 만나고 있다는 것을 말로만 들었을 때와는 다르게 내 눈으로 직접 그 광경을 지켜본 나는 심장이 뛰고 알 수 없는 분노가 치밀어 올랐다.

나는 그들과 30미터나 떨어져 있었는데도 당황해서 재빠르게 옆 건물 안으로 몸을 숨겼다.

그날 공하원을 만나서 주식에 대해 물어보았다. 그는 오히려 나를 의아하게 생각하는 것 같았다. 팔 이유가 없고, 왜 파느냐며 혹시 내가 주식을 사기 위해 팔았으면 하는 의도인가 의심하는 눈치였다.

내가 슬쩍 조금은 현금으로 바꾸어야 위험 부담을 줄일 수 있지 않겠느냐며 물었다. 그는 이상한 눈으로 쳐다보았다. 그는 주식담보 신용대출로 추가 매입하였고 총 매수금액은 13억 원이며 자기가 소개하여 고향사람들 부자 만들어 주려고 고령지역 공 씨 집성촌 사람들 수십 명이 함께 매수했다고 자랑하였다.

그는 토론방에서 시끄러운 강 대표 고점매도 사건을 모르는 눈치였다.

2011. 11. 7. <솔로몬>

무엇보다 개미들은 현금을 챙겨야 합니다. 장투자들 역시 18만 원~19만원 부근에서 깊은 장고에 들어가야 할 것으로 보여지며, 이 경우 추가 매수냐, 홀딩 후 관망이냐는 신중에 신중을 기해야 합니다.

저는 10년 전 주식에 발을 들여 놓으며 우량주·세력주·급등주·가치주 더 나아가 똥주·잡주 등 숱한 시행착오를 거치며 매매를 해본 결과, 주식 매매는 단 하나 모든 공부를 끝낸 다음 마지막은 독심술입니다. 인간의 심리를 정확히 읽어낼 줄 아는 심리매매가 가장 중요한 키포인트입니다.

M바이오 주주님들! 우리는 이 어려운 시장에서 필히 살아남아야

합니다. 일개 개미는 개미일 뿐이라는 사실을 직시하여야 합니다. 반드시 현금 확보를 하여야 합니다. 그리고 이익은 이익대로 챙기지 않으면 큰 화를 당합니다.

2011년 11월 8일. 나와 장서영은 닉네임을 바꾸어가며 일반게시판에 글을 올렸다.

<여왕벌>

올해 말이나 늦어도 내년 1월중 MTS가 식약처에서 시판 허가가 나고 시장에서 판매에 들어가면 세상이 M바이오 주를 주목할 것이며, 또 다시 폭등할 것입니다.

<황금제국>

MTS 식약처 허가가 나면 아마 매도세는 자취를 감추게 될 것입니다.

<여왕벌>

예, 그렇겠지요. 10일 연상 아니 20일 연상은 기본 아닐까요?

<동방박사>

10일 연상이면 최소 100만원……

<골드>

MTS를 필요로 하는 국내 퇴행성관절염 환자가 60만, 전 세계 6천만, 10년 후 주당 1억 갑니다. 내년에는 5백만 이하에서는 무조건 사도 됩니다.

<꿀벌>

줄기세포 신약이 만약 해외에서 폭발적 인기를 끈다면 1~2년 내 주가 1천, 그건 시간문제입니다.

<스타머니>

M바이오는 치매치료제인 NEW스템도 성공리에 끝난다면 바로 주가 1억원 시대가 개막될 것입니다.

2011. 11. 9. <솔로몬>

절대로 게시판에서 한 쪽으로 쏠리는 글 올리시는 분들을 조심하시기 바랍니다. 인생이 그렇듯이 주식 또한 오직 본인이 판단하시고 본인이 선택하셔야 하며 그 누구의 말도 들어서는 안 됩니다. 초보는 주식 매수할 때, 자신의 판단보다는 주위 지인들이나 인터넷 등에서 보고 종목 선택을 할 확률이 높아 보입니다. 홀딩과 손절 또한 타인에게 의지할 수밖에 없는 실정이기에 각별한 주의가 요구됩니다.

주식을 사라고 연일 떠들어대는 사람들과 팔라고 떠들어대는 사람들 사이에서 M바이오는 거의 몇 개월 토론방 검색 순위 맨 위 칸을 장식하고 있죠 나아가 의도적으로 만들어낸 안티와 찬티라 불리는 사람들 역시 기실, 알고 보면 한통속일 수 도 있습니다. 몇 주 아니면 며칠 단위로 안티라는 사람들의 닉들이 홀연히 사라지고 있으며, 그와 함께 새로운 찬티라는 닉들이 속속 등장해 사라진 안티들의 빈 공간을 메꿔 주고 있습니다. 또한 제가 유심히 살핀 결과 몇 개의 글은 한 사람이 쓰고 있구나 하는 느낌도 받았습니다.

나는 솔로몬의 글을 보면서 알 수 없는 두려움에 진저리가 쳐졌다. 아! 내가 하고 있는 일이 그럴 리는 없겠지만 만에 하나 잘못된다면…… 내 운명 그리고 장서영의 운명은 어떻게 될까? 다시 불길한 생각이 고개를 들었다. 그리고 나도 모르게 가난한 혁명 전사들에게 피해를 줄 수도 있지 않을까 하는 막연한 두려움이 잠시 내 주위를 감싸는 듯했다.

나는 그런 생각이 들수록 더욱더 불길한 생각은 떨쳐버리고 부정하고 싶어졌다. 혁명전사 수천 명 중에 솔로몬 같은 사람도 적지 않겠지, 세상일이란 게 모두가 찬성일색인 일들이 있을 수 있겠나. 그러나 우리가 하고 있는 이 일들은 가난하고 차별받는 이들을 위한 혁명, 이는 성스럽고 거룩한 일이다. 그렇기 때문에 하루아침에 갑자기 성공해서는 안 된다고 생각했다. 이 일은 더욱 우여곡절을 겪은 다음에 성공해야 된다. 또한 반드시 성공할 것이라는 믿음을 다졌다. 자신도 모르게 조금씩 일어나고 있는 부정적 생각들을 몰아내려고 애를 쓰고 억지로 지우려 했다. 그러나 찜찜한 구석은 여전히 남아 있었다.

2011년 11월 중순, 제4차 오프라인 모임은 강원도 양양에서 콘도 사업을 하는 회원이 주관하게 되었다.

예년에 비하여 첫눈이 일찍 내리고 있었다. 나와 장서영은 눈발이 몰아치는 대관령터널을 지나서 양양으로 향했다. 길이 미끄러워 느릿느릿 주행하는데 장서영의 휴대폰이 요란스럽게 울렸다. 그녀의 남편이 울부짖음에 가까운 목소리로 무슨 토요일과 일요일에 팀 MT를 가느냐고 따지는 목소리가 들렸다. 이에 장서영은 지지 않고 대답하였다.

"팀 활성화 MT라서 주말에 하는 거야. 동해안 양양에 팀원 8명이 같이 가고 있어. 안심해도 돼!"

내가 왼손으로 운전을 하고 오른손으로 장서영의 허벅지에 손을 얹어 놓았다. 그리고 손이 점점 장서영의 허벅지 가운데 다리가 모이는 곳으로 향하자 장서영이 내 손을 꼬집었다. 장서영은 내 손을 꼬집으며 남편에게 한술 더 떠서 화까지 내면서 오히려 따지고 들었다.

"당신, 회사 여자 정말 정리한 거야?"

"내가 정리했다고 이야기 한 게 벌써 몇 번째야! 내 말을 왜 못 믿어!"

"당신이 날 속인 게 몇 번째인데?"

"아무튼 당신 뭔가 수상해. MT는 핑계고 뭔가 있어! 어떤 놈이야?"

"무슨 이야기야? 당신이나 여자 문제 확실하게 해. 또 걸리면 이번엔 끝장이야!"

갑자기 그녀의 남편 목소리가 애원 투로 변했다.

"자기야, 내 말 진실이야. 이젠 정말 믿어. 그리고 당신 또 주말에 어디 가는 거 이번이 마지막이야. 또 가면 당신 직장생활 끝일 줄 알아!"

이에 질세라 장서영도 격양된 어조로 따져들었다.

"끝? 누구 맘대로? 이 결혼생활 먼저 망친 게 누군데? 집구석이라고 신랑이 제대로 해야 맘을 붙이고 집에 있을게 아냐! 내 말 틀렸어?"

그러자 그녀의 남편이 '철민아' 하면서 4살짜리 아들을 바꾸어 주었다. 뒤이어 칭얼거리는 아이 소리가 들려왔다.

"엄마 빨리 와. 엄마 보고 싶어."

마음 약해진 장서영은 아이를 달랬다.

"으응, 엄마도 우리 철민이 보고 싶어. 엄마가 내일 맛있는 것사가지고 갈게. 응? 그러니까 할머니 말씀 잘 듣고 있어. 알았지? 사랑해."

회의 장소인 양양에 도착하자, 감사와 행복이 이야기하고 있었다. 회원들이 아직 덜 도착했는지 종전처럼 감사와 행복이 사회를 보았는데, 그는 세력들에 대처하는 요령에 대하여 강의하였다. 세력들, 기관, 외인 작전세력들의 천민개미 거지 만들기에 대한 수법을 장시간에 걸쳐서 강의하였다. 세력들의 팔 자르기 수법과 세력들의 치고 빠지기 수법, 개미들이 넘어가는 각종 속임수에 대하여도 강의하였고, 끝으로 개미들이 가지고 있는 주식을 담보로 해서 신용대출을 받아서 주식을 산다면, 기관과 외인들의 정보망에 걸려들어 패가망신한다는 경고도 잊지 않았다.

그는 하나님 뜻에 따라 가난한 이웃을 먼저 생각하고 불우이웃 돕기를 실천하자고 강조했다. 회의 참석자들은 한 사람도 반대 의견을 내놓지 않았다.

모임이 끝나갈 무렵, 감사와 행복은 즉석에서 불우이웃 돕기 성금 봉투를 돌렸다.

양양 모임에서도 다른 사람들은 나와 장서영을 부부로 불렀다. 나는 장서영을 지칭할 때 자기라는 표현을 썼다. 나는 50만원을 돌려지고 있는 봉투에 넣고 장서영은 30만원을 넣었다. 지방에서 열린 여러 번의 회의에 두 사람이 같이 참석하여 이제 단골손님이 되었고, 자연스럽게 장서영과 나는 같은 모텔이나 호텔을 들락거려도 아무도 우리의 관계를 의심하는 사람이 없었다.

그런데 이 모임에 안 선배가 비밀리에 참석했다. 물론 그를 아는 사람은 나와 장서영 그리고 감사와 행복뿐인 것 같았다.

안 선배는 조금은 살이 빠지고 초췌한 모습이었는데, 선글라스와 털모자, 두터운 파카를 입고 있었다. 강 대표의 고점매도 사건 여파라서 그런지 심각한 표정으로 처음부터 회의에 참석해서 모든 내용을 듣고 있었다.

회의가 끝나고 나와 장서영이 속초 쪽 호텔로 출발하려던 시각은 밤 11시였다. 그때 안 선배가 운전하는 오래된 무쏘 차량이 출발하자 기다렸다는 듯이 운전석과 조수석에 두 명이 타고 있는 산타페 차량이 그 뒤를 따랐다.

나는 불길한 예감에 그들을 쫓아갔다. 회의 장소에서 6킬로미터 정도를 달렸을까? 동해안 절벽이 나타났다. 갑자기 산타페 차량이 안 선배 차를 들이박았다. 안 선배가 이리저리 피하자 산타페 차량은 계속 뒤를 따르며 해안 절벽으로 밀어붙였다.

나는 안 선배가 위험에 처하자 경적을 울리며 헤드라이트를 켜고 산타페를 쫓아갔다.

계속해서 쫓기고 피하던 안 선배 차량이 절벽 반대편 산이 있는 쪽 도로 끝 빗물 처리 노출 얕은 개울로 처박혀 45도로 전복되었다. 순간 안 선배가 탄 차량을 축구공처럼 몰아가던 산타페 차량이 갑자기 눈 깜짝할 사이에 눈앞에서 사라지는가 싶더니 쾅쾅쾅 하면서 해안 절벽에 몇 번 부딪치는 소리가 들렸고 이내 바다에 떨어졌는지 조용해졌다.

나는 차를 멈추고 안 선배 차량을 개울에서 끌어 올려야 한다고 생각하고 차에서 내리려는 찰나 개울 한쪽으로 기울어 있던 안 선배 차량이 부르릉 대었다. 그 후 몇 번 차체가 좌우로 크게 흔들리더니 다시 도로로 올라와 줄행랑치듯이 달려서 사라져갔다.

나와 장서영은 두려움에 떨면서 호텔에 도착한 이후 뜬눈으로 밤을 지새우면서 안 선배를 걱정하였다. 미래의 희망이 허황된 꿈일 수 있다는 불안감이 엄습했다.

다음날 아침 조간신문 인터넷 사회면 중간에는 짤막한 기사가 실려 있었다. 강원도 양양 주식동호회 모임에 참석한 제보자에 따르면 심야에 증권 작전세력들로 보이는 2대의 차량이 추격전을 벌였다고 보도하였다. 두 세력 간의 암투가 있었던 듯 2대의 차량 중 하나의 차량은 전복되었다가 달아난 흔적이 발견되었고, 산타페 차량은 바다에 떨어져 차에 타고 있던 2명이 숨진 채 발견되었다고 하였다. 양양경찰서에 급히 설치된 임시수사본부는 바다에서 인양된 차량에 탄 사람의 신원을 조사 중이며, 다른 수사진은 전복되었다가 탈출한 차량의 뒤를 쫓고 있다고 하였다.

⑤ 흩어지는 개미군단

주가가 241,000원으로 사상 최대 고점을 찍고 바로 다음날 강대표를 비롯한 경영진의 고점매도가 이어졌다. 혁명 전사들과 증권가에서는 M바이오를 바라보는 시선이 싸늘하게 변해갔다. 혁명 전사들 또한 우왕좌왕하며 대혼란에 빠져들었다. 토론방에서는 경영진을 규탄하는 파와 옹호하는 파로 갈라져서 심각하게 분열되어가고 있었다.

나는 또다시 혁명위원회 분열을 막기 위하여, 나 자신도 살아남기 위하여 게시판에 장문의 글을 올렸다.

<위원회 심리전처>

전국 모임에 대하여 8월, 8만원대부터 시작된 개최 시기 논란이 있었습니다. 30만원 돌파 시로 할 것인가 50만원 돌파 시로 할 것인가였습니다. 결론은 50만원 돌파 시로 전사들의 중지를 모았고 선장님도 승낙하셨습니다.

우리는 각자 여러 가지 경로로 M바이오라는 기회를 얻어 한 배를 탔고 목표는 정해졌습니다. 이제는 실천만이 각자의 몫으로 남아 있습니다. 현재 주주 2만 5천명, 11월 현재 7백 40만 주식 수를 가정했을 때 우리의 운명의 갈림길은 2개월 이내로 다가왔습니다. 부자가 되느냐와 빈자로 남아서 가난과 고통 배고픔과 추위를 계속할 것인가? 이 모든 것은 2만 5천명 내에 들어가느냐, 못 들어가느냐에 있습니다.

개미혁명 전국모임은 50만원 돌파 시로 목표는 이제 변경이 불가능합니다.

강 대표가 10여 년간 연구에 정진하느라 들어간 비용은 막대하였을 것입니다. 따라서 개인 부채 자금 마련과 줄기세포병원 설립에 필요한 자금 마련을 위하여 주식 매각을 10월에 하지 않고 11월로 연기했다면 주가가 어떻게 되었을까요? 상상하기는 괴롭겠지만, 지난 10월 달 50만원 이상 돌파해서 전국모임을 10월 말 마지못해 개최하는 불상사가 발생하였을 것입니다. 농담이지만 다행히도 강대표로 인해서 50만원 돌파가 12월로 연기되었으니 얼마나 다행입니까? 이 부분, 강 대표님께 감사드리면서 잘못하면 11월 내 50만원 돌파 가능성이 아직도 상존하고 있습니다. 50만원은 아무리 늦어도 12월 안으로는 무조건 돌파합니다. 따라서 전국모임은 2011년 내 개최하는 것이 확실하다고 단언합니다.

－창조－

10월 말부터 시작된 주가가 11월 중하순까지 상승과 하락을 지속하자 흩어지고 있는 혁명 전사들을 위하여 나는 또다시 단결을 호소하는 메시지를 토론방에 게시했다.

<위원회 심리전처>

기원전 180년 로마시대를 배경으로 한 검투사 영화를 보신 분들이 많으실 겁니다. '글래디에이터'를 보면, 선량한 검투사 노예들은 검투장에서 하나씩 하나씩 사잣밥이 되거나 전차에 깔려 죽어가게 됩니다. 돈 잃고 힘 없는 선량한 노예 검투사를 오늘날 주식시장의 개미들에 비유하여도 큰 무리는 아닐 것입니다. 즉, 주식시장의 개미들은 한강으로 산으로 가는 것과 동일합니다. 장군이었다가 모략에 의해 노예 검투사가 된 주인공 막시무스는 노예들에게 개인이 혼자서 대응하면 모두 죽으니까 여러 사람들이 다이아몬드 대형으로 집단적으로 막아설 것을 호소하여 사자와 전차군단을 물리칩니다. 2002년 6월에 한국과 일본이 공동 개최했던 월드컵대회에서 한국은 개인별로는 우수한 기량과 기술을 가지고 있으나 개인기만으로는 백전백패가 명확한 상황에서 세계 최강 유럽 및 남미축구에 대항하여 개인기에 집착하지 않고, 변화무쌍한 밀집 다이아몬드 대형을 갖추어 세계 4강에 진입하게 되었습니다.

주식에서 개인이 망하는 이유는 다른 기관이나 개미들이 주식을 팔 것이라는 걱정에서 조금 오르면 내릴까 봐 먼저 던지는 것입니다. 그렇지만 이제는 상황이 전혀 달라졌습니다. 우리 위원회는 서로 굳건한 믿음과 신뢰로 주가를 내리려는 작전세력, 기관과 외인들의 위협으로부터 개미선장을 중심으로 피눈물 나는 노력을 하고 있습니다. 즉 다이아몬드 밀집 대형으로 막아서고 있습니다. 이는 세계 주식 역사에 유례가 없는 일이 펼쳐지고 있는 것입니다. 그 결과, M바이오 주가가 상승추세로 등락을 거듭하고 있습니다.

전사와 가족들은 선장님을 중심으로 다이아몬드 대형으로 나아가야 합니다. 우리는 여기서 성공을 하고 세계 주식시장으로 나아갈 것입니다. 지금은 1단계 목표 50만원대를 향한 시작에 불과합니다. 2012년에 385만원, 그 이후에는 2,800만원을 예측합니다. 개미혁명 주인공들은 한 분도 흐트러짐 없이 밀집된 다이아몬드 대형으로 나아갑시다.

－창조－

게시판에 글을 올린 다음날부터 나와 장서영은 대학 동기들과 친인척들에게 전화를 하였다. 사채이자를 1개월 이내에 갚겠다고 설득하여, 돈이 들어오는 대로 즉각적으로 속사전투에 참여했다. 향후 주가가 하락할 것이라는 예측을 하고 있는 공매도세력들은 매도물량을 지속적으로 풀었다. 21만원에 100주, 20만원에 200주, 19만원에 300주, 18만원에 500주, 나와 장서영은 전형적인 속사 전투방식으로 매도물량이 뜨는 족족 매수로 잡았다. 다시 공매도세력이 17만원에 600주, 16만원에 1000주를 걸어놓자, 나와 장서영은 공매도세력의 매도세를 순식간에 잠식해 들어갔다. 그러나 공매도 세력들도 만만치 않게 나왔다. 1천 주 이상 매도 폭탄으로 공세를 퍼부었다. 나와 장서영은 현금이 바닥나자 증권회사에 주식담보 신용대출을 받아 대응에 나섰다. 공매도세력과의 한판 승부는 현금 부족으로 막대한 출혈을 남기고 며칠간의 전투는 14만원까지 추락하는 지옥을 맛보아야 했다.

나와 장서영은 급등락을 거듭하는 주가에 미래의 불안이 더욱 커져 갔다. 불안이 커져 갔지만 하락이 기회일지 모른다는 생각도 커져 갔다. 나와 장서영은 미친 듯 매수에 더욱 열을 올렸다.

게시판에 쓴 글이 현실로 다가올 듯한 착각에 빠져 있었다. 또한 혁명위원회 강성분자로서의 의무를 다 하여야 한다는 생각도 작용했다. 혁명이 성공할 경우 어려운 혁명 초기 적극적으로 몸바쳐왔다는 명예욕과 사명감도 작용했다.

대학 친구들과 고종과 이종 친지들에게 또다시 사채를 얻어 2초 속사에 참여하였는데 중간결산을 하여 보니 평균가 18만원과 20만원에 내가 4천여 주, 장서영이 2천여 주를 추가로 구매하였다.

그 후에도 혁명 전사들의 동요는 계속되었다. 경영진과 심지어 선장을 성토하는 글이 게시판을 도배하였다. 개미선장은 기무사에 지시해서 불만을 토로하는 게시판 글을 검열하였다. 불만을 토로하는 안티 명단이 매일 50여명 이상씩 발표되었다.

2011년 11월 24일. 주가가 대폭락을 거듭하고 전사들의 불만이 고조되었다.

위원회에서는 선장의 지시에 따라서 비상계엄령을 선포하였다.

비상계엄령을 선포한 위원회에서는 혁명과업에 비판적이며 주가 상승에 도움이 되지 못하는 안티 글을 전면적으로 금할 것을 경고하였다. 또한 모든 게시 글에 대하여 토씨 하나까지 검열을 시작하였다.

검열이 심할수록 전사들의 불평불만은 더욱 고조되었으며 투매에 투매를 불렀다. 기무사와 정보사는 주가가 하락할 것이라는 원망이 섞인 글을 올리는 전사들은 계엄령을 위반하는 것이라고 경고하였다. 그들을 안티로 몰아 혁명의 적이라는 이름으로 공개적으로 게시판에 공개하는 등 분위기가 살벌해져 갔다. 선장은 이날 오전 7시에 각 병단에 비상사태를 선포하고 휴대전화 비상연락망을 동원, 오전 7시에 온라인 전체 혁명위원회의를 소집하였다.

선장은 분열하고 있는 혁명위원회를 방치할 경우, 분열은 분열을 낳고 그 분열의 결과는 개미혁명이 실패하는 것이며, 이는 개미혁명 참가자 모두가 파멸할 것이라는 것을 감지한 것 같았다.

비상소집 후 선장은 각 병단의 강성과 골수 혁명 전사들을 대기시켰다.

시초가는 전일 144,800원 대비 2,900원 하락한 141,900원부터 시작되었다.

<비상계엄위원회 전투명령 제1호>

1) 각 병단의 소대장급 이상은 9시부터 속사전투에 참여한다.

2) 각 전투병단의 중대장들은 일반 혁명전사 중 강성 골수분자들을 10시 이후에 투입한다.

－개미선장－

주가가 10시를 넘어서자 143,600원을 넘어섰다.

다시 하락기조로 들어서자 선장은 전투명령 제2호를 하달했다.

<비상계엄위원회 전투명령 제2호>

1) 10시부터 2시까지 명동, 강남, 여의도, 부산서면의 특전병단 모든 전투요원은 전투에 들어갈 것.

2) 2시 이후 박격포병단과 미사일병단은 3시까지 지원사격을 퍼부을 것.

3) 정보사와 기무사는 사격 사실 여부를 확인하고 보고할 것.

－개미선장－

이날 전투는 위원장의 특단의 조치에도 불구하고 명령 이행이 되지 않았다. 이날 전투는 전날 대비 하한가인 120,400원에 마감하였다. 같은 날 각 지역병단과 4개 특수전병단에서 보고가 올라왔다. 실탄이 50만 주를 발사하였다고 하였으나 훗날 정보사와 기무사

감찰 결과 밝혀진 바에 의하면 5만 주에도 못 미치는 것이었다.

이날 실제 총 거래량은 28만 주였다. 며칠 후, 기무사에 의해 허위로 사격한 중대가 총 48개 중대에서 80% 이상인 39개 중대가 실제 사격명령을 불이행하였음이 들어났다. 이는 대부분 실탄사격 보고도 허위 보고였음이 확인되었다.

선장과 나, 장서영, 혁명전사 모두가 지쳐갔다. 피로감은 극도에 달했다.

2011년 12월 초. 10월 강 대표의 고점매도 이후 주가가 극도의 불안을 보여 하한가와 상한가를 반복하였다. 이에 따라 혁명위원회도 찬티와 안티로 나누어져서 소용돌이에 휩싸였다. 나도 또다시 마음이 불안했다. 장서영과 같이 불안을 달래기 위해서 강남역근처 이탈리아 레스토랑에서 저녁식사를 하기로 하였다.

우리는 저녁을 먹고 불안 조짐을 보이는 주식과 양양 안 선배 테러사건을 걱정하였다. 와인을 3병이나 마시면서 개미혁명 승리와 서로를 위하여 건배를 하였다. 술에 취해 있었지만 불안한 마음을 떨치지 못한 우리는 와인 한 병을 추가로 주문한 후 화장실을 가려고 방을 나왔다. 그런데 우리 방 두 칸 옆방에서 어디서 많이 듣던 목소리가 들렸다.

그 방도 우리 방과 마찬가지로 나무 양문형으로 되어 있어 무릎 아래만 보이고 얼굴은 안 보이는 방이었다. 두 사람이 두런거리는 소리가 들렸다. 나는 무의식적으로 그쪽으로 가서 벽에 붙어 귀를 기울였다.

나는 너무 놀라서 소리를 지를 뻔하였다. 안 선배 건너 자리에 앉아 있는 사람은 윤지가 틀림없었다. 나도 술에 취해 있었지만 그들도 술에 취해 있었다.

안 선배가 혀 꼬부라진 목소리로 윤지를 설득하는가 싶더니 이번에는 윤지가 오히려 안 선배를 설득하였다. 두 사람이 하는 이야기는 유상증자, 고점매도, 마지막 기회, MTS 등 주식과 관련된 이야기 같았다.

두 사람은 심하게 다투더니 조용해졌다.

나는 조용해진 방안이 궁금해 자꾸 귀를 문 쪽으로 가까이 하다가 그만 문을 건드리고 방안으로 넘어질 뻔하였다.

그들도 밖의 인기척으로 조용해졌다. 내가 움직이지 않고 가만히 몸을 도사리고 있자 종업원이 지나간 것으로 생각했는지 다시 부스럭거렸다. 조금씩 위로를 하는 말을 주고받더니 더욱 조용해졌다.

그리고 윤지가 흐느끼기 시작했다. 흐느끼는 소리에 안 선배가 다시 위로를 하고 윤지를 말리는 것 같았다. 안 선배가 이내 자리를 윤지 쪽으로 옮겼다. 안 선배가 윤지 어깨를 감싸는 것 같았고 그들은 어깨동무를 하고 얼굴을 부비는 것 같았다.

나는 도망치듯이 황급히 화장실로 들어갔다.

화장실에서 볼일을 보고 다시 장서영이 있는 방으로 갔을 때였다. 복도 우리 방문 아래로 남자구두와 여자 하이힐이 지나갔다. 나는 가슴이 철렁하였다.

2011년 12월 초, 오프라인 모임은 제주도에서 열렸다. 그리고 해외에서는 처음으로 미국 LA에서 개최되었다. 나와 장서영은 참석하지 못했다. 모임은 많은 홍보에도 불구하고 전사들의 사기를 올리는 데 실패했다. 모임 이후 안정되려는가 하였던 경영진의 고가 매도에 대한 불만은 더욱더 확산되었다. 선장도 연루되었다는 유언비어가 난무하였다. 선장은 신경질적으로 반응하였다. 계엄령 위반자들을 혁명위원회에서 강제 퇴출하여 일체의 혁명 정보를 얻지 못하게 할 것이라고 겁을 주었다.

12월 중순부터 계엄령 위반 안티 명단을 게시판에 게시하고 강제 퇴출시켰다. 이로써 한때 6천5백여 명에 달하던 혁명전사 수가 매주 100명 이상씩 감소되기 시작하였다.

선장은 유화책도 병행했다. 매 주마다 열성적으로 주가 올리기에 참여한 혁명전사 10명에게 혁명위원회 개미선장 이름의 상장을 수여하고 상품을 나누어 주었다. 상품은 자신이 보유하고 있던 도자기와 고서화라고 하였다. 상장과 상품은 택배로 전달되었으며, 카페에서 확인되었다. 선장은 사태를 진정시키려고 혼신의 힘을 기울였다.

그러한 선장의 피나는 노력 때문이었는지 12만원선까지 내려갔던 주가는 우여곡절을 겪은 끝에 2011년도 장 마감 날인 12월 29일 178,000원에 마감하였다.

2012년 1월 10일, 오프라인 해외 모임이 미국에 이어 두 번째로 필리핀 마닐라에서 열렸다. 이 모임은 현지 교민 혁명전사 5명이 주최하고 국내 혁명전사 20명이 참석한 가운데 3박 4일간 열렸다.

필리핀 모임에서는 모임 참석자들 간에 경영진의 고점매도가 또 다시 예상된다는 미확인 정보로 시끄러웠다.

필리핀 현지에서의 토론은 혁명위원회 게시판에 문자로 실시간 중계되었으며 혁명전사 전체를 경악케 하는 소문으로 들어왔다.

기무사에서는 일부 병단에서 이탈자가 눈에 띄게 증가한다는 첩보를 입수하였다. 정보는 나와 같은 단장급 이상의 혁명 리더에게만 보고되었다. 더욱 놀라운 것은 필리핀 모임에 비밀리에 참석했던 기무사 요원이 혁명위원회 제2인자인 감사와 행복이 몇몇 주가조작 세력과 결탁, M바이오 모든 주식을 1월 20일 전에 전량 매각할 것이라는 반혁명사건을 제보하였다. 혁명위원회는 발칵 뒤집혔다. 선장은 작전병단의 큰손이라는 서울병단장 한줄기 빛과 명동특수병단장 광화문 호랑이 등 일천 주 이상을 공격할 수 있는 왕개미를 지원받아 하락 방지에 힘을 쏟고 있다고 하였다. 선장도 10여만 주를 추가 매입하였다고 게시판에 게시하였으나 선장의 매수 게시

내용을 믿는 전사들은 미미했다. 선장의 필사적 노력 덕분인지 2012년 1월 16일 주가는 210,100원을 기록했다. 그러나 2012년 1월 19일 식약처로부터 MTS 시판 허가가 나오고 2012년 1월 21일 또다시 강 대표가 5%대 지분만 남기고 매도하였고, 남편 홍 사장 그리고 임원들이 대거 자신의 모든 주식을 매각하였다는 소문이 돌았고 이는 사실로 밝혀졌다.

강 대표는 해명했다. 자신이 작년 10월에 이어 올해까지 20만주 시가 400억원 상당을 매각한 것은 그동안에 연구에 필요한 개인적인 빚을 갚아야 하고 장기적으로 줄기세포병원 건립에 소요될 자금 마련이라는 궁색한 답변을 하였다. 홍 사장은 자신이 5만주 100억원 상당을 매각한 것은 법률적으로 하자가 없는 정당한 권리를 행사하였다고 하였다. 또한 내부자 정보 없이 매도하였다고 변명을 늘어놓았다.

혁명 전사들은 사기를 당했다고 아우성을 치며 울부짖었다. 부도덕한 경영진들의 고점매도를 규탄하고 선장을 사기꾼으로 몰았다. 선장은 전사들을 설득하는 데 총력을 기울였다. 그러나 전사들에게 큰 충격을 두 번이나 준 경영진과 임원진들의 고점매도는 혁명 전사들과 개인투자자들의 인내심의 한계를 가져오게 하였다. 혁명 전사들과 개인투자자들의 계속된 투매로 하한가에도 매수물량이 사라져 버렸다. 결국 매도 체결이 이루어지지 않자 하한가 거래 공백이 며칠간 이어졌다.

감사와 행복은 자신의 결백을 주장하는 글을 올렸다. 그러나 혁명위원회 전사들은 분노로 들끓었다. 그는 선장에 의해 혁명위원회에서 추방당했다. 그는 강제 추방되고 위원회 게시판에서 글을 못 쓰게 되자 증권포털 일반 게시판에 결백을 주장하고 억울함을 호소하는 글을 올렸다.

<감사와 행복>

혁명위원회 충청병단장입니다. 혁명전사 가족들에게 알려 드립니다. 지난 이틀 제가 먹튀를 하였다는 이야기로 게시판이 많이 시끄러웠지요? 명절 지난 후에 글을 올릴까 하다가 이곳 계룡시에 어머님을 뵈러 왔는데 전사 가족들의 걱정 어린 많은 문의 전화로 조금이라도 빨리 글을 올려드리는 것이 도움이 될 것 같아서 급하게 PC방에 와서 글을 올립니다.

저는 혁명 전사들을 배신하지 않았습니다. 하나님께 맹세합니다. (중략) 일부 항의 글에 올라온 내용들만 훑어보았습니다. 모든 내용들을 보지는 못했기에 충분한 해명 글은 되지 않겠지만 우선 제 나름대로 기억을 더듬어서 해명해 드리오니 부디 오해가 풀렸으면 합니다.

첫째, 저와 제 가족은 작년 11월 이후 20만원이 내려갈 때 추매한 이후로는 단 한주도 매도하지 않았고 계좌 그대로입니다. 만일 어느 분이 지적하시는 대로 제가 작전세력과 결탁 혁명전사 가족들에게 손해를 끼치면서 제 이익을 챙긴 것이 확인이 된다면 제 장기를 다 내어놓고 목숨까지도 여러분께 아낌없이 내어놓을 것입니다. 어느 분의 주장처럼 여러분의 재산이 저 때문에 손실을 입으셨다면 저에게 오셔서 확인을 하시는데 결코 주저 하지 않겠습니다.

둘째, 제주도 모임과 필리핀 모임에 제가 사용한 경비가 혁명위원회 불우이웃돕기 성금이었다는 주장에 대하여 하나님께 맹세코 양심에 거리낌 없는 제 돈만을 사용하였다는 것을 밝혀둡니다. 저희 부부는 25년 전 신혼여행도 못간 지난날의 가난을 되새기면서 1천여만 원을 제 개인 돈으로 사용하였습니다.

셋째, 경영진 고점매도 주가 폭락 때 위원회 2인자인 저의 역할에 대한 의구심인데요, 강 대표와 임원들 매도 때도 홍 사장 매도 때도 주가는 하염없이 빠졌습니다. 혁명 전사들이 M바이오사에 소통조차 못하는 현실에 거센 항의가 있었습니다. 저 역시 그 건의를 선장님께 아뢰었고 좀 더 강력한 항의를 회사에 표명하시라고 수십 번 말씀드렸습니다. 그러나 그때마다 선장님은 묵묵부답이셨습니다. 작년 강 대표 주식 매각 때 선장님이 말려서 모두 잠잠하였습니다. 그 뒤를 이어서 임원 주식 매각 때 저는 선장님께 말씀드렸으며 M바이오사에 엄중하게 항의하고 사과를 받아야 한다는 것을 강력하게 주장하였습니다. 그리고 올해 이번 강 대표와 홍 사장의 이어진 고점매 (중략) 작년 말 즈음에 선장님이 저에게 본인을 믿고 가만히 있으라고 하셔서 저와 의견 차이가 생긴 것이지요 그 부분

선장님이 M바이오 강 대표와 청년시절부터 아주 가까운 사이였다면서 왜 강력한 항의를 하지 않았는지 지금도 저는 선장님 속을 이해하지 못하고 있습니다. 다만 제 불찰이라면 선장님의 뜻을 거역하지 않았다는 것입니다.

끝으로 저는 선장님의 명령 즉, 혁명위원회 명령에 따라 이제 당분간 혁명전사 가족들 곁을 떠납니다. 그리고 다시 한 번 양심에 손을 얹고 맹세합니다. 저는 고점에서 한 주의 주식도 매각한 일이 없으며, 앞으로도 매각하지 않을 것임을 약속드립니다.

아직도 저를 의심하고 저의 결백 주장을 의심하고 계신분이 있다는 사실은 인정합니다. 저는 거듭 하나님께 맹세코 개미혁명 전사들을 배신하지 않았습니다. 현명하신 개미선장님 지도 아래 개미혁명이 성공하기를 간절히 기원합니다. 또한 혁명이 성공하고 그에 따라서 저의 공과도 모두 파헤쳐 주시길 바랍니다. 사랑합니다. 개미혁명위원회 전사와 가족 여러분! 저는 다시 용접공으로 돌아갑니다. 안녕히 계십시오

개미선장

제6부

너희는 화합하라

"작전이든 우연이든 한탕 해먹은 큰 세력(작전세력)들은 또 다른 꿈을 꾸고 있을 것입니다. 또 다른 꿈, 그것이 무엇일까요? 답은 간단하죠. 또 한탕 해먹을 기회를 엿보는 것입니다. 그럼 어떻게 해야 한탕 해먹을 수가 있나요? 간단하지요. 기관, 외인세력들은 프로입니다. 그리고 개인 작전세력들도 프로들입니다. 프로는 프로를 알지요. 물량의 집중, 자금의 집중으로 거래판을 읽고 있습니다. 두 눈 뜨고도 봉사짓을 해야 하는 것은 결국 모래알 같은 개미들밖에 없지요. 따라서 이 세력 간에 있어서 힘없는 혁명전사 운운하는 개미들은 '작전세력의 밥' 신세로 전락하게 되는 것은 필연입니다. 주식시장의 개미들, 여름날 타고 있는 모닥불에 자신의 몸이 불에 탈 줄을 모르고 꿈을 꾸며 달려드는 불나비들이죠. 불을 향해서 불빛을 쫓는…"

① 우월자

2012년 1월 30일 오후 4시 30분. M데일신문 '주식의 신 강윤지 대표 보유 주식 또 고점매도 투자자 원성, 매각대금 사용처 오락가락, 절묘한 매도 시점 눈총'

『지난 19~21일 보유 주식 6만 주 105억 원 규모를 장내 매도해 지분율이 5%대로 낮아졌다고 공시했다. 이날 강 대표는 M데일 기자와의 통화에서 "대부분 금액이 10여 년 연구에서 진 개인부채와 장기적으로 줄기세포병원 설립 등에 사용할 계획이라고 설명하고 나머지 금액의 용도에 대해서는 아직 정해지지 않았다."라고 설명했다. 그는 일반 투자자들의 원성을 의식한 듯 "일반 투자자 입장에서 볼 때 최대 주주의 매도 적기라는 게 있을 수 있겠는가."라며 "불가피한 결정이었음을 이해해주었으면 좋겠다."고 심경을 밝힌 데 이어 "최근 MTS의 식약처 허가 등 사업 진행은 계획대로 원활히 진행되고 있으니 믿음을 가져주기 바란다."고 당부하였다.

그렇지만 이 같은 강 대표의 해명에도 불구하고 사라지지 않는 의문점이 있다. 강 대표는 재작년 200억 원 규모를 매각한 이래 작년 10월에도 보유 지분 1.57%(11만주)를 장내 매도해서 232억 원의 현금을 챙긴 적이 있다. 이때에도 투자자들의 원성이 들끓었지만 회사 측은 '그동안의 연구에 들어간 빚과 줄기세포 전문병원을 설립하는 데 사용할 계획'이라는 설명만 남겼다. 한때 24만원을 돌파하기도 했던 주가는 강 대표의 주식 매각 이후 12만 원대까지 주저앉았다. 이번 지분 매각과 작년의 지분 매각 모두 빚 청산과 줄기세포병원 설립 때문이라는 회사와 강 대표 모두 투자자들의 불신을 받고 있다.

마지막으로 이번에도 작년과 같이 최고점일 때의 매도 시점이 절묘하게 떨어져서 '뉴스에 팔라'라는 격언에 따르기라도 한 듯, 식약처 시판 허가 소식이 전해진 지난 19일부터 3거래일 연속 105억 원어치의 주식을 처분했다. 주식의 액면가는 500원이며 최초 투자금액 5억 원으로, 20배 이상의 수익을 거둔 것이다.』

—진태웅 기자—

<죽음의 문턱>

신약개발회사 경영자에게 좋은 의약품 만드는 것은 사람을 살리고자 함인데, 주식으로 사람을 병들게 하는 것이 의사가 할 일인지 생각해 보았는지요. 당신도 인간이라 돈을 욕심낼 수도 있습니다.

그러나 당신 회사를 믿고 주식을 매수한 주주들에게 마음고생과 가정 파탄을 갖고 오게 하였다면 당신 회사는 출생하지 말았어야 한다는 생각입니다. 돈에 욕심이 나면 주식회사보다는 그 좋으신 머리로 다른 길을 걸었으면 하는 바람입니다.

M바이오사의 주식 담당자가 주주들에게 숱하게 욕을 먹고 있는데 그 욕은 당신한테 하는 욕입니다. 저는 강 대표가 40여년 생을 살았으면 돈 버는 것보다도 사람들에게 가슴 아픈 일을 안 하였으면 하는 바람입니다. 육신의 병보다도 마음의 병이 더욱 나쁜 것 아닙니까? 주주들의 자산을 돌려주고 초심으로 돌아가 진실로 당신이 소망하는 마음으로 병 고치는 연구를 하였으면 하는 바람입니다. 아무리 좋은 약을 개발해도 보통 사람들 입에서 '나쁜 회사 나쁜 놈'이라는 말을 듣게 되는 것은 망하는 지름길일 것으로 생각됩니다. 선한 사람들 가정을 파탄시키고, 당신 가정이 웃고 산다면 그것은 의사로서 할 일이 아니지요. 당신 가슴에 손을 얹고 뉘우쳤으면 합니다.

2012년 2월. 강 대표와 홍 사장 그리고 임원들의 고점매도 후에도, 전사들의 쏟아지는 비난에도 안 선배는 혁명위원회 결속을 강조하였다. 안 선배는 자신도 괴로운지 나에게는 메시지로 강원도 기도원과 절에서 마음을 수양하며 기도를 하며 지낸다고 하였다.

선장에 대하여도 비난이 빗발쳤다. 저주하는 욕들과 절규였다.

그러나 그는 강 대표와 M바이오회사를 방어하는 데 최선을 다했다. 최소한 2년은 기다려봐 달라고, 또 3월 정기 주주 총회에서 따질 일이 있으면 따지자고 설득했으나 성난 혁명 전사들은 아비규환으로 들끓었다. 단체로 한강에 자살하러 가자는 등 울부짖음이 지옥을 방불케 하였고 원성이 하늘을 찔렀다.

2012년 3월 25일, 정기 주주총회장(이하 주총장)에 윤지가 베이지색 정장차림으로 당당하게 나타났다. 윤지는 건장한 청년 7명에 둘러싸여 주총장에 입장했다. 주총장에도 젊은 조폭 같은 남자들 10여명이 주위 사람들을 위협하면서 앞자리를 선점하고 있었다.

개회가 시작되자 결산보고도 하기 전에 성난 혁명 전사들과 몰려든 개인투자자들이 흥분하였다. 그들은 고점매도 경영진들에게 가난한 사람들의 돈을 토해내라며 웅성거렸다. 몇몇 사람은 달걀을 단상 쪽으로 던졌다. 건장한 청년들이 신문지로 달걀 세례를 막아서자 대여섯 명의 사람들이 의자를 들고 단상 쪽으로 돌진했다. 윤지는 마이크를 잡고 이미 예상했던 일이라는 듯 야멸찬 표정으로 발언을 했다.

"신약개발 사업은 10년 이상의 기간이 걸리며, 그 효과가 나타는 것도 짧게 잡아도 5년 정도는 봐야 합니다. 인류의 건강과 장수를 위한 신약사업은 장기적 안목에서 투자가 이루어질 것이며, 자본 또한 10년 넘게 유동성을 확보해야 만이 기업이 어려움을 겪는 일이 없을 것이며, 이러한 것이 진정으로 주주 내재 가치를 높이는 것입니다."

그러자 얼굴에 기름기가 흐르는 키가 크고 뚱뚱한 체격의 홍 사장이 말했다. 자신은 주식을 한 주도 소유하지 않는다는 게 신념이라고 했다. 그는 스톡옵션이 넘어오자 매각한 것이며 MTS 식약처 허가가 나오는 날짜에 맞추어 매각하였다는 것은 황당무계한 이야기이며, 내부자 정보이용 의혹은 더욱 사실이 아니라고 했다. 임원들도 법적 하자가 없다는 등 변명으로 일관했다.

그날 홍 사장은 성난 주주들이 던지는 플라스틱 물병 세례를 맞으며 황급히 도망쳤다. 그러나 살기 띤 혁명 전사들의 발에 걸려 넘어지고 다시 붙잡혀 와서 자사주를 매입하겠다는 반강제적인 답변을 하고서야 풀려났다.

그해 6월, 주가는 작년 10월 고점 24만원을 찍은 후 8만원까지 내려왔다. 일일 평균 거래량이 100만 주에서 다시 5만 주 이하로 급감했다. 나는 최소한 50만원은 넘을 것이라는 환상에 빠져 3만원부터 21만원까지 매수, 평균가 19만원 매수 금액 8억여 원의 빚을 지고 죽지 않고는 감당할 방법이 없다고 생각했다.

선장은 혁명위원회 게시판에 아우성치는 혁명 전사들을 달래기 위하여 MTS가 폭발적으로 팔려 20일간 상한가가 나올 것이라는 정보가 있다는 등 현실과 동떨어진 정보를 게시하며 근근이 버티고 있었다.

몇몇 혁명위원회 전사들은 선장과 강윤지 대표, 홍 사장, 임원들을 주가조작 혐의와 내부자 정보이용 고점매도 혐의로 검찰에 고발할 것을 공개적으로 제안하는 등 심상치 않은 조짐이 일어나고 있었다.

1조 8천억 원까지 치솟았던 시가 총액은 1조 3천억 원이 날아가고, 다시 5천억 원대로 내려앉았다. 게시판에서는 이번 주식 피해로 거지가 된 이혼한 가장의 울부짖음과 결혼 자금을 날린 30대 청년이 비관 자살을 예고하는 등, 한강으로 가서 뛰어내릴 다리를 찾는 글들이 연이어 올라왔다.

나도 장서영도 더 이상 살아갈 희망을 잃고 하루하루를 버티면서 죽지 못해 살아가고 있었다.

2012년 10월, 나는 초조와 불안에 떨면서 안 선배를 수소문했다. 안 선배는 지금 무엇을 하고 어떤 생각을 하고 있는지 궁금했다. 그러나 안 선배는 연락이 안 되었으며, 휴대전화도 꺼놓고 일체 행적을 감추어 버렸다. 나는 안 선배가 관련된 곳들을 떠올리며 갈만한 곳을 생각해 보았다.

터키 니케아공의회 현장, 프랑스 레상스섬, 로마 트레비분수, 음성 꽃동네, 설악산 중청대피소, 봉정암, 한 장면 한 장면이 영화 필름처럼 뇌리를 스치고 지나갔다. 다시 봉정암과 중청대피소가 머릿속을 맴돌았다. 안 선배에게 결정적 영향을 미친 곳, 어쩌면 거기에 가 있을 수도 있다는 생각이 머리를 떠나지 않았다.

나는 10년 전의 내설악 봉정암을 머릿속에 그리면서 새벽에 백담사를 향하여 차를 몰았다. 오전 10시에 백담사에 도착하여 간단하게 김밥과 물을 배낭에 넣고 수렴동 계곡을 타고 올라갔다. 그리고 봉정암으로 오르는 코스를 탔다. 출렁이는 산맥들은 단풍 바다를 이루고 있었다. 가까운 산들은 불살라지고 있었으며, 먼 산맥들은 타서 재가 된 듯 잿빛으로 변해 있었다.

10년 전 일이 생각났다. 학생 시절에 안 선배와 윤지와 나 그리고 솔로몬이 서로가 끌어주고 업어주고 하면서 올라온 험난한 계곡들이 발아래 펼쳐졌다. 그동안 많은 일들이 지나갔다. 타들어 가고 있는 단풍잎들은 결국은 떨어지고 사그라져 흙으로 돌아가는 운명을 거역하지 못하겠지. 우리 네 사람의 운명은 어떻게 될까? 이런저런 생각을 하면서 저녁 5시쯤 봉정암에 도착했다. 많은 등산객들이 내일 다시 등산을 할 요량으로 쉬고 있었다.

안 선배가 여기에 와 있을 것 같은 예감은 적중했다. 대웅전과 적멸보궁과 산신각, 요사채를 둘러보고 나서 찾은 조그만 스님의 처소에서 안 선배가 누군가와 이야기를 나누는 소리가 들려왔다. 나는 방문을 두드리고 방안으로 들어갔다. 대화 상대는 10년 전 설법을 하던 그 젊은 스님이었다. 안 선배는 자신의 논문을 펼쳐 놓고 스님은 불경을 펼쳐 놓고 이야기 중이었다. 나는 인사를 하고 방안

한구석에 자리를 잡고 앉았다. 창세기 여섯째 날과 개미혁명의 주식 이야기를 하고 있는 것 같았다.

안 선배가 이야기를 계속 이어갔다.

"스님, 제가 말씀드린 박사학위 논문 말입니다. 성경에서 말하는 천지창조의 여섯째 날 인간 우월론은 잘못된 것입니다. 만물동위사상은 아마 불교에서 말하는 윤회설이나 생명 있는 모든 것은 적대시하지 말아야 한다는 것과 일맥상통합니다. 더 나아가 무생물이라도 함부로 대하지 말아야 한다는 사상과 맥을 같이한다고 할 수 있습니다."

스님은 묵묵히 듣고만 있었다.

안 선배는 자신의 통과되지 못한 논문 이야기를 하고 있었다.

"정보와 권력을 가진 인간이 힘없고 가난한 인간들의 약점을 이용하여 욕심만을 채운다면 이 사회는 어떻게 되겠습니까? 우리미래는요?"

한동안 아무 말 없이 듣기만 하던 스님이 이야기를 시작했다.

"만물은 여행하는 것입니다."

안 선배가 처음 듣는 이야기인 듯 고개를 갸우뚱했다.

"스님, 여행이라니요?"

"예, 전에 거쳐 온 생과 앞으로의 생, 끊임없는 여행 말입니다. 언제 끝이 날지 모르는 무한의 여행을 생각합니다. 인간들은 끊임없이 지속될 여행에 많은 돈이 필요하다고 느끼는 모양입니다. 여기서의 생이 끝나고 다음 생에서도 써야 할 여행경비 말입니다. 다음 생을 위해서 모아 두어야 한다는 착각을 하고 있습니다. 그러나 정말로 허망한 일입니다. 저는 그런 생각을 하였습니다. 세상의 종교는 사실상 모든 인류의 정신세계를 탐색하며 계몽하는 학교입니다."

스님은 옆에 있는 노트인지 책인지를 들더니 중생들에게 설법하는 어투로 마치 법구경을 읽듯이 읽어 내려갔다.

『학교 문을 나서는 것은 긴 여행을 떠나는 것이다. 학교는 하나의 정거장이었으며, 열차는 기적을 울리면서 정거장으로 다가왔다. 기차는 다음 역을 향하여 달릴 것이다. 정거장에는 운동장 같은 둥근 모자를 쓰고 왼쪽 팔에는 완장을 두르고 오른손으로는 깃발을 든 역장이 근엄하게 서서 오는 여행객과 떠나는 여행객을 환영하며 배웅한다. 역장의 깃발과 역장의 완장과 역장의 모자는 다음 정거장까지 여행객들이 안전하게 도착할 수 있도록 신뢰와 존엄과 지혜를 주려고 한다. 역장은 여행객에게 적당한 짐을 가져가지만 불필요한 짐을 내려놓도록 유도한다. 역장은 먼 길을 떠나는 새와 거북이는 배를 비운다고 설명하였다.

여행객들은 여행에서 필요한 것이 떨어지거나 불필요한 것이 있으면 정거장에서 내렸다. 그러나 정거장을 떠나는 일은 불안하고 막연하며 아득하기도 해서 여행객들은 짐을 늘리는 데 열중했다.

정거장에는 모든 사람들이 전부가 내리는 것은 아니다. 또한 모든 정거장마다 내린 사람들이 모두가 타지도 않는다.

정거장에서 여행객들은 다음 여행에 필요한 정보와 지식과 위험에 대하여 이야기하였다. 그들은 여행이 험난하지만 의미 있으며 해볼 만한 일이라고 하고 여행 외에는 다른 방도가 없고 중간에 여행을 반납할 수 없다고 하였다. 그들은 여행의 목적은 아무것도 없다는 것도 확인했다. 그러나 여행의 끝은 다시 여행을 준비해야 하는 허망함이라는 것과 짐은 많을수록 불편하다는 것은 크게 신경 쓰지 않았다.

정거장을 들르지 않고 짐만 늘려서 먼 길을 가는 여행객을 보지 못했으며, 정거장을 자주 들르는 여행객치고 짐을 줄이려는 사람은 더욱 보지 못했다.

정거장에서는 여행에 필요한 것과 필요 없는 것을 걸러야 한다. 너무 많은 것을 가지고 가면 무거워 고생하거나 여행 중 대부분 버려야 하며, 여행이 끝날 때까지 가져간 다 해도 결국은 쓸모가 별로 없다.

열차는 모든 정거장에서 정차하고 여행객들은 하나 둘 헤어져야만 한다. 그들이 떠나고 남은 자리에는 무거워 버려진 짐과 다음에 도착하는 사람들을 배려해 먼저 떠난 여행객이 반납한 짐들이 남는다.

짐을 모두 버린 자 만이 여행은 비로소 끝이 나고 목적지에 도달

한다. 그러나 여행객들은 대부분 짐을 버리지 않는다.

여행은 여기서 끝나고 다른 생에서 다시 시작하여야 하는 것이
지 결코 가져갈 것은 아무것도 없다는 것을 알면서도 재물을 모으
고…… 그러기에 대부분의 사람들은 끊임없는 여행을 계속하는지
도 모른다.』

안 선배를 강제로 끌다시피 석가모니 사리탑 앞으로 데리고 간
나는 간단히 그의 건강과 안부를 묻고 바로 따져 물었다.

"선배, 이 일을 어떻게 수습하려고요?"

안 선배는 아직 희망을 잃지 않은 목소리였다.

"혁명이란 게 쉽게 이루어지지는 않지만 그렇다고 절망할 것은
아니야."

"아직도 희망을 가지고 계십니까?"

"아직 실망하기는 일러. 이제 MTS가 허가 나고 시판된 지가 일
년도 안 되었는데 점차 기하급수적으로 판매가 급증할 거야. 또한
해외 수출도 조만간 가시화될 터이고."

"선배, 그런데 그건 차후라 치고 경영자인 윤지와 남편 홍사장과
임원들이 보유 주식을 대거 내다 팔아서 시장의 신뢰가 무너진 게
더 큰 이유 아닙니까?"

안 선배는 한참 있더니 얼버무렸다.

"아, 그거? 윤지야 부채가 워낙 많고 병원 설립과 그리고 모든

게 홍 사장 그놈 때문에……"

"윤지는 그렇다 치고, 홍 사장이 왜 주식을 전부 내다 팔았을까
요?"

"잘은 모르지만, 홍 사장 그 친구는 원래부터 윤지와는 안 맞는
친구인데, 윤지 이야기로는 윤지한테 회사를 빼앗으려다…… 나하
고도 감정이 안 좋고 아무튼 그 친구가 배신을 한 건데 그렇다고
우리 개미혁명이 아주 실패한 것은 아니지. 조금 더 기간을 필요로
할 뿐이야."

나는 안 선배의 횡설수설하는 말투에 화가 나서 다시 따지듯이
물었다.

"안 선배, 주가가 고점대비 반에 반 토막인데 회복이 불가능하잖
아요!"

안 선배는 본인도 힘들어 하는지 한동안 말이 없었다.

"조금만 참고 기다려. 나도 내 의도와는 너무 빠르게 주가가 올
라간 게 문제였는데, 지금도 그 부분이 수수께끼야. 나를 이용한 작
자들이 의도했는지 모르지만."

"안 선배, 정말 주가가 다시 오를까요?"

나는 신경질적으로 물었다. 그렇지만 안 선배도 마지못해 대답
하는 것 같았다.

"이 사람아, 주가는 내린 만큼 올라가는 게 법칙이야. 조금만 기
다려."

이튿날, 봉정암을 내려가자는 나의 끈질긴 설득에 안 선배는 응하지 않았다. 아직은 때가 아니라고 하였다.

설악산 봉정암에서 안 선배와 다투고 나서 2개월이 지날 무렵에 안 선배로부터 연락이 왔다. 자신과 개미혁명 전사들이 금감원에 대책을 촉구하는 진정을 하였으며, 정부 관련부처에 억울함을 호소하였다고 하였다. 그러자 금감원에서 양측을 불러놓고 회의를 개최한다는 것이었다. 강남 K빌딩 지하 회의실에 회의가 준비되고 있었다.

회사 측에서는 윤지가 참석하였다. 가까이서 보니 10년 전의 청순한 얼굴의 흔적은 어디에서도 찾을 수가 없어 보였다. 당차고 야무진 모습으로 변해 있었다. 특히 눈에서는 세속에 쩌든 야릇한 빛이 났다.

너무나 많이 변한 모습에 소름이 끼쳤다. 어떻게 저런 모습으로 변할 수가 있을까 하고 의문을 가질 정도였다. 그녀는 블랙 정장에 손가락 크기의 하얀 진주목걸이를 하고 있었다. 그리고 그 옆에는 주주총회장에서 보았던 기름기가 흐르는 뚱뚱한 모습의 홍 사장이 욕심 가득한 모습으로 자리하고 있었다. 다음은 임원과 홍보팀 그리고 주식 담당이 나와 있었다. 그리고 그 옆에는 주주 20여 명이 자리를 잡았다.

개미혁명 측에서는 안 선배와 나 그리고 나와 안면이 있는 경기병단장 제갈공명과 지역병단장들이 참석하였고, 정보사령관과 일부 특수전병단장들로 보이는 사람들이 참석하였다. 금감원에서는 3명이 참석하였다.

금감원 직원이 먼저 발언을 하였다.

"회의를 시작합니다. 오늘 회의는 M바이오 주가의 고점매도에 대하여 수많은 투서와 진정이 들어와서 정식 소송으로 가기 전 양측의 의견을 듣고자 하는 것입니다. 우리 금감원에서는 경영진의 고점매도 의혹과 개미혁명 활동의 적법성을 가리고 더 나아가 양측의 이해를 바탕으로 하여 해법을 도출하고자 합니다. 먼저 고점매도 의혹을 받고 있는 경영진 측에서 말씀해 주십시오."

홍 사장이 발언에 나섰다.

"주가는 신도 알 수 없다는 이야기가 있습니다. 수많은 경제적 변수와 수백만의 마음의 심리가 합쳐져서 형성되는 주가가 고가인지 저가인지 누구도 알 수 없다는 것입니다. 고가인 줄 알고 매도하였다면 그는 신 위의 신, 즉 조물주라는 것입니다. 이 주가가 무릎인지 어깨인지는 아무도 알 수 없습니다. 따라서 경영진의 고점매도는 있을 수 없는 일입니다. 또한 주식 참여자들은 다양한 이해를 가진 계층과 조직 그리고 여러 정보를 가지고 참여하기 때문에 고점을 알고 매도한다는 것은 상상할 수 없습니다."

그는 물을 두 컵이나 따라 마시더니 계속 말을 이어갔다.

"제가 생각하는 주식시장의 제도는 지구 생태계와 닮았습니다.

그 기능 또한 같다는 것입니다. 지구 생태계의 최적 환경이란 것은 한마디로 좋은 먹이사슬입니다. 그게 선순환구조를 가질 때 자본주의가 발전하고 대부분이 부를 나눠 가진다는 것입니다. 지구생태계 어떻습니까? 수많은 식물은 초식동물의 먹이가 되고 초식동물은 육식동물의 먹이가 되며 그 육식동물은 더 힘이 센 강력한 육식동물의 먹이가 되어 균형이 이루어지는 것입니다. 주식시장에서 개미들은 말하자면 자양분을 제공하는 식물입니다. 그래서 민초라고도 하고요. 잡풀이라는 것입니다. 한 주 한 주를 가지고 있는 민초들 세력과 기관투자가, 외인투자가 그리고 세력들이 벌어먹고 살고 주가가 적정가를 유지하는 것이지요."

그때 경기병단장이 큰소리를 쳤다.

"홍 사장 당신, 그걸 말이라고 하는 거야? 미친놈!"

홍 사장이 아랑곳하지 않고 다시 말을 이어갔다.

"우리 솔직해집시다. 무한 경쟁 정글의 법칙만이 존재하는 자본주의 사회에서 당연히 정보와 자본 경쟁력이 있으면 우월한 것이고, 그들이 먹고 사는 게 하나도 이상할 건 없습니다. 주가가 유지되면 그 회사는 영원성을 갖기 위해서 수많은 직원을 고용하고 일당과 밥값을 주는 것입니다. 또 회사를 키우기 위해서 자본금을 확충합니다. 그 돈도 주식시장에서 만들어야지요. 먹이사슬위쪽의 육식동물과 회사 경영진에 문제가 있다고 하면 어폐가 있을지 모르지만 창세기 하나님 말씀에 다스리라, 지배하라는 것은 그렇게 해석됩니다."

위원회 정보사령관이 흥분하였다.

"이 쌩! 터진 입이라고 말을 함부로 하는 거야?"

나도 화가 나서 고함을 질렀다.

"지금 피해자가 수만 명에 이르는데 그걸 말이라고 합니까?!"

나는 의자를 집어 던졌다. 홍 사장은 옆으로 피하더니 입을 다물어버렸다.

장내가 소란해졌다. 그러자 안 선배가 벌떡 일어났다.

"이번 주가 하락 사건의 원인이 된 경영진의 고점매도 사건으로 인해 수많은 민초 개미들이 피눈물을 흘리고, 또한 자살까지 한 사람이 한두 명이 아닙니다. 앞으로 무슨 일이 일어날지 알 수가 없습니다. 경영진들이 치료 효과가 거의 없는 MTS 허가를 계기로 주가를 올렸다가 대거 매도한 영향으로 폭락을 거듭하고 있습니다. 이는 내부자 정보를 이용한 주식거래법 위반이 분명합니다. 1차 해결은 매도한 만큼 회사나 경영진에서 자사주를 매수하여 시장의 신뢰를 되찾아야 합니다."

홍 사장이 혼자 구시렁대더니 발언에 나섰다.

"개미들은 자신들이 선택한 운명입니다. 이윤을 추구하는 주식판에 자유 의지로 뛰어들어 왔고 돈을 잃었습니다. 그래서 뭘 어쩌자는 것입니까? 우리 경영진은 법대로 매도하였을 뿐입니다. 지금 5만원에 재매수하라고 하는 것은 받아들일 수 없습니다. 주식시장은 그런 평등이나 동위, 박애 뭐 그런 허접한 인정에 끌려가는 곳이 아니고 생존경쟁의 최전선에 있는 곳입니다. 그리고 조직적으로 개미혁명 운운하고 군대식 조직으로 주가를 올리려던 세력이 오히려 법을 어긴 것입니다."

금감원 직원이 물었다.

"홍 사장님 이야기대로라면 개미혁명 세력이 피해를 본 것은 사실이지만 법을 어겼다는 것 아닙니까?"

"예, 그렇습니다. 저희 경영진이 내부정보를 이용해서 고점매도 했다는 혐의가 심증이 있지만 증거는 없습니다. 그러나 개미선장이 수많은 사람들을 혁명 운운하며 더욱 가난하게 한 것은 입증된 사실 아닙니까? 지금 개미혁명 게시판에 주가 올리기 속사방법이라든가 불법 흔적이 그대로 남아 있습니다."

금감원 직원이 되물었다.

"개미선장님, 홍 사장님 말씀에 일리가 있다고 봅니다. 모든 게 증거를 가지고 이야기해야 합니다."

안 선배가 목소리를 높였다.

"경영진이 어떻게 고점매도를 감행할 수 있습니까? 그것은 MTS가 효과가 낮다는 내부자정보를 이용해서 매출과 이익 실적으로 나올 수 없다는 것을 이미 알았다는 것입니다."

홍 사장이 답변했다.

"신도 아닌 저희 경영진이 어떻게 고점을 알고 매도하였다고 하

는지…… 이 주식시장에서 돈을 번 사람들은 모두 죄가 있고 손해
본 사람들은 죄가 없다는 이야기인데 저는 동의를 못하겠습니다."

윤지는 심각한 표정으로 양쪽 이야기만 듣고 있었다.

그날 회의는 설전만 되풀이되었다. 금감원은 회사 측에서 자사
주 매입해서 피해를 최소화할 것을 권고하고 회의를 끝냈다.

나는 절망하면서 회의실을 나왔다.

하늘 끝에서 하얀 눈이 내리고 있었다. 하얀 눈들은 이리 날리고
저리 뛰고 어지럽게 내려왔다. 눈들은 하늘 한가운데서 쫓고 쫓겨
다니면서 몰려오고 몰려갔다. 작은 눈들은 서로 부딪치면서 울부짖
었다.

그 일이 있은 후 M바이오사는 10억 원의 자사주를 매입할 것을
공시하였다. 공시 날 일시 반등하던 주가는 그 이튿날 다시 폭락하
였다. 수천억 원의 매도 금액에 비하여 매수 금액은 1% 미만으로
금감원 체면 살려주기였다. 시장의 불신을 더욱 심화시켰으며, 혁
명 전사들의 실망감은 더욱 커졌다.

나는 친구와 친인척들의 빚 독촉에 아예 전화를 꺼놓았다. 원룸
의 월세도 내지 못해 고시원과 찜질방으로 숨어 다녔다. 장서영도
남편 몰래 투자한 4억 원 가량을 흔적도 없이 날리게 되어 전전긍
긍하고 있었다. 나와 장서영은 자살하기로 최종 결심을 굳혔다.

자살을 결심한 이유가 하나 더 있었다. 실수로 장서영이 임신을
한 것이다. 평소 우리는 피임을 하였는데, 원숭이도 나무에서 떨어

진다고 했던가? 장서영이 자꾸 입덧 증세를 보이는 것 같아 혹시나 하고 확인해 보았더니, 의사는 임신 6개월이라고 진단했다. 주식으로 빚을 지는 것보다 더 큰 실수를 한 것이다. 순간, 하늘이 무너져 내리는 소리가 들렸다.

강원도의 기도원과 사찰에 머물고 있다는 전갈을 가끔씩 보내오던 안 선배는 설악산 봉정암에 머물고 있다는 소식을 끝으로 한동안 연락이 끊겼다. 그는 더 이상 혁명위원회 게시판에도 나타나지 않았다.

게시판에서는 선장이 작전세력들과 공모해서 개미혁명 전사들에게 빼앗은 수천억 원의 이익금을 빼돌리고 해외로 도주하였다는 소문이 들렸다. 다른 한쪽에서는 수백억 원의 빚을 지고 개미투자자들에게 시달리다가 자살하였다는 이야기도 흘러 나왔다.

2013년 3월 29일. 2013년도 M바이오 주주총회 날, 윤지가 건장한 청년들의 호위를 받으며 나타났다.

성난 개미주주들은 주총장을 에워싸고 윤지에게 욕설을 퍼부었다. 윤지는 조금 당황하더니 이내 당차고 야무진 표정으로 변했다. 앙칼진 목소리로 기다려 달라는 말만 되풀이하였다. 윤지는 줄기세포병원 건립 건에 대해서도 부정도 긍정도 아닌 애매모호한 태도를 취했다. 세계 최고 주식이 될 것이라고 한 말은 부인하였다. 주주들은 윤지가 진정성이 없다고 아우성쳤다.

홍 사장은 나타나지 않았다. 주주들이 홍 사장 나오라고 고함을 지르자 사회자가 홍 사장은 두 달 전 해임되었다고 전했다. 회사직 원과 주주들이 수군거렸다. 강 대표와 홍 사장이 합의 이혼하였으 며, 홍 사장은 회사 일에서 완전히 손을 뗐다고 하였다.

혁명위원회 게시판에는 좌절한 개미들의 넘쳐나던 글들도 지쳤 는지 올라오지 않고 대신 D포털증권 M바이오 게시판에 글들이 올 라왔다.

2013. 9. <솔로몬>

음… 24만원까지 올라갔다가 5만원까지 내려간 현시점에서 저의 예측이 맞기는 했으나 처참합니다. 이 시점에서 누굴 탓하기보다 출 구전략이 우선일 것입니다. 많이 떨어졌다고 곧 오를 거란 기대감을 가지고 다시 매수하면 큰 낭패를 봅니다. 최선의 대응을 하는 것이 주식 하는 사람으로서의 마음가짐이죠. 욕심이 만든 결과물에 순응 하시고 마음을 비워야 합니다. 하락의 끝이 그 끝이 어디일지 몰라도 하락 중 급상승은 물리적으로 불가능합니다. 현재 추매는 공연한 객 기이며 대응의 자세가 아닌 종목과 싸우려는 무모한 일이거든요. 이 미 손절시기를 놓치신 분들 그냥 가만히 지켜보시죠. 추매는 이 시점 에 절대 해서는 안 되는 것이 기본 정석입니다.

음… 어려운 시기 그냥 물 흘러가듯 내버려두시고, 마음의 안정을 찾으시고, 과욕에 눈멀었던 자신을 먼저 깊게 생각들 하시기 바랍니다. 안타깝지만 어디에서부터 어디가 잘못 되었는지…….

2013. 9. <여름향>

검찰에 수사를 의뢰합시다. 의견을 내주십시오

강 대표 전남편 홍 사장이 S대 경영대를 다녔으며 전직 금감원 직원이었던 홍가 이놈이 아무래도 세력과 결탁했고 MTS 식약처 허가 날짜 맞춰서 다 같이 팔아치우고 나간 거고, 허가 날 즈음해서 진짜 세력들이 허가만 나면 바로 대량 매출로 이어지고, 상한가 20번 이러면서 몇 조를 계산해서 올렸고 현재 남은 개미선장과 순진한 개미들은 그 말을 고스란히 믿고 내리다가 올라가겠지 이러고 구경만 하고 있다가 나중에 강 대표, 홍 사장이 다 팔았다 하고 수일이 지나서 공시가 났어요. 그러자 기관이고 뭐고 다 팔고, 주가는 하한가로 갔으며, 개미는 팔 수도 없고 오르겠지! 하면서 소총 쏘고 막아서 봤자, 역시 세력은 개미혁명위원회가 아니었어요. 개미혁명위원회는 작전세력과 기관 또는 외인에 비하면 아무 힘없는 소액주주였어요. 제발 이 억울한 피해를 밝혀서 우리가 피해 보상 받을 수 있기를…….

<여름향>

사실 객관적으로 개미선장이 강 대표, 홍 사장과 한통속이었다

면 이리 힘든데 가만히 있겠어요? 협박을 해서라도 주가 올리게 할 수 있을 건데…… 깡통계좌에 만신창이 된 건강 상태로 왜 아무 말 못하고 주가 올리려고 죽어라 소총 쏘며 자기 믿고 따라준 개미들 위해 온몸으로 막아서고 있겠습니까? 우리가 개미선장을 욕하면 우린 정말 인간도 아닌 짐승입니다. 가장 큰 피해자는 첫 번째가 개미선장이고 그다음 순진한 초보 개미일 거구요. 진짜 M바이오를 올렸다 내린 세력은 홍가 그리고 작전세력…… (하략)

답글

<V-Course>

여름향 이년은 개미선장의 마눌인가? 우찌 그리 속속들이 아는 척 말하는고? 같은 사기꾼 주제에……

답글

<David BeckHam)

여름향 혹시 개미선장과 뭔 일 있었냐? 설마 입에 담을 순 없겠고……

<여름향>

개미선장이 모든 사람들한테 그 덤터기를 뒤집어쓰고 정신적 육

체적으로 고통을 받아 환자가 되어 가고 있다는 생각이 세월이 갈수록 확실해지네요.

　개미선장은 개인투자자들이 금강원에 조사 의뢰해서 조사를 받았지만 계좌가 거지가 되었다고 합니다. 그도 작전세력들에게 피해자일 뿐…… 주가 올라갈 때도 엄청난 드라이브 솜씨였고, 내릴 때 작전세력들 지들 맘대로지 개미혁명위원회 힘으로는 쨉도 안됐었어요. 작전세력들 지들 맘대로 갖고 놀다 지들 두고 싶은 가격대에 갖다 놓은 드라이버 솜씨였습니다.

답글 | 신고

　<여름향>

　지금 생각해보면 개미선장을 비롯해 모두 다 고통 받는 피해자일 것이라 생각합니다.

　초기에 그렇게 허황되게 주가를 올린 세력은 개미혁명위원회가 아니란 건 확실했습니다. 맘대로 상한가도 올리고 담날 쭉 빼고, 보고 있으면 울렁증이 생길 정도로 올렸다 내렸다 자유자재로 흔들었구요. 지난 일을 생각해보넌 개미들은 대응을 할 수가 없었습니다. 우리는 개미선장만 믿고 있었는데 주가를 맘대로 가지고 노는 세력이 아마 홍 사장과 세력들일 겁니다. 이제 지들도 다 팔고 나간 듯합니다. 그 후로 개미선장이 혼자 그 덤터기……

답글 | 신고

\<onlie119\>

대주주 및 경영진의 주식거래 내용, 신주인수권사채, 주식옵션 등 자기자본 거래 내역을 타임라인을 만들어 M바이오사의 공시, 마케팅, 홍보 및 기타 관련세력들의 활동 등과 대조해보시면 상장부터 현재까지 발생한 내용에 대한 작전세력들의 음모와 계략이 들어날 것입니다.

답글 | 신고

\<onlie119\>

아마 강가와 개미선장 그들은 내연(內緣)의 관계일 수 있습니다. 남녀관계가 아니면 이번 사건의 실마리가 전혀 이해하기 어렵습니다. 아무튼 뭔가 구린 냄새가 납니다.

답글 | 신고

\<응징자\>

강가와 홍가가 범죄 냄새가 나는 집단임에 틀림없습니다. M바이오 경영진은 사회적 비판을 받아 마땅한 돈만 밝히는 천한 족속들입니다. M바이오 지분이 강가 지분의 5% 말고는 95%가 가난하고 불쌍한 개미주주들인데 흡혈귀처럼······

<응징자>

고점매도를 한 M바이오 경영진과 거기에 놀아난 개미선장을 검찰에 고발하여 이번 범죄 피해에 대한 개미투자자들의 원한을 풀고 강가와 홍가의 이익을 환수해서 피해 개미들에게 조금이나마 나누어주어야 합니다.

2013. 9. <솔로몬>

제 개인적인 생각입니다. 일단 물증을 검찰에서 밝히겠지만 찾기는 거의 불가능할 수도 있습니다. 단적으로 홍가와 작전세력이 20만 원 이상에서 고점매도하고 3~4만 원대에서 저점매수하면, 그걸 몇 번 반복한다고 생각하면 우리 개미들은 너무 처절할 것입니다.

흐름으로 봐서는 일단 작전주로서 여러 번 잘 해먹었다고 생각을 하고 있습니다. 그 이유는 강 대표와 홍 사장 등 경영주가 유상증자가 있기 전 12% 정도였던 자기 경영권 방어 주식을 과감하게 유증 이후에 5%대만 남기고 매각 처분할 수 있는 자신감은 도대체 어디서 기인하는 것인지 묻지 않을 수가 없지요. 무엇인가 그럼에도 자기 경영권은 보장받을 수 있다는 믿는 구석이 있다는 것이 전제가 되어야 합니다.

작은 코스닥 업종이 경영권 방어 주식 지분율이 5%밖에 안 되는 경우는 보기 힘들지요. 그렇다고 치더라도 고점매도를 떠나 위험한 자기 경영권 방어 주를 쉽게 매각한다는 것은 이해가 안 되는 부분이지요. 물론 돈이 필요했다고 칩시다. 빚 갚고 어쩌고 좋아요. 그렇다면 당시 매각 대금이 3개월 사이 400억 원에 육박하는 금액인데 이유가 줄기세포병원 짓는 것이라고 했지요? 2년이 지난 뒤에도 병원 지었다는 소식이 없네요. 그러면 그 자신감은 어디서 나왔을까요? 당연하지요. 개인들이 90프로를 점유하고 있다는 점이지요. 이 상황에서 경영주는 모르긴 해도 몇몇 개인세력들과 내통했을 가능성을 생각해 볼 수 있습니다. 소송에서 밝혀지겠지요. 물증이 없기에 심증만 가고 추측에 불과합니다.

그럼 추측성 사실을 가지고 글을 쓰고 있느냐? 제가 제일 싫어하는 '글쓰기'입니다. 글이란 진정성이지요. 단어 하나하나, 인용문 하나하나 문맥과 정확하게 밝혀야겠지요. 위의 판단은 일단 추측성 맞습니다. 다만 M바이오에 90%의 개인세력들의 점유율이 있다는 것은 M바이오사는 2007년에 코스닥 상장 등록을 하였습니다. 그 긴 세월동안 어떤 일들이 벌어졌는지는 지면상 접습니다. 다만 이 과정에서 작전세력들이 몇 번 해먹은 흔적들이 보입니다. 차트를 보시면 알 수 있는 흔적들이 나옵니다. 자, 그렇다면 대표와 사장, 임원들이 고점매도를 치면서 주가가 하락하기 시작했으니 일단 정보를 알았던 자들은 40%~50% 물량을 개미들에게 떠넘기면서 같이 고점매도에 동참했을 가능성이 커 보입니다.

그렇다면 남은 물량은 어떻게 될까요? 저점에서 선 매점해왔다면 손실은 아니겠지요. 느긋이 기다리면서 여전히 4백만 주는 새로운 꿈을 꾸는 보이지 않는 물량으로 잠겨 있습니다. 4백만 주 홍사장 일파의 물량일 수 있습니다. 그들은 M바이오에서 가장 큰 지분을 유지하면서 다음 기회를 엿보겠지요? 이는 기본적인 순서가 될 것입니다. 앞에서 작전이든 우연이든 떠나서 한탕 해 먹은 전력이 있기에 이 큰 세력(작전세력)들은 또 다른 꿈을 꾸고 있을 것입니다. 또 다른 꿈, 그것이 무엇일까요? 답은 간단하죠. 주식에서는 돈이니 한탕 해먹을 기회를 엿보는 것입니다.

그럼 어떻게 해야 한탕 해먹을 수가 있나요? 간단하지요. 기관, 외인세력들은 프로입니다. 그리고 개인 작전세력들도 프로들입니다. 프로는 프로를 알지요. 물량의 집중, 자금의 집중으로 거래판을 읽고 있습니다. 두 눈 뜨고도 봉사 짓을 해야 하는 것은 결국 모래알 같은 개미들밖에 없지요. 따라서 이 세력 간에 있어서 힘없는 혁명전사 운운하는 개미들은 '작전세력의 밥' 신세로 전락하게 되는 것은 필연입니다.

② 운명이란 피할 수 있는 것이 아니다

늦은 가을이었다. 을씨년스러운 날씨에 기온이 급강하하던 날 저녁, 안 선배와 나는 성남 모란역 근처 포장마차에서 만났다.

안 선배는 몹시 초췌한 모습이었고 지쳐 보였다.

덥수룩한 수염에 몇 달째 이발을 안 했는지 머리카락은 크게 자라 있었고 머리도 오랫동안 감지 않은 듯 어두운 불빛에도 엉켜 있었다.

내가 꼬치와 소주를 시켰다.

포장마차 주인이 우리들, 특히 안 선배의 추한 몰골을 힐끔 보더니 안됐다는 듯 뜨거운 김이 나는 우동국물 두 그릇을 내어주었다. 그리고 깍두기도 수북하게 담아 소주와 같이 내놓았다.

우리는 한동안 아무 말도 없이 소주잔만 비워댔다. 나는 무슨 말을 해야 할지 아무것도 생각이 나지 않았다.

거우 내가 있는 힘을 다해서 물었다.

"선배, 어디 있다가 이제야 나타나셨어요?"

그는 힘없이 대답했다.

"절."

"절이라니요?"

"설악산 봉정암에 주로 있었어."

내가 깜짝 놀라 다시 물었다.

"아니, 왜요?"

"불교에 귀의했어."

나는 몸에 전율을 느꼈다. 기독교 창세기에 열중하던 그가 아닌
가? 도저히 이해가 안 가는 부분이었다. 하기는 창세기 여섯째 날
의 변경이 불가능하다는 것을 이제야 깨달을 수도 있겠지 하고 생
각했다.

안 선배는 포장마차 앞 허공을 한참을 쳐다보았다. 그가 오랜 침
묵을 깨고 헛기침을 하더니 이야기를 시작했다.

"우리는 너무 먼 길을 걸어왔지."

나는 안 선배가 무슨 말을 하려는지 넋을 놓으며 바라보고 있었
다. 그가 모든 것을 포기한 말투로 쓸쓸히 말했다.

"원양어선을 탔었지."

안 선배는 다시 숨을 크게 쉬더니 말을 이어갔다.

"아마 원양어선을 타기 시작한 지 3년째 되던 해였어. 나는 대학
때의 모든 희망을 접었고 논문 건도 내 관심 밖으로 돌리려는 노력
이 어느 정도 영글어 가고 있었지. 이제 청년시절의 일들은 전혀

나와는 아무 상관이 없는 일로 돌려서 잊을 만한 때였어. 한10년 세상일을 잊고 바다에서 보내고 나가서 다른 세상으로 살아가려고 했는지도 몰라. 아무튼 그때는 아무 생각 없이 바다에서 일생을 마쳐도 좋다는 생각을 하였던 때였어. 그때가 11월 초였지."

안 선배는 옛날 기억을 더듬는지 눈을 지그시 감았다.

"그래, 그때가 11월 초였는데 며칠간 사나운 늦가을 태풍이 몰아치더군. 그 태풍 이름이 아마 '볼라벤'이었던가, 그즈음 내가 타고 있던 원양어선 선단이 러시아 캄차카 반도와 알래스카 반도 사이 북태평양에서 참치를 쫓고 있었어. 그때 참치 고급 어종인 눈다랑어떼가 오호츠크해와 서북태평양 캐나다 해안 쪽에서 북극해 쪽으로 이동 중이라는 어군탐지 레이더에 잡힌 날이었지. 밤 2시쯤 우리 선원들은 태풍과 참치떼에 온 신경을 쏟고 있었는데 우리 원양 선단 연승선을 포함해서 선망선 트롤어선 등 16척이 출동했지. 내가 탄 배에서 사나워지는 파도에 참치를 잡기 위해 그물을 2인 1조가 되어 풀어가고 있었지. 그때 내 휴대폰 문자메시지가 울리는 소리를 들었지. 참, 내가 생각해도 사실 같지 않은 일이었는데 못 들을 수도 있을 문자메시지 소리를, 태평양을 건너온 어떤 텔레파시에 의해서 내가 왜 하필 그때 문자메시지를 보려고 했는지 지금 돌이켜 보면 이해가 안 가는 일이었어. 내가 혼이 나갔던 것 같아. 아니면 귀신에 씌었던 건지…… 그 메시지가 누구한테서 온 어떤 내용인가 하면……"

안 선배는 그 대목에서 헛기침을 하였다.

내가 조급해 하며 다음 말을 재촉하였다.

"무슨 메시지였기에, 태평양 원양어선에서도 메시지가 뜨는 모양이네요?"

"그 메시지! 이제 그만 악몽과 같아. 잊으려 했던 논문과 함께 저쪽 세상, 나와는 이제 인연이 정리되어진 윤지가 살려달라는 메시지였지."

나는 소스라치게 놀랐다.

"그게 정말이에요? 윤지가 왜요?"

"음…… 빚에 쫓겨서 감금되어 있다는 거야."

나는 다급하게 물었다.

"그래서요?"

"우리 선단은 바다 위에서는 늦게 온 사나운 태풍과 싸워야 하고 바다 밑에서는 북해로 빠져나가는 대규모 참치떼를 잡아야 했었어. 거센 파도와 매서워지는 바람에도 그물을 빨리 내리려고 모두 움직였지. 그때 윤지 메시지를 보고 한동안 넋이 나가 있었던 것 같아. 그때 지옥에서 들려오는 절규를 들었어. 윤지가 살려달라고 울부짖는 목소리, 지옥에서 건져달라고 애원하는 목소리 말이야. 곧 죽을 것 같다는 다급한 절규 말이야."

안 선배는 숨이 차는지 우동국물과 술을 연신 들이켰다. 포장마차 안에까지 쌀쌀한 바람이 낙엽을 몰고 들어왔다.

손님이 몇 없었는데도 포장마차 주인도 안 선배 이야기에 빠졌었는지 안 선배가 이야기를 잠시 끊자 뜨거운 우동국물을 다시 내놓고 불에 타고 있던 꼬치안주를 그제야 내어놓았다.

내가 안 선배에게 김이 나는 우동국물을 권하고 꼬치안주를 권했다. 그러나 안 선배는 아무 생각이 없는 듯 안주는 먹지 않고 소주만 마시며 말을 이어갔다.

"내가 윤지가 보낸 문자메시지를 다시 자세히 보려고 발을 헛디디면서 그물을 푸는 밧줄에 엉켜 내려가자 나와 한 조인 젊은 친구가 내 몸을 당겼어. 아주 짧은 시간이었지. 순간 그 친구가 나 대신 몸이 엉키면서 바다로 떨어졌고 나는 다리가 으깨어져 간신이 밧줄에서 탈출했지만 결국 그 젊은 친구는 바닷물에 가라앉고 말았지. 그 후 구명정을 띄어 그 친구를 건져 올렸을 때는 벌써 송장이 되어 있었어. 그 친구 스물다섯 살인가 그랬는데 가난하고 배운 게 없어서 원양어선을 타기 시작했다더군. 그 친구 돈 벌어 장가도 가고 가난을 면하겠다고 5년 계약이었는데……"

한동안 이야기를 쏟아낸 안 선배가 눈물을 흘리고 있었다. 눈물은 포장마차 주인이 새로 떠다준 우동국물 김과 얼굴에서 뒤범벅이 되었다. 안 선배가 말을 이어가지 못하자 잠시 기다린 내가 거들었다.

"안타까운 사건이네요. 선배도 큰일 날 뻔했구요."

사실, 내가 공하원에게 전해들은 것은 안 선배가 동료를 구하려다가 다리를 다쳤으며, 그로 인해서 의족을 하게 된 영웅담이었는데 사실은 그 반대였던 셈이었다. 그것도 원인 제공자가 윤지라는 놀라운 사실이 나를 무언가 모를 분노에 떨게 하였다. 나도 화가 나서 연거푸 술을 몇 잔 들이켰지만, 그 후의 궁금증을 참을 수 없었다.

"어떻게 그런 일이…… 그래서요?"

"그 후 귀국을 하여 다리를 수술하려 했을 때는 시간이 너무 늦었어. 다리가 썩어 들어갔으니까. 워낙 많이 문드러져서 다리를 절단하지 않을 수 없었던 거야. 다리를 절단하고 의족을 해 넣었지. 수술 후 나는 의사의 만류에도 불구하고 바로 아물지 않은 다리를 지팡이에 의지한 채 윤지를 찾았지."

안 선배는 다시 큰 한숨을 내쉬었다.

"그래서 윤지는 어디에 있었어요?"

"윤지는 사채업자들에게 붙잡혀 오피스텔에 20일째 감금되어 있었다더군. 나를 보자 처음에는 얼굴을 피하고 펑펑 울기만 하더군. 그 후에도 한동안 나를 똑바로 쳐다보지 못하고 울더라고 하기는 콧대 높은 윤지가 그런 몰골을 하고 나를 만나니 자존심이 얼마나 상했겠어? 윤지는 피폐해 있었고 겁에 질려 있었어. 아무튼 얼굴은 반쪽이고 입술은 터져 있었는데 상의는 브래지어도 안찬 듯 헐렁해 보였고 아래를 보니 바지는 허벅지 쪽이 찢겨져 있었는데 말 못할 수모를 당한 듯 허리띠도 없이…… 윤지가 울면서 말하더군. 1년 전 아버지 사업이 실패에 실패를 거듭하고 건강이 악화되었으며, 아버지 성화로 어쩔 수 없이 아버지의 줄기세포를 연구하는 친구의 아들인 S대 경영학과 출신인 금융감독원 주식관리 담당을 하는 남편과 결혼을 하였다고. 그 후 아버지가 건강이 더욱 더 안 좋아서 빚이 많은 M바이오 병원을 물려받았는데 물려준 병원이 부도를 맞아 아버지와 어머니는 해외로 도피하고 자신과 남편은 사채업자들한테 감금 상태라는 거야. 사채업자들을 만나보았는데 그들 말로는 빚이 자그마치 일천삼백억 원이라더군. 나는 돈을 갚겠으니 사채업자들에게 더 이상 윤지에게 험한 짓을 하지 말라고 이르고 그 즉시 택시를 타고 집으로 왔었지. 그날 저녁 아버지와 어머니 그리고 여동생이 있는 자리에서 아버지에게 내 상속 재산을 미리 달라고 떼를 썼지. 아버지는 무슨 일을 할 거냐고 꼬치꼬치 따지더군. 어머니는 내가 국내에 들어와 병원에 입원해 있던 후부터 3년 만에 돌아왔는데 다리가 문드러져 의족까지 하게 된 아들이 안됐는지 식사도 거른 채 며칠째 울고 계셨고…… 나는 얼떨결에 사회사업 이야기를 했어. 논문에서 못다 이룬 꿈 말이야. 가난하고 힘없는 어려운 사람들을 돕고 싶다고 말이야. 아버지더러 사회 기부하는 셈치고 상속될 재산을 미리 달라고 하였지. 아버지는 화가나서 어림도 없다고 소리쳤어. 이 재산이 얼마나 피땀 흘려 힘들게 모은 재산인데 사회 기부를 운운한다며 버럭버럭 소리를 지르셨어. 하긴, 아버지는 가난한 친인척이나 불우한 이웃들에게 밥 한번 사지 않는 구두쇠로 평판이 나있으셨거든. 울기만 하던 어머니가 돈 싸들고 죽을 거냐고 돈이 뭔데 아들 다리병신 되었는데 아예 죽이려 하느냐고 아버지한테 대들면서 대판 싸움을 하더니 친정으로 가버렸어. 그 일이 있은 후 아버지도 화병으로 혈압이 올라 병원에 입원하였고, 그리고 며칠 있다가 어머니가 외삼촌을 앞세우고 아버지 병원에 나타나서 타협안을 제시했지. 건물 하나를 매각해서 아들 사회사업에 쓰도록 하게 하고, 대신 아버지 뜻에 따라 의대 논문으로 졸업을 해서 의사로 새로 출발하라는 것이었지. 나는 그길로 달려가서 사채업자들에게 합의각서를 써주고 윤지를 구해냈지. 그리고 그날로 절뚝거리면서 김학운 교수를 찾아가서 그동안의 철없음을 빌었어. 교수님은 한동안 어안이 벙벙한지 아무 말 않으시더니 결국 승낙했어. 그리고 그해 말 논문은 통과되었지."

안 선배의 이야기는 마치 소설을 읽어주는 듯 했다.

"인턴을 거쳐서 성남 병원에 취직을 한 것은 그 후의 일이지. 아버지한데 약속한 사회사업 말이야, 그거 아버지가 내가 진짜로 사회사업을 하는지 의심을 하기 시작하더군. 그래서 나는 집을 나와서 모란시장 근처에 원룸을 얻고 가끔 노숙도 하면서 가난하고 병들고 외로운 사람들을 돕기 시작했지. 물론 자의 반 타의 반이었는데 내 생활의 일부가 된 것은 사실이야. 찾으려 하니까 아무튼 내 주위에 그렇게 많은 사람들이 차별받고 사기당하고 가난하게 살아가는 줄 정말 몰랐어. 특히 성남 야탑에 있는 경정, 경륜장 거기는 매일 사기를 당한 사람들이 피를 팔고 모란 새벽 인력시장에 노예처럼 끌려가서 중노동에 시달리는 사람들로 넘쳐났어. 그 사람들은 그 노동의 대가로 빚을 갚거나 최소한의 삶을 유지하는 것이었어. 비가 오거나 일거리가 없으면 포장마차에서 외상으로 막걸리로 배를 채우고 노숙했던 곳으로 돌아가거나 공짜로 밥을 얻어먹으러 복지회관을 전전하였지. 하루가 지옥 같은 삶을 사는 사람들이 헤아릴 수 없이 많더군. 그들은 병도 많았는데 결국 돈 걱정 때문에 생긴 병이고 돈이 없었기 때문에 못 고치는 병이었지. 나는 의사 일을 하면서 남을 돕는 일을 하였는데 끊임없이 많은 사람들이 내 눈에 채이더군. 그리고 나를 또다시 괴롭혔지. 차별받는 가난하고 불쌍한 사람들 말이지. 내 의사 봉급 가지고는 어림도 없는 일이야. 결국 더 많은 돈이 필요했고 주식에 손을 댔지. 한때는 아버지 이름으로 된 통장도 어머니를 시켜서 빼와 주식으로 수십억 원을 날렸었지. 내공이 쌓이고, 나중에 보충해 놓기는 했지만 말이야."

안 선배는 잠시 허공을 응시하더니, 소주잔을 연거푸 비웠다.

"병들고 가난한 사람들과 함께 어려운 시대를 함께하는 의사 겸 의인생활, 참으로 마음은 뿌듯했지만 보통 돈이 들어가는 일이 아니었어. 그런데 주식 말이야, 어느 정도 내공이 쌓여 주식을 처음 한 지 3년, 아버지한테 몰래 빼온 빚을 갚아 나갈 즈음 윤지가 M바이오로 코스닥에 등록을 하고 윤지도 안정을 찾아가기 시작했지. 그때 나는 의사로 있으면서 통과되지 못한 창세기 여섯째 날 논문을 생각했지. 현재 10억이 넘는 그리스도 교인들의 2천년 된 고정 관념과 이미 우월한 지위를 확보한 기득권층의 사고방식으로는 수 정이 불가능하다는 것을 깨달았지. 현실적이고 실제적인 방법 수백 만의 개미들을 구원하는 길이 있다고 믿었지. 무슨 이야기 인가 하 면 주식으로 돈을 벌어서 더 많은 가난한 사람들을 구원하는 길도 하나의 방법이라고 말이야. 우월한 인간들에게 약자들이 더 이상 피해를 보지 않게 하면서 세력들의 돈을 뜯어 어려운 사람들을 도 우는 일…… 그래서 주식시장에서부터 개미혁명을 꿈꾸게 된 것이 지. 그리고 그때 그러한 나의 심리는 어쩌면 당연한 귀결이었는지 모르지. 내가 하고 있는 몇 백 명의 병을 고치거나 가난한 수십 명 을 돕는 일은 내가 하나마나한 너무 작은 일이고 이 세상 전체로 보면 별로 도움도 안 되는 일이었으니까. 내가 주식에서 상당한 실 력도 갖춘 상태에서 수백만 명이 피해를 보고 있었으니까 어찌 보 면 당연한 선택이었지. 안 그런가?"

갑자가 안 선배가 내게 되물어보자 안 선배 이야기에 깊이 빠져 있던 나는 정신을 차리고 엉겁결에 대답했다.

"예, 그럴 수 있겠지요. 선배님은 주식의 신이였으니까요"

"내가 의사 봉급이나 우리 집 돈을 아버지 모르게 가져와 몇 백 명의 힘없는 사람을 돕는다는 것은 내가 믿고 있는 창세기 여섯째 날 실제를 방조하는 것이나 다름이 없다고 생각했지. 그래서 몇 년 전부터 본격적으로 주식에 손을 대기 시작했고 병원도 재작년부터는 오전에만 진료하고 더 큰일을 위해서 오후에는 주식연구와 주식거래에 힘을 쏟았어. 내 일생의 모토도 '다이아몬드 대형으로'로 바꾸고 궁극적으로는 만물동위론 달성을 위해서 우선 인간동위론의 실천, 국내 주식시장에서 개미들이 피해를 입지 않게 하고 그리고 세계 주식시장을 평정해서 인간동위론을 실천하려고 했었던 거야. 나는 우리 모두를 위한 꿈의 실천, 모두를 절멸에서 구해야 한다는 어떤 절박함까지 있었어. 그런데 참 이상스러운 것은 윤지가 힘든 고비를 넘기고 코스닥에 M바이오 주를 상장 시키고 그때 내가 제정신만 차리고 세월을 기다렸어야 하는 건데, 이렇게 무참하게……"

이제 안 선배의 목소리는 기어들어가고 있었다. 더욱이 안주 없이 마시는 술에 혀까지 꼬부라져가고 있었다. 다시 쓸쓸하고 허망한 표정을 짓더니 힘없이 이야기를 이어갔다.

"2010년 말 2백억 원, 2011년 10월과 2012년 초 합하여 4백억 원, 윤지는 나한테 얻어간 돈을 이자까지 포함해서 6년 만에 6백억 원을 돌려주었어. 그리고 윤지는 나한테 함께 최고가에서 주식을 매각하라고 하였지. 그런데 나는 이미 개미혁명을 기치로 내걸고 많은 사람들을 끌어들였고 높은 가격대에서 매수한 사람들이 많았지. 도저히 물러설 수 없는 시기였고 또 한편으로는 개미혁명은 절대 실패하지 않을 것이라는 착각 아닌 확신이 서있을 때였어. 내가 주가를 7배나 올려놓은 줄로 착각을 하였으니…… 내가 아니라 홍 사장과 작전세력이 장난을 친 것인데 다른 제삼자가 보았을 때도 아마 내 말이 맞는 줄 알았을 거야. 윤지는 현금으로 내 증권계좌에 3번에 걸쳐서 인질로 잡혀 있던 돈을 돌려주었지만 난 그 돈 뿐만 아니라 주식담보 신용대출까지 얻은 막대한 돈으로 작전세력들이 팔고 나가는 봇물처럼 쏟아지는 매도 물량을 고스란히 받아내고 환상에 빠져 개미혁명은 곧 승리할 것이라고 생각했지. 더구나 우리 개미들은 우왕좌왕하고 서로를 못 믿었지. 심지어 서로 매수는 안 하고 허위로 매수하였다고 보고하면서 정말 개미근성을 드러내었어. 나도 부족한 데가 많은 사람이란 걸 알아. 그렇지만 개미 그들은 서로 매수를 하지 않는다고 헐뜯고, 패가 나뉘어서 싸움박질을 하고 서로 속이면서 팔아먹으려 혈안이 되었다가 결국은 모두가 멸망하는 길을 재촉하고 빚더미에 깔려서 강으로 내려가고 산으로 올라간 거지."

안 선배의 얼굴을 보니 술을 마셨는데도 불구하고 백지장으로 변해가고 있었다.

"선배님, 괜찮아요? 얼굴이……"

그러나 안 선배는 듣는 둥 마는 둥하며 이야기를 계속했다.

"하기는 내가 윤지의 충고를 받아들여 더 이상 매수를 안 했거나 매도했다고 해도 결과는 마찬가지일 거야. 나는 그 수많은 울부짖는 개미들을 놔두고 어떻게 혼자 살길을 찾겠어. 그 많은 개미들의 한을 어떻게 풀어줄 수 있겠어. 그나마 나는 파멸했지만 그들을 내가 한 명도 버릴 수는 없었어."

안 선배의 몸이 흔들리고 있었다.

"단 하나 말이야, 아쉬운 게 있다면⋯⋯."

나는 안 선배의 손을 꽉 잡았다.

"어떤 것인데요?"

"나는 윤지한테 내 빚은 안 갚아도 되니까 가지고 있는 윤지의 경영주의 주식은 팔지 말라고 애원하면서 부탁했는데, 윤지는 홍 사장 때문에 주가가 곤두박질칠 게 분명하다며 다시 거지가 되고 옛날처럼 인질로 잡혀서 돈의 노예로 평생을 살아갈 수 없다면서 거절하더군. 그 때문에 많이 다투었지. 자신은 인질로 잡혀있던 끔찍했던 과거의 기억을 잊을 수가 없다나. 아무튼 윤지는 내 간곡한 부탁과 만류를 뿌리치고 고점에서 2번이나 매도를 하였고 주가는 대폭락을 거듭했지. 나는 개미혁명은 반드시 성공할 것이라는 과대망상에 빠져서 수많은 개미들에게 빠져나올 기회를 주지 못한 것이 한이 됐어."

안 선배가 또다시 쓸쓸하게 한숨을 길게 내쉬며 탄식을 하였다.

"내가 왜 이 길을 이렇게 힘들게 걸어왔는지⋯⋯ 모든 게 허무하고 공허해⋯⋯ 그러나 나는 후회는 없어. 나는 어차피 빈손으로 돌아갈 작정을 한 사람이고 윤지 또한 사랑했으므로"

한동안 말이 끊어졌다.

"그리고 말이야, 이 일은, 이 일은 절멸, 우리 모두의 절멸을 가

저올 것이야."

갑자기 탁자를 내리치는 소리가 들렸다. 그리고 그가 외마디 소리를 질렀다.

"천년 이상의 죽음보다 무서운 칠흑의 암흑기가 인간에게……."

나는 그제야 안 선배가 고꾸라진 것을 발견하고 119를 불렀다. 병원으로 안 선배를 옮기면서 그의 휴대폰으로 안 선배 어머니에게 전화를 걸었다.

안 선배는 오랜 금식과 수면제 과다 복용, 거기에 알코올이 갑자기 많이 들어가 오랫동안 깨어나지를 못했다.

2013년 10월, 주가는 다시 원점에 가까운 4만원까지 추락했다. 유상증자가 7만 6천원에도 못 미치는 시총이 최고가 대비 1조 5천억 원이 증발해버린 것이다.

③ 우월론의 승리 동위론의 패배

안 선배와 헤어진 후 나는 절망과 번민으로 지옥의 나날을 보내다가 고향인 가평 선산으로 차를 몰았다.

서울에서 승용차로 30~40분 걸리는 북한강변, 유럽의 스위스에 와 있는 듯한 착각마저 일으키게 한다. 중세의 성을 연상시키는 고풍스러운 건축물들, 강의 좌우로 좁은 들과 가파르게 치솟은 낮거나 높은 산, 맑고 고요한 강물, 하늘 끝에서 내려온 주식시장의 상승을 표시하는 빨간색의 단풍은 산을 물들이고 들에 넘쳐흘러 파란색의 강물에 빨려 들어갔다.

거울과 같은 강물에 비추어진 수많은 단풍잎들이 군무를 이루며 끊임없이 떠내려갔다.

강은 옅은 주식시장의 하락을 표시하는 파란색이었으나 떠내려가는 단풍의 빨간 색상이 점점 겹쳐지면서 색의 조화가 일어나고 있었는데, 붉은색과 파란색은 반대적이며 상대적이었으나 배타적이거나 적대적은 아니었다. 또한 거울같이 맑은 물에 비친 하늘과 강물 밑으로 떠내려가는 단풍색상 위로 내리쬐이는 강렬한 태양의 반짝임은 강물 위에 은하수를 깔아놓은 듯 장관을 이루었다.

나는 생각했다.

죽음과 삶 또한 어찌 보면 배타적이지 않으며 삶의 연장이 죽음일 수 있다. 삶의 새로운 출발은 꼭 삶에서 필요하지도 않으며 그 새로운 삶의 방식 또한 죽음에서 출발할 수도 있다고 따라서 주식창의 파란색과 빨간색 그 색상들은 내 눈앞에서 다르게도 보였고 한때는 섞여져 검게 또는 희뿌옇게 같은 색상으로 보이기까지 하였다.

부모님이 묻혀 있는 선산을 올라갔다. 그리고 아버지와 어머니가 합장된 봉분 앞에서 깊은 생각에 빠져들어 갔다. 산과 강의 단풍빛은 봉분 주위의 잔디 사이로 붉거져 나온 황토 빛과 어우러져 세상이 온통 불타는 붉은빛이다. 황토를 덮고 쉬고 있는 부모님이 부러웠고, 생전의 어머니 품이 그리웠다. 산소를 둘러싸고 있는 소나무와 잣나무를 응시했다. 소나무 가지는 제멋대로지만 굵고 튼실해 보였고 그 옆의 잣나무 가지는 미려한 데 비해서 가늘고 약해 보였다. 나뭇가지를 당겨보았다. 소나무 가지는 한참을 버티다가 부러지는데 잣나무 가지는 바로 부러졌다. 나는 넥타이를 소나무에 걸고 목을 매기를 반복하다 내 스스로는 목숨을 끊을 수 없음을 확인한 의지의 빈약함만 깨닫고 차를 몰아 다시 늦은 밤 내가 기거하는 성남 고시원으로 돌아왔다.

이제 막가는 인생이지, 다른 방법이 없었다. 이 한목숨 간다면 모든 게 끝이라는 생각이 들었다.

나는 10년 전 윤지에게 채이고 아버지의 노름으로 집안이 풍비박산했을 때 죽으려고 한강의 다리를 연구한 적이 있었다. 한강대교는 교각 위로 올라가려면 자살 방지 쇠못을 박아놓아서 도저히 힘들고, 한남대교는 다리 난간 사이에 끈끈이를 덮어씌워 강물에 뛰어들려면 보통 높이뛰기선수가 아니면 어렵게 되어 있다는 것을 현장 답사로 알고 있었다. 동호대교는 사람의 왕래가 없고 보는 사람이 없어서 강물로 뛰어내리는 데 방해가 없는 반면, 회사인 양재에서 동호대교가 있는 배수펌프장까지의 접근성이 어렵다. 또한 성수대교는 대교 밑 체육시설이 있는 한강 둔치까지는 쉽게 갈 수 있는데 체육시설 옆 잔디광장부터 다리까지 가는 길이 너무 복잡하다. '그래, 차디찬 강물에 뛰어들기보다는 차라리 다시 소나무에 목을 매는 게 고통도 없어. 아니면 차에다가 연탄을 피워놓고 죽는 것은 어떨까? 연예인 누구는 빚 때문에 자동차 안에다가 연탄을 피워 놓고 고통 없이 저세상으로 갔다던데……'

머릿속에 삶에서 죽음까지에 이르는 여러 가지 경로들이 스쳐 지나갔다. 한강, 소나무, 연탄…… 더는 지체할 수가 없다. 어린 시절 빚쟁이들이 집으로 쳐들어와 방안에 누워 있는 광경이 눈앞에 어른거렸다.

나는 장서영을 불러내 옆자리에 태우고 뒷좌석에는 연탄 두 개를 신고 차를 몰았다. 가평 선산을 향해 달렸다. 나는 될 수 있으면 잡생각이 생겨서 자살을 방해할지도 모른다는 생각에 신호도 대충 보면서 한남대교 쪽으로 차를 몰았다. 나는 계속되는 빨간 신호를 무시하고 달렸다. 한남대교에 도착했다. 그리고 강변북로의 동호대교와 성수대교를 거쳐 가평으로 향하는 북한강변로를 탔다. 북한강이 내려다보이는 선산 아래에 차를 세운 나와 장서영은 연탄불을 피웠다.

나는 정신이 혼미해지면서 길고도 깊은 긴 꿈속으로 빠져들어 갔다.

어릴 때 어머니는 보살이 있는 암자를 찾았다. 집안 대소사가 있거나 힘이 들면 길흉화복을 점치러 가끔 마을 뒤 산 중턱의 보살이 있는 집으로 향하였다.

한여름 암자에 다녀온 다음 날 어머니는 마을에 선언했다. 배를 째라고 했다. 가족이 한 푼도 써보지 못한 차용증도 없는 아버지의 빚은 못 갚는다! 먹고살기도 어려운 살림에 노름빚은 절대로 못 갚는다는 것이었다. 그 소식을 들은 빚쟁이들은 집으로 쳐들어와 안방에 드러누웠다. 어머니가 외가로 잠적하자 그들은 돌아갔다.

며칠 후, 빚 문제로 아버지와 크게 다툰 어머니가 저녁식사 후 사라졌다. 나는 걱정이 되었다. 마을을 몇 바퀴나 돌아다녀 보았지만 어머니는 보이지 않았다. 다시 마을 앞 큰길로 나섰다.

'어머니는 오늘도 암자에 가셨겠지. 얼마나 속이 상하셨으면……'

나는 무서워서 산 중턱 암자에 갈 엄두를 못 내고 머뭇거리고 있었다. 칠흑 같은 어둠 속에서 저 멀리 암자의 불빛만이 밀려왔다. 그 불빛을 원망스럽게 바라볼 때 친구를 만났다. 반갑기도 하고 암자에 가지 않아도 될 핑계라도 잡은 것처럼 마을 끝 외진 곳에 있는 친구 집으로 갔다. 늦게까지 이야기를 하다 자정에서야 터덜터덜 집으로 향하는데 무슨 소리가 들렸다. 몇 년 전 어머니가 야산을 개간해 만든 밭이 있는 방향이었다. 나는 무서워 샛길 옆 숲으로 빠르게 숨어들었다.

달빛 아래 소의 형상이 나타났다가 사라졌다. 작년 여름이었다. 초등학교 6학년 오후반 수업을 끝내고 돌아왔을 때였다. 식구들이 모두 논에 나간 사이 소가 고삐를 풀고 밭으로 뛰어들어 옥수수 잎사귀를 마구 뜯어먹다가 절단 낸 적이 있었다. 그런데 그 모습과 흡사했다. 한밤중에 소가 뛰쳐나왔다면 큰일이었다. 아니면 귀신이나 도깨비일까? 귀신, 도깨비…… 그런 단어들이 머릿속을 들락날락거렸다.

산 밑의 밭은 풀이 무성해서 길과 숲의 분간이 안 되었다. 나는 급한 마음에 여기저기를 허둥대며 걷다가 돌부리에 걸려서 넘어졌다. 넘어지고 일어나기를 몇 번이나 하자 눈앞에 도깨비불이 날아다녔다.

나는 반사적으로 산 중턱을 쳐다보았다. 암자의 불빛은 꺼져 있었다. 그렇다면 어머니가 암자를 내려왔거나 가지 않았을 수도 있지 않을까 하는 의구심이 들었다. 만약 어머니가 암자에 가지 않았다면? 일 년치 농사를 빚쟁이들한테 주느니 야밤에 도주를 했을지도 모른다는 생각이 머리를 스쳤다.

아버지가 놀음에 빠져 있을 때 어머니가 할머니를 비롯한 우리 식구들을 논밭으로 내몰았고, 자식들과 살아보려고 애를 쓰다가 이제 한계를 느낀 거라고, 오늘 결국 일을 벌인 것이라고 단정하였다. 거기에 길흉화복을 족집게처럼 잘 보는 보살이 어머니한테 일단은 도망치라고 사주(使嗾)했을 수도 있었다. 나는 절망했다. 눈물이 흐르고 앞이 깜깜했다. 나는 주저앉아 눈을 감았다. 우리 집도 야반도주를 해야 할 것이다.

몇 년 전 겨울밤이 떠올랐다. 일확천금을 노리고 아버지가 노름방에 있던 시각이었다. 사랑방에서 등잔불을 켜놓고 시험공부를 하고 있었는데 어머니가 광에 들락거렸다. 발걸음이 몹시 조심스럽게 느껴졌다.

호기심이 많은 나는 다음날 광에 들어가 확인해 보았다. 세 개의 큰 독을 열었다. 첫 번째와 두 번째 독에는 김장김치가 그대로 있었다. 마지막 독을 열자 이불 만드는 데 쓰는 광목이 몇 번이나 접어서 네모반듯하게 덮여 있었다. 그리고 그 아래에는 어머니의 금반지와 은비녀 등 초라하고 볼품없는 패물과 약간의 지폐가 있었다. 또한 비상식량인지 종자 씨인지 모를 옥수수와 감자, 조 등이 감추어져 있었다.

그제야 모든 일은 어머니가 치밀하고 철저한 계획 하에 진행되고 있었던 것으로 결론을 내렸다. 어머니가 노름빚은 못 갚겠다고 선언하고 빚쟁이들을 피해 외가 쪽으로 도피한 것도 예견된 일이었음을 깨달았다.

어머니는 오랫동안 대대로 지켜온 고향을 떠날 준비를 하고 있었던 게 분명했다. 이렇게 치밀하게 준비하는 것을 아무도 눈치를 못 채다니! 어머니를 말렸어야 했는데, 빚과 자식들 먹여 살리는 문제, 이 모든 것을 해결할 수 있는 최후의 방법은 떠나는 것이었다. 야반도주였으리라.

내가 생각해도 다른 방법은 없어 보였다. 나는 절규했다. 늦었어! 너무 늦었어! 나는 몸을 떨며 울부짖었다.

어머니는 끝이 보이지 않은 가난과 아버지의 노름에 이미 도주를 선택했다. 그러면 남은 가족들도 어머니처럼 도주해야 하는 게 맞을 것이다. 그러자 머릿속이 하얗게 비어 갔다.

얼마나 지났을까? 나는 정신을 가다듬고 네발로 언덕을 기어 내려갔다. 작은 별들이 수없이 번쩍거렸다. 이마를 찧었는지 액체가 눈 아래로 흐르다 코로 들어갔다. 헛디디고 부딪히기를 여러 번, 나는 다시 풀숲을 헤치며 집으로 향했다.

　한여름인데도 이가 덜덜 부딪치면서 오한이 났다. 나머지 식구들도 어둠이 걷히기 전 고향을 떠나야 한다. 우리 집은 끝장났어! 그 순간 넝쿨이 얼굴을 긁었다. 따가운 산딸기넝쿨을 손으로 잡아채자 바늘에 찔린 듯 따끔거렸다. 아무리 어머니를 이해한다 해도 자식들을 버린 어머니의 배신에 더 몸에 힘이 빠졌다. 그러다 오기가 끓어올라 왔다. 이빨을 악 다물었다. 흘러내리는 피와 눈물을 손으로 닦아내면서 속으로 외쳤다. '식구들과 할머니를 모시고 빨리 벗어나야 해!'

　나는 고개를 들고 두 주먹을 쥐고서 일어섰다. 그때였다. 밭 한가운데 키 큰 옥수수가 흔들거렸다. 늘어진 옥수수 잎사귀 사이를 오가는 달빛에 얼룩진 그림자 하나가 움직였다. 옥수수나무를 흔들며 보름달만한 광주리에 뭔가를 담고 있었다. 순간 나는 혹하고 숨이 멈추었다. 도둑인가? 이 밭은 엄마가 야산을 개간해서 일구었는데, 우리 것인데 어찌해야 하는가? 나는 사람의 모습을 보며 가슴을 졸였다. 그런데 그림자의 형태가 몹시 낯이 익었다. 작달막한 키에 작은 체구가 영락없는 어머니였다. 목구멍이 콱 막히는 것 같았다.

　"어머니! 어머니!"

　"그래, 어미다! 어인 일이여?"

　어머니는 달과 같은 큰 광주리를 머리에 이고서 나를 불렀다. 왼

손잡이 어머니는 능숙하게 옥수수를 따서 머리에 인 광주리에 올렸다. 하늘은 노랗고 하얀 옥수수가루를 뿌린 듯 은하수가 가득했다. 마을 뒷산 산중턱 암자에는 하늘에서 내려온 달빛이 부서져 내리고 있었다.

하늘을 보니 하늘은 검은 구름에 휩싸여가고 있었다. 잠시 후 은하수들은 모두가 사라져버렸고 내려오던 달빛도 끊어졌다.

나는 그날 피곤한데도 불구하고 잠만 들면 아버지의 노름빚에 쫓겨서 우리 가족 모두가 야반도주하는 꿈을 꾸었다.

유년시절 야반도주하는 꿈에서 깨어나려고 애를 쓰다가 잠에서 깨어났다.

많은 시간이 지난 것 같았다. 주위에서 두런거리는 소리가 들렸다. '내가 죽었다고 문상을 온 사람들인가?' 하고 생각했다. 나의 평소 치졸함에 대해 욕을 하는 친구들과 '그래도 열심히 살았다'는 동정론을 펴는 누님의 음성이 들렸다. 나중에 안 일이지만 장서영이 깨어나서 자동차문을 박차고 나를 서울에 있는 응급실로 옮겼다고 한다.

죽음도 쉽지 않은 일이었다. 병원에서 며칠간 치료를 받고 퇴원하여 성남 고시원으로 돌아왔다.

윤지한테서 메일이 와 있었다.

『오랜만이야. 나는 내 회사와 100여 명의 직원들 편에 서서 회사가 영구하게 발전하려면 작은 욕들은 얻어먹을 수밖에 없었어.

그리고 또 하나의 인류에 더 나은 건강을 위해서는 누군가의 희생이 필요하지. 그 희생은 내가 만나보지 못한 사람들에게는 양심의 가책이 덜 가지만, 나는 더 큰 불치병을 연구할 회사 자금과 내 평생 먹고 살아갈 돈을 확보했을 뿐이야. 그렇지 않으면 나는 나락으로 떨어져서 명예도 돈도 다 잃어버릴 수밖에 없어.

나는 이제 40대를 바라보는 나이이고, 세상 돌아가는 이치도 알고 있어. 창세기 운운하는 안 선배의 젊은 시절의 열정이 자본주의 시장에서 끝까지 통할 수는 없지. 사실은 내가 홍가 그치의 속셈을 알고 2011년 10월과 2012년 1월 고점매도를 할 때, 안 선배한테 전 남편 홍 사장과 작전세력이 털고 나올 테니까 보유주식 전량을 매도하라고 권했었지. 그러나 안 선배는 뭐, 개미혁명 운운하며 내 말을 듣지 않았어.

그리고 벌써 10년 전 일이네? 내가 안 선배와 헤어진 이유는 여러 가지가 있었어. 안 선배는 세상을 너무 쉽게 보는 것 같았어. 안 선배야 물론 먹고살 걱정 없는 상류층 집안인 것만은 확실하지. 그런데 말이야, 그 선배는 항상 자신이 못살고 신분이 낮은 사람들한테 빚을 졌다는 생각, 원죄의식이랄까? 뭐 어쩌면 젊은 날의 객기라고 치부할 수도 있지. 그런데 나이를 먹으면 변해야지 쓸데없는 생각, 온 세상 고민은 혼자서 짊어진 듯한 사고방식이 정신세계를 지배하고 있더군. 내가 생각하는 줄기세포 연구를 위한 인류의 행복하고는 너무 거리가 멀어. 물론 나와 연애 감정으로 만나서 지금도 연애 감정만 남겼지만 난 처음에 안 선배를 배우자감으로 생각하기는 했었어. 하지만 어디까지나 연애는 연애, 결혼은 현실이란 것을 아마 너도 이해했을 거야. 먼 장래의 삶과 갈등이 불 보듯 뻔했거든.

내 이야기를 좀 할까? 내가 이 사업에 망해서 살아간다면 또다시 돈의 노예가 될 가능성이 높았지. 나는 돈이 없으면 무서워. 아버지가 귀신에 쓰인 듯, 뭔가에 미친 듯이 줄기세포 연구에 실패를 거듭하고 M바이오 병원이 경매에 넘어가고 부도 위험에 쫓기면서 우리 식구들은 자살을 준비한 적도 여러 번 있었어. 빚쟁이들이 집 앞에서 농성을 벌이고 우리 가족들은 도망 다니기에 바빴지. 급기야 부모님은 해외로 도피하고 돈이 없다면 이 세상은 아무 것도 할 수 없다는 것을 그때 깨달았어.

돈이 없어서 은행이나 돈을 꾸어준 자들의 노예로 살아가야 하는 것이 얼마나 참혹한 일인지 세상살이를 조금만 맛본 사람들이라면 다 알고 있지. 그리고 돈이란 한 번 잃으면 그 복구는 어림도 없는 일이야.

이번 주식 매도 건도 나는 돈을 택했지. 10년, 아니 100년이 걸릴지 모르는 연구에 돈을 대줄 사람이 어디 있겠어? 정부? 천만에! 성과가 가시적으로 나오기 전까지는 그들은 돈을 절대 안 대주지.

개미들이야 어차피 가난하건 부자건 한탕 하러 들어온 사람들이니까, 내가 네 돈이나 안 선배 돈이나 개미들 돈을 합법적으로 가져간다고 해서 무슨 죄가 되겠어? 다른 벤처 경영자들 대부분이 기업의 영속성을 위해서 그렇게 사업을 하고 있는데. 단지, 안 선배는 처음부터 우리 회사 홍 사장이 추진하는 주가 조작 사건을 처음부터 알았는지 모르지! 아니면 안 선배가 홍 사장 등 주가 조작 세력들을 알았다면 주가 조작 세력들을 이용해서 개미혁명을 꾀했을 수도 있어. 그건 가정이지만 결과는 안 선배와 네가 우리 회사 사장이었던 홍가, 그치는 수단과 방법을 안 가리고 돈만 밝히는 인간이었어. 홍가는 작전세력과 연계해서 정보를 알고 고점매도 저점매수해서 내 회사를 빼앗으려 한 거 같아. 불행하게 홍의 주가 조작 사건에 우연하게 개미혁명 운운하고 걸려들었다는 것이 사실이지. 그건 참 슬픈 일이고 악연이야. 전부터 내가 안 선배에게 울면서 손을 떼라고 수십 번 이야기를 했는데 결국에는 이 지경까지…….

어쨌든 미안하고, 잃어버린 돈과 상처는 크겠지만 너와 안 선배에게 주주계좌로 적지 않은 돈을 보냈으니 절망하지 말고…… 나도 너나 안 선배가 잘못 끼어든 주식 사건에 희생양이 되었다는 게 가슴 아파.

다시 말하지만, 나는 돈의 노예로는 절대 못살아. 그리고 시중에 떠도는 나와 개미선장이 내연의 관계라는, 그래서 홍 사장이 죽일 듯이 미워했고 나와 홍 사장이 결국 이혼한 빌미가 되었는데……

10년 전의 나와 안 선배, 지금도 연애 감정이 남아 있는 것은 사실이지.

주식시장의 개미들, 사실은 노예근성이 있는 인간들이지. 움직이지 않고 노력 없이 허황된 꿈을 꾸는 자들이야. 개미들은 인간들은 모두 동위하다고 주장하지만 그 동위론자들 결국은 무노동으로 몇 배의 불로소득을 꿈꾸는 자들, 인간 하수들이지. 여름날 타고 있는 모닥불에 자신의 몸이 불에 탈 줄을 모르고 꿈을 꾸며 달려드는 불나비들이지. 불을 향해서 불빛을 쫓는, 그래서 모든 인간들은 동위가 아닌 거야. 알겠어? 안 선배도 결국은 실패했잖아!

그럼, 이만 줄일게. 부디 잘 살아. 노예로 살아가지 말고 알았지? 그리고 나의 닉네임은 여름향이야.』

—강윤지—

⦿ 용어의 정의

〔**모나드**〕 불가사의한 무한상태의 신(Invisible Infinite God)이 현현할 때 그 현현된 존재 상태들 중 제일 첫 번째 존재 상태를 의미한다. 또는 불가사의 무한상태의 신을 의미하기도 한다.

〔**안티**〕 무조건적으로 반대하는 사람.

〔**찬티**〕 무조건적으로 찬성하는 사람.

〔**단타**〕 짧은 기간 동안 주식을 사고파는 일을 되풀이하는 것.

〔**장타**〕 긴 기간에 걸쳐서 주식을 보유하고 사고파는 일을 자주 하지 않는 것.

〔**신주인수권부사채(BW)**〕 사채권자에게 일정 기간이 경과한 후 일정 가격으로 발행회사의 일정 수의 신주를 인수할 수 있는 신주 인수권이 부여된 채권을 말함.

〔**세력**〕 거대 자본을 바탕으로 한 기관, 외국인, 개인 및 조직을 갖춘 그룹 등.

〔**세력선**〕 주포가 추가 하락을 원하지 않는 가격대.

〔**주포**〕 주도적으로 주가를 움직이는 세력.

〔**로스컷**〕 매수가격 대비 미리 손절가를 지정하여 매매하는 자동 프로그램 기법.

〔**알고리즘**〕 문제를 풀기 위한 프로그램 상 해결 방법.

〔**공매도**〕 주식을 소유하지 않은 상태에서 주식을 빌려 매도 주문

을 내는 것을 말한다. 향후 주가가 하락할 것을 예상하고 주식을 빌려서 판 뒤 실제 주가가 하락하면 같은 종목을 싼값에 되사 차익을 챙기는 매매 기법.

[**대차거래**] 주식을 장기간 보유하고 있는 기관에서 주식을 빌려 매도한 후 일정 기간 안에 이를 구입해 반환하는 거래 방식이다.

[**대주거래**] 개별 종목 주식 값이 떨어질 것으로 예상될 때 증권금융이나 증권사에서 해당 주식을 빌려서 판 뒤 주식 값이 판 가격보다 더 떨어지면 싼 가격에 똑같은 주식을 똑같은 수량만큼 사서 상환해 차익을 얻는 방식이다.

[**우량주**] 실적과 전망이 좋은 주식.

[**세력주**] 세력들에 의해 움직이는 주식.

[**급등주**] 갑작스럽게 올라가는 주식.

[**상한가**] 개별 종목의 주가가 하루 동안 오를 수 있는 최고 한도의 가격으로, 코스닥벤처의 경우 15%.

[**하한가**] 개별 종목의 주가가 하루 동안 내릴 수 있는 최고 한도의 가격으로, 코스닥벤처의 경우 15%.

[**시초가**] 증권시장에서 오전과 오후 입회에서 각각 최초로 결정되는 주가.

[**종가**] 주식시장에서 그날 마지막으로 형성된 증권의 값.

개미선장

이우중 지음

1판1쇄 인쇄 2014년 7월 24일
1판1쇄 발행 2014년 7월 28일

발행인 이태선
발행처 창작시대사

서울특별시 마포구 성미산로 188 (연남동)
전화 02-325-5355
팩스 02-325-5385
이메일 changzak@naver.com

등록일자 1991년 4월 9일
등록번호 제2-1150호

ISBN 978-89-7447-193-4   03810

*값은 뒤표지에 있습니다.

*잘못된 책은 바꾸어 드립니다.

*창작시대의 책은 인생의 참의미를 밝혀줍니다.